JN317478

岩 波 文 庫

31-182-1

堕落論・日本文化私観

他二十二篇

坂 口 安 吾 著

岩 波 書 店

目　次

ピエロ伝道者……七
FARCE に就て……一三
ドストエフスキーとバルザック……三一
意慾的創作文章の形式と方法……三七
枯淡の風格を排す……五三
文章の一形式……六七
茶番に寄せて……七七
文字と速力と文学……八三
文学のふるさと……九一
日本文化私観……一〇一
青春論……一四一

咢堂小論……………………………………二〇三
堕　落　論……………………………………二一七
堕落論〔続堕落論〕…………………………二三一
武者ぶるい論…………………………………二四五
デカダン文学論………………………………二五三
インチキ文学ボクメツ雑談…………………二七一
戯作者文学論…………………………………二七五
余はベンメイす………………………………三〇五
恋　愛　論……………………………………三一七
悪　妻　論……………………………………三二九
教祖の文学……………………………………三三七
不良少年とキリスト…………………………三六三
百万人の文学…………………………………三九一
解　説（七北数人）…………………………三九五

堕落論・日本文化私観　他二十二篇

ピエロ伝道者

空にある星を一つ欲しいと思いませんか？　思わない？　そんなら、君と話をしない。屋根の上で、竹竿《たけざお》を振《ふ》り廻《まわ》す男がいる。みんなゲラゲラ笑ってそれを眺めている。子供達まで、あいつは気違いだね、などと言う。僕も思う。これは笑わない奴の方が、よっぽどどうかしている、と。そして我々は、痛快に彼と竹竿を、笑殺しようではないか！

しかし君の心は言いはしないか？　竹竿を振り廻しても所詮《しょせん》はとどかないのだから、だから僕は振り廻す愚をしないのだ、と。もしそうとすれば、それはあきらめているだけの話だ。君は決して星が欲しくないわけではない。しかし僕は、そういう反省を君に要求しようと思わない。又、「大人」になって、人に笑われずに人を笑うことが、君をそんなに偉くするだろうか？　なぞときはしない。その質問は君を不愉快にし、又もし君が、考え深い感傷家なら、自分の身の上を思いやって悲しみを深めるに違いないから。

僕は礼儀を守ろう！　僕等の聖典に曰《いわ》く、およそイエス・ノオをたずぬべからず、それは本能の犯す最大の悪徳なればなり、と。又曰く、およそイエス・ノオをたずぬべからず。犬は吠ゆ、これ悲しむべし、人は吠えず、吠ゆべきか、吠えざるべきかに迷い、迷いて吠えず、故《ゆえ》に甚《はなは》だしく人なり、と。

竹竿を振り廻す男よ、君はただ常に笑われてい給え。決して見物に向って、「君達の心にきいてみろ！」と叫んではならない。「笑い」のねうちを安く見積り給うな。笑い声は、音響としては騒々《そうぞう》しいものであるけれど、人生の流れの上では、ただ静粛な跫音《あしおと》である時がある。竹竿を振り廻す男よ、君の噴飯すべき行動の中に、泪《なみだ》や感慨の裏打ちを暗示してはならない。そして、それをしないために、君の芸術は、一段と高尚な、そして静かなものになる。

日本のナンセンス文学は、行詰っていると人々はいう。途方もない話だ。日本のナンセンス文学は、まだナンセンスにさえならない。井伏《いぶせ》氏や中村氏の先駆者としての立派な足跡は認めなければならない。そして彼等はよき天分をもつ芸術家である。しかし正しい見方からすれば、あれはナンセンスではない。ことに中村氏は、笑いの裏側に、常に心臓を感じさせようとする。そして或時は奇術師のように、笑いと涙の混沌《こんとん》をこねだそうとする。ナンセンスは「意味《センス》、無し《ノン》」と考えらるべきであるのに、今、日本のモダン語「ナンセンス」は「悲しき笑い」として通用しようとしている。此《かく》の如《ごと》き解釈を持つモダン人種のために、「悲しき笑い」は美《うつ》くしき奇術であるかも知れない。そして中村氏のナンセンスは彼等を悲しますかも知れない。しかし、人を悲しますために笑いを担ぎ出すのは、むしろ芸術を下品にする。笑いは涙の裏打ちによって静かなものにはならない。むしろその笑いは、騒がしいものになる。チャップリンは、二巻物の時代だけでも立派な芸術家であったのだ。

いつであったか、セルバンテスのドン・キホーテは最も悲しい文学であると、アメリカの誰かが賞讃していたのを記憶している。アメリカらしい悪趣味な讃辞であると言わなければならない。成程、空想癖のある人間ならば、ドン・キホーテの乱痴気《らんちき》騒ぎを他人《ひと》ごとでは読みすごせない。我々は、物静かな跫音に深く心を吸われる。それでいい。なぜ「笑い」が「笑い」のまま芸術として通用できぬのであろうか？　笑いはそんなにも騒々しいものであろうか？　涙はそんなにも物静かなものであろうか？

すべて「一途《いちず》」がほとばしるとき、人間は「歌う」ものである。その人その人の容器に順《したが》って、悲しさを歌い、苦しさを歌い、悦《よろこ》びを歌い、笑いを歌い、無意味を歌う。それが一番芸術に必要なのだ。これ程素直な、これ程素朴な、これ程無邪気なものはない。この時芸術は最も高尚なものになる。素直さは奇術の反対である。そして、この素直さから、その人柄にしたがって、涙の裏打をした笑いがほとばしるなら、それはそれで一番正しい。そして中村氏は、かなり本質的に、「悲しき笑い」の持ち主ではある。しかし中村氏は、往々にして無理な奇術を弄《ろう》している。それはいけない。

日本では、本質的なファースとして、古来存在していたものは、寄席《よせ》だけのようである。勝《すぐ》れた心構えの人によって用いられたなら、落語も立派な芸術になる筈《はず》である。昔は知らない。少くとも今の寄席は、遺憾ながら話にもならない。僕の知る限りで、「莫《ば》迦《か》莫《ば》迦《か》しさ」を「歌」った人は、数年前に死んだ林屋正蔵《はやしやしょうぞう》。今の人では、古今亭今輔《ここんていいますけ》。それだけ。

日本のナンセンス文学は、涙を飛躍しなければならない。「莫迦莫迦しさ」を歌い初めてもいい時期だ。勇敢に屋根へ這《は》い登れ！　竹竿を振り廻し給え。観衆の涙に媚《こ》び給うな。彼等から、それは芸術でない、ファースであると嘲笑《ちょうしょう》されることを欣快《きんかい》とし給え。しかしひねくれた道化者になり給うな。寄席芸人の卑屈さを学び給うな。わずかな衒学《げんがく》をふりかざして、「笑う君達を省みよ」と言い給うな。見給え。竹竿を振り廻す莫迦が、「汝等《なんじら》を見よ！」と叫んだとすれば、おかしいではないか。それは君自身をあさましくするだけである。すべからく「大人」になろうとする心を忘れ給え。

忘れな草の花を御存じ？　あれは心を持たない。しかし或日、恋になやむ一人の麗人を慰めたことを御存じ？

蛙《かわず》飛び込む水の音を御存じ？

FARCE に就て

芸術の最高形式はファルスである、なぞと、勿体《もったい》振って逆説を述べたいわけでは無論ないが、然《しか》し私は、悲劇《トラジェディ》や喜劇《コメディ》よりも同等以下に低い精神から道化《ファルス》が生み出されるものとは考えていない。然し一般には、笑いは泪《なみだ》より内容の低いものとせられ、当今は、喜劇《コメディ》というものが泪の裏打ちによってのみ危《あやう》く抹殺を免《まぬ》かれている位《くら》いであるから、道化《ファルス》の如《ごと》き代物《しろもの》は、芸術の埒外《らちがい》へ、投げ捨てられているのが普通である。と言って、それだからと言って、私は別に義憤を感じて爰《ここ》に立ち上った英雄《ナポレオン》では決して無く、私の所論が受け容れられる容れられないに拘泥なく、一人白熱して熱狂しようとする――つまり之《これ》が、即《すなわ》ち拙者のファルス精神でありますが、

ところで――

（まず前もって白状することには、私は浅学で、此《こ》の一文を草するに当っても、何一つとして先人の手に成った権威ある文献を渉猟してはいないため、一般の定説や、将又《はたまた》ファルスの発生なぞということに就《つい》て一言半句の差出口を加えることさえ不可能であり、

従而《したがって》、最も誤魔化しの利く論法を用いてやろうと心を砕いた次第であるが——この言草を、又、ファルス精神の然《しか》らしめる所であろうと善意に解釈下されば、拙者は感激のあまり動悸《どうき》が止まって卒倒するかも知れないのですが——）

扨《さ》て、それ故《ゆえ》私は、この出鱈目《でたらめ》な一文を草するに当っても、敢《あえ》て世論を向うに廻《まわ》して、「ファルスといえども芸術である」なぞと肩を張ることを最も謙遜《けんそん》に差し控え、さればとて、「だから悲劇のみ芸術である」なぞと言われるのも聊《いささ》か心外であるために、先《ま》ず、何の躊躇《ため》らう所もなく此の厄介な「芸術」の二文字を語彙《ごい》の中から抹殺して（アア、清々した！）、悲劇も喜劇も道化も、なべて一様に芝居と見做《みな》し、之を創る「精神」にのみ観点を置き、あわせて、之を享受せらるるところの、清浄にして白紙の如く、普《あまね》く寛大な読者の「精神」にのみ呼びかけようとするものである。

次に又、この一文に於《おい》て、私は、決して問題を劇のみに限るものではなく、文学全般にわたっての道化に就て語りたいために、（そして私は、言葉の厳密な定義を知らないので、暫《しばら》く私流に言わして頂くためにも——）、仮りに、悲劇、喜劇、道化に各《おのおの》次のような内容を与えたいと思う。A、悲劇とは大方の真面目《まじめ》な文学、B、喜劇とは寓意や涙の裏打によって、その思いありげな裏側によって人を打つところの笑劇、小説、C、道化とは乱痴気《らんちき》騒ぎに終始するところの文学。

と言って、私は、Ａ・Ｂのジャンルに相当する文学を軽視するというのでは無論ない。第一、文学を斯様《かよう》な風に類別するということからして好ましくないことであり、全ては同一の精神から出発するものには違いあるまいけれど――そして、それだから私は、道化の軽視される当節に於て（敢て当今のみならず、全ての時代に道化は不遇であったけれども――）道化も亦《また》、悲劇喜劇と同様に高い精神から生み出されるものであって、その外形のいい加減に見える程、トンチンカンな精神から創られるものでないことを言い張りたいのである。無論道化にもくだらない道化もあるけれども、それは丁度、くだらない悲劇喜劇の多いことと同じ程度の責任を持つに止《とど》まる。

そこで、私が最初に言いたいことは、特に日本の古典には、Ｃに該当する勝《すぐ》れた滑稽文学が存外多く残されている、このことである。私は古典に通じてはいないので、私の目に触れた外《ほか》にも幾多の滑稽文学が有ることとは思うが、日頃私の愛読する数種を挙げても、「狂言」、西鶴《さいかく》（好色一代男、胸算用等）、「浮世風呂《うきよぶろ》」、「浮世床」、「八笑人《はっしょうじん》」、「膝《ひざ》栗毛《くりげ》」、平賀源内、京伝、黄表紙《きびょうし》、落語等の或る種のもの等。

一体に、わが国の古典文学には、文学本来の面目として、現実を有りの儘《まま》に写実することを忌む風があった。底に一種の象徴が理窟《りくつ》なしに働いていて、ある角度を通して、写実以上に現実を高揚しなければ文学とは呼ばない習慣になっている。写実を主張した芭蕉《ばしょう》にしてからが、彼の俳諧《はいかい》が単なる写実でないことは明白な話であるし――尤《もっと》も、作者自身にとって、自分の角度とか精神とか、技術、文字というものは、表現されるところの現実を離れて存在し得ないから、本人は写実であると信ずることに間違いのあろう筈《はず》はないけれども――斯様に、最も写実的に見える文学に於てさえ、わが国の古典は決して写実的ではなかった。

又、「花伝書」の著者、世阿弥《ぜあみ》なぞも、写実ということを極力説いているけれども、結局それが、所謂《いわゆる》写実でないことは又明白なところである。私は、世阿弥の「花伝書」に於て、大体次のような意味の件《くだ》りを読んだように記憶している。『能を演ずるに当って、演者は、たとえ賤《しず》が女《め》を演ずる場合にも、先ず「花」(美《うつ》くしいという観念)を観客に与えることを第一としなければならぬ。先ず「花」を与えてのち、はじめて次に、賤が女としての実体を表現するように――』と。

私は、このように立派な教訓を、そう沢山《たくさん》は知らない。そして、世阿弥は、この外《ほか》にも多くの芸術論を残しているが、中世以降の日本文学というものは、彼の精神が伝承されたものかどうかは知らないが、この、「先ず花を与える」云々《うんぬん》の精神と全く同一のものが、常に底に流れていて、鋭く彼等の作品に働きかけて来たように思われるのである。俳諧に於《お》ける芭蕉の精神に於ても其《そ》れを見ることが出来るし、又、今この話の中心であ

る戯作者達《げさくしゃ》の作品を通しても、(狂言は無論のこと)、私は此の精神の甚だ強いものを汲《く》み取ることが出来るのである。

尤も、この精神は、ひとり日本に於て見られるばかりではなく、欧洲《おうしゅう》に於ても、古典と称せられるものは概《おおむ》ね斯様な精神から創り出されたものであった。単なる写実というものは、理論ではなしに、理窟抜きの不文律として、本来非芸術的なものと考えられ、誰からも採用されなかったのである。近世たまたま、芸術の分野にも理論が発達して理論から芸術を生み出そうとする傾向を生じ、新《あた》らしい何物かを探索して在来の芸術に新生面を附《つ》け加えようと努力した結果、自然主義の時代から、遂《つい》に単なる写実というものが、恰《あたか》もそれが正当な芸術であるかのように横行しはじめたのであった。

この事は単に文学だけではなく、音楽に於ても、(私は音楽の知識は皆無に等しいものであるが、素人《アマチュア》として一言することを許して頂ければ――)私は、近代の先達として、ドビュッシイの価値を決して低く見積りはしないが、しかも尚《なお》この偉大な先達が、恰《あた》かもそれが最も斬新《ざんしん》な、正しい音楽であるかのように、全く反省するところなしに単なる描写音楽を、例えば「西風の見たところ」、「雨の庭」と言った類いの作品を、多く残していることに就て、時代の人を盲目とする蛮力に驚きを深くせざるを得ない。そして現今、洋の東西を問わず、凡《およ》そ近代と呼ばれる音楽の多くは、単なる描写音楽の愚を敢てしている。斯様に低調な精神から生れた作品は、リュリ、クウプラン、ラモオ、バッハ等の古典には嘗《かつ》て見られぬところであった。単なる写実は芸術とは成り難いものである。

言葉には言葉の、音には音の、色には又色の、もっと純粋な領域がある筈である。

一般に、私達の日常に於ては、言葉は専ら「代用」の具に供されている。例えば、私達が風景に就て会話を交す、と、本来は話題の風景を事実に当って相手のお目に掛けるのが最も分りいいのだが、その便利が、無いために、私達は言葉を藉《か》りて説明する。この場合、言葉を代用して説明するよりは、一葉の写真を示すに如《し》かず、写真に頼るよりは、目《ま》のあたり実景を示すに越したことはない。

斯様に、代用の具としての言葉、即ち、単なる写実、説明としての言葉は、文学とは称し難い。なぜなら、写実よりは実物の方が本物だからである。単なる写実は実物の前では意味を成さない。単なる写実、単なる説明を文学と呼ぶならば、文学は、宜《よろ》しく音を説明するためには言葉を省いて音譜を挿《はさ》み、蓄音機を挿み、風景の説明には又言葉を省いて写真を挿み、(超現実主義者、アンドレ・ブルトンの“Nadja”には後生大事に十数葉の写真を挿み込んでいる)、そして宜しく文学は、トーキーの出現と共に消えてなくなれ。単に、人生を描くためなら、地球に表紙をかぶせるのが一番正しい。

言葉には言葉の、音には音の、そして又色には色の、各代用とは別な、もっと純粋な、

絶対的な領域が有る筈である。

と言って、純粋な言葉とは言うものの、勿論《もちろん》言葉そのものとしては同一で、言葉そのものに二種類あると言うものではなく、代用に供せられる言葉のほかに純粋な語彙が有る筈のものではない。畢竟《ひっきょう》するに、言葉の純粋さというものは、全く一に、言葉を使駆する精神の高低に由《よ》るものであろう。高い精神から生み出され、選び出され、一つの角度を通して、代用としての言葉以上に高揚せられて表現された場合に、之を純粋な言葉と言うべきものであろう。(文章の練達ということは、この高い精神に附随《ふずい》して一生の修業を賭《か》ける問題であるから、この際、ここでは問題とならない。)

「一つの作を書いて、更に気持が深まらなければ、自分は次の作を書く気にはならない」と、葛西善蔵《かさいぜんぞう》は屢《しばしば》そう言っていたそうであるし、又その通り実行した勇者であったと谷崎精二氏は追憶記に書いているが、この尊敬すべき言葉——私は、汗顔《かんがん》の至《いたり》であるが、葛西善蔵のこの言葉をかりて言い表わすほかに、今、私自身の言葉として、より正確に説明し得る適当な言葉を知らないので、先ず此の言葉を提出したわけであるが——この尊敬すべき言葉に由って表わされている一つの製作精神が、文字を、(音を、色を)、芸術と非芸術とに分つところの鉄則となるのではないだろうか。

余りにも漠然と、さながら雲を摑《つか》むようにしか、「言葉の純粋さ」に就て説明を施し得ないのは、我ながら面目次第もない所とひそかに赤面することであるが、で、私は勇気を奮って次なる一例を取り出すと——

「古池や蛙《かはづ》飛び込む水の音」

之ならば、誰が見ても純粋な言葉であろう。蛙飛び込む水音を作曲して、この句の意味を音楽化したと言う人もなかろうし、古池に蛙飛び込む現実の風景が、この句から受けるような感銘を私達に与えようとは考えられない。ここには一切の理窟を離れて、ただ一つの高揚が働いている。

「古池や蛙飛び込む水の音、淋《さび》しくもあるか秋の夕暮れ」

私は、右の和歌を、五十嵐力《いがらしちから》氏著、「国歌の胎生並びにその発達」という名著の中から抜き出して来たのであるが、五十嵐氏も述べていられる通り、ここには親切な下《しも》の句が加えられて、明らかに一つの感情と、一つの季節までが附け加えられ説明せられているにも拘《かか》わらず、この親切な下の句は、結局芭蕉の名句を殺し、愚かな無意味なものとするほかには何の役にも立っていない。言葉の秘密、言葉の純粋さ、言葉の絶対性——と、如何《いか》にも虚仮威《こけおどし》に似た言い分ではあるが、この簡単な一行の句と和歌とで、その実際を汲《く》んでいただきたい。言葉をいくら費《ついや》して満遍なく説明しても、芸術とは成り難いものである。何よりも先ず、言葉を使駆するところの、高い芸術精神を必要とする。

文学のように、如何に大衆を相手とする仕事でも、その「専門性《スペシアリテ》」というものは如何《いかん》とも仕方のないことである。どのように大衆化し、分り易いものとするにも、文学そのものの本質に附随するスペシアリテ以下にまで大衆化することは出来ない。その最低のスペシアリテまでは、読者の方で上って来なければならぬものだ。来なければ致し方のないことで、されぱと言って、スペシアリテ以下にまで、作者の方から出向いて行く法はない。少くとも文学を守る限りは。そして、単なる写実というものは、文学のスペシアリテの中には這入《はい》らないものである。少くとも純粋な言葉を持たなければ、純粋な言葉を生むだけの高揚された精神を持たなければ——これだけは、文学の最低のスペシアリテである。

兎《と》に角《かく》芸術というものは、作品に表現された世界の中に真実の世界があるのであって、これを他にして模写せられた実物が在《あ》るわけではない。その意味に於ては、芸術はたしかに創造であって、この創造ということは、芸術のスペシアリテとして捨て放すわけには行かないものだ。

ところで、ファルスであるが——

このファルスというものは、文学のスペシアリテの圏内にあっても、甚だ剽逸自在《ひょういつじざい》、横行闊歩《おうこうかっぽ》を極めるもので、あまりにも専門化しすぎるために、かなり難解な文学に好意を寄せられる向きにも、往々、誤解を招くものである。

尤も、専門化しすぎるからと言って、難解であるからと言って、それ故それが、偉大な文学である理由には毫《ごう》もならないものである。スペシアリテの埒内《らちない》に足を置く限りは、よし大衆的であれ、将又《はたまた》貴族的であれ、さらに選ぶところは無い筈である。（尤も拙者は、断乎《だんこ》として、断々乎としてファルスは難解であるとは信じません！）それはそれとしておいて、扨て――

一体が、人間は、無形の物よりは有形の物の方が分り易いものらしい。ところで、悲劇は、現実を大きく飛躍しては成り立たないものである。（そして、喜劇も然り）。荒唐《こうとう》無稽《むけい》というものには、人の悲しさを唆《そそ》る力はないものである。ところがファルスというものは、荒唐無稽をその本来の面目とする。ところで、荒唐無稽であるが、この妙チキリンな一語は、芸術の領域では、さらに心して吟味すべき言葉である。

一体、人々は、「空想」という文字を、「現実」に対立させて考えるのが間違いの元である。私達人間は、人生五十年として、そのうちの五年分くらいは空想に費しているものだ。人間自身の存在が「現実」であるならば、現に其の人間によって生み出される空想が、単に、形が無いからと言って、なんで「現実」でないことがある。実物を摑まなければ承知出来ないと言うのか。摑むことが出来ないから空想が空想として、これほども現実的であるというのだ。大体人間というものは、空想と実際との食い違いの中に気息奄々《きそくえんえん》として（拙者なぞは白熱的に熱狂して――）暮すところの儚《はか》ない生物にすぎないものだ。この大いなる矛盾のおかげで、この箆棒《べらぼう》な儚なさのおかげで、兎も角も豚でなく、蟻《あり》でなく、幸いにして人である、と言うようなものである、人間というものは。

単に「形が無い」ということだけで、現実と非現実とが区別せられて堪《た》まろうものではないのだ。「感じる」ということ、感じられる世界の実在すること、そして、感じられるという世界が私達にとってこれ程も強い現実であること、此処《ここ》に実感を持つことの出来ない人々は、芸術のスペシアリテの中へ大胆な足を踏み入れてはならない。

ファルスとは、最も微妙に、この人間の「観念」の中に踊りを踊る妖精《ようせい》である。現実としての空想の――ここまでは紛れもなく現実であるが、ここから先へ一歩を踏み外せば本当の「意味無し《ナンセンス》」になるという、斯様な、喜びや悲しみや歎《なげ》きや夢や嚔《くしゃみ》やムニャムニャや、凡有《あら》ゆる物の混沌《こんとん》の、凡有ゆる物の矛盾の、それら全ての最頂天《パラロキシミテ》に於て、羽目を外《はず》して乱痴気騒ぎを演ずるところの愛すべき怪物が、愛すべき王様が、即ち紛れなくファルスである。知り得ると知り得ないとを問わず、人間能力の可能の世界に於て、凡有ゆる翼を拡げきって空騒《からさわ》ぎをやらかしてやろうという、人間それ自身の儚なさのように、之も亦《また》儚ない代物には違いないが、然りといえども、人間それ自身が現実である限りは、決して現実から羽目を外していないところの、このトンチンカンの頂天がファルスである。もう一歩踏み外せば本当に羽目を外して「意味無し」へ堕落してしまう代物であるが、勿論この羽目の外し加減は文学の「精神」の問題であって、紙一枚の差であっても、その差は、質的に、差の甚《はなは》だしいものである。

ファルスとは、人間の全てを、全的に、一つ残さず肯定しようとするものである。凡そ人間の現実に関する限りは、空想であれ、夢であれ、死であれ、怒りであれ、矛盾であれ、トンチンカンであれ、ムニャムニャであれ、何から何まで肯定しようとするものである。ファルスとは、否定をも肯定し、肯定をも肯定し、さらに又肯定し、結局人間に関する限りの全てを永遠に永劫に永久に肯定肯定肯定して止《や》むまいとするものである。諦《あきら》めを肯定し、溜息《ためいき》を肯定し、何言ってやんでいを肯定し、と言ったようなもんだよを肯定し——つまり全的に人間存在を肯定しようとすることは、結局、途方もない混沌を、途方もない矛盾の玉を、グイとばかりに呑みほすことになるのだが、しかし決して矛盾を解決することにはならない、人間ありのままの混沌を永遠に肯定しつづけて止まない所の根気の程を、呆《あき》れ果てたる根気の程を、白熱し、一人熱狂して持ちつづけるだけのことである。哀れ、その姿は、ラ・マンチャのドン・キホーテ先生の如く、頭から足の先までRidiculeに終ってしまうとは言うものの。それはファルスの罪ではなく人間様の罪であろう、と、ファルスは決して責任を持たない。

此処は遠い太古の市、ここに一人の武士がいる。この武人は、恋か何かのイキサツから自分の親父《おやじ》を敵として一戦を交《まじ》えねばならぬという羽目に陥る。その煩悶《はんもん》を煩悶として悲劇的に表わすのも、その煩悶を諷刺《ふうし》して喜劇的に表わすのも、共にそれは一方的で、人間それ自身の、どうにもならない矛盾を孕《はら》んだ全的なものとしては表わし難いものである。ところがファルスは、全的に、之を取り扱おうとするものである。そこでファルスは、いきなり此の、敬愛すべき煩悶の親父と子供を、最も滑稽千万な、最も目も当てられぬ懸命な珍妙さに於て、摑み合いの大立廻《おおたちまわ》りを演じさせてしまうのである。そして彼等の、存在として孕んでいる、凡そ所有《あら》ゆるどうにもならない矛盾の全てを、爆発的な乱痴気騒ぎ、爆発的な大立廻りに由って、ソックリそのまま昇天させてしまおうと企《たく》らむのだ。

之はもう現実の――いや、手に触れられる有形の世界とは何の交渉もないかに見える。「感じる」、あくまで唯《ただ》「感じる」――という世界である。

斯様にして、ファルスは、その本来の面目として、全的に人を肯定しようとする結果、いきおい人を性格的には取扱わずに、本質的に取扱うこととなり、結局、甚しく概念的となる場合が多い。そのために人物は概ね類型的となり、筋も亦《また》単純で大概は似たり寄ったりのものであるし、更に又、その対話の方法や、洒落《しゃれ》や、プローズの文章法なぞも、国別に由って特別の相違らしいものを見出すことは出来ないようである。

類型的に取扱われている此等《これら》の人物の、特に典型らしいものを一、二挙げると、例えばファルスの人物は、概ね「拙者は偉い」とか「拙者はあのこに惚《ほ》れられている」、なぞと自惚《うぬぼ》れている。そのくせ結局、偉くもなければ智者でもなく惚れられてもいない。ファルスの作者というものは、作中の人物を一列一体の例外無しに散々な目に会わすのが大好きで、自惚れる奴自惚れない奴に拘りなく、一人として偉いが偉いで、智者が智者で、終る奴はいないのである。あいつよりこいつの方が少しは悧巧《りこう》であろうという、その多少の標準でさえ、ファルスは決して読者に示そうとはしないものだ。尤も、あいつは馬鹿であるなぞとファルスは決して言いはしないが。又、例えば、ファルスの人物は、往々、「拙者は悲惨だ、拙者の運命は実に残酷である――」と大いに悲歎《ひたん》に暮れている。ところがファルスの作者達は、そういう歎きに一向お構いなく、此等の悲しきピエロとかスガナレルという連中《てあい》を、ヤッツケ放題にヤッツケて散々な目に会わすのである。ファルスの作者というものは、決して誰にも(無論自分自身にも――)同情なんかしようとはしないものだ。頑として、木像の如く木杭の如く、電信柱の如く断じて心臓を展《ひら》くことを拒むものである。そして、この凡有ゆる物への冷酷な無関心に由って、結局凡有ゆる物を肯定する、という哀れな手段を、ファルス作家は金科玉条として心得ているだけである。

一体ファルスというものは、何国に由らず由来最も衒学的《げんがくてき》(出来損いの――)なものであるが、西洋では、近世に近づくに順《したが》って、次第にファルスは科学的に――と言うのもちと大袈裟《おおげさ》であるが、つまりファルス全体の構成が甚しくロジカルになってきた。従而、その文章法なぞも、ひどくロジカルにこねくり廻された言葉のあやに由って、異体《えたい》の知れない混沌を捏ね出そうとするかのように見受けられる。プローズでは、已《すで》にエドガア・ポオ(彼には、Nosologie, Xing paragraph, Bon-Bon と言った類いの異体の知れない作品がある――)あたりから、此の文章法はかなり完璧に近いものがあるし、劇の方では、仏蘭西《フランス》現代の作家マルセル・アシアルの「ワタクシと遊んでくれませんか」なぞは、この方面の立派な技術が尽されている。

ところが日本では西洋と反対で、最も時代の古い「狂言」が、最もロジカルに組み立てられ、人物の取扱いなぞでも、これが西洋の近代に最も類似している。

で、西洋近世のロジカルなファルス的文章法というものは、本質的には実に単純極まりないもので、「AはAである」とか、「Aは非Aでない」と言った類いの最も単純な法則の上で、それを基調として、アヤなされている。語の運用は無論として、筋も人物も全体が、それに由って運用されていると見ることも出来る。マルセル・アシアルの「ワタクシと遊んで呉《く》れませんか」をどの一頁でも読みさえすれば、この事は直ちに明瞭に知ることが出来よう。が、このロジカルな取扱いは、非常に行き詰り易いものである。アシアルにしてからが、已に早くも行き詰って、近頃は、より性格的な、より現実的な喜劇の方へ転向しようとしているが、ファルスと喜劇との取扱いの上に於ける食い違いが未《いま》だにシックリと錬《ね》れないので、喜劇ともつかずファルスともつかず、妙にグラグラして、彼の近作は概ね愚作である。

が、然し何も、このロジカルな方向がファルスの唯一の方向ではない。ファルスはファルスとして、ファルスなりに性格的であり現実的であり得るのである。西洋の古代、並びに、特に日本の江戸時代は、ファルスはファルスなりに余程性格的であり、かつ現実的であった。浮世風呂、浮世床であるとか、西洋では、Maître Pathelin(仏蘭西の十五世紀頃の作品)、などがそうである。私達のファルスは、この方向に尚《なお》充分に延《の》びて行く可能性があるように考えられるし、又この逆に、概念的な、奇想天外な乱痴気騒ぎにしてからが、まだまだ古来東西にわたって甚だシミッタレなところがあった。なまじいに科学的な国柄だけに西洋の方に此の弊が強く、例えば、オスカア・ワイルドに「カンタビイルの幽霊」というものがあるが、日本の落語に之と全く同一の行き方をしたものがあって――題は忘れてしまったが、(隠居がお化けをコキ使う話)、私には、その落語の方が、はるかに羽目を外れて警抜であったために、ケタ違いの深い感銘を受けたことを覚えている。と言って、日本のファルスといえども、決して自由自在に延びきっていたわけではないが。

一体に、日本の滑稽文学では、落語なぞの影響で、駄洒落《だじゃれ》に堕した例が多い。(尤も外国でも、愚劣な滑稽文学は概ねそうであるが)。いわゆる立派な、哲学的な根拠から割り出された洒落というものは、人間の聯想《れんそう》作用であるとか、又、高度の頭の働きを利用し、つまりは、意味を利用して逆に無意味を強めるもので、近世風な滑稽文学(日本では「狂言」が――)が皆この傾向をとっている。ところが、江戸時代の滑稽文学や、西洋の古典は、之とは別な方向をとり、人間的であるために、その洒落が駄洒落に堕して目も当てられぬ愚劣な例が多いのである。(「八笑人」を摸して「七偏人」という愚作が後世出たが、之なぞは駄洒落文学を知る上には最適の例であろう。)こういうことは、ファルスを人間的に取扱い、浮世の風を滲《し》み込ませようとする時に、最も陥り易い短所であるが、しかし之も見様に由れば、技術の洗錬されないせいで、用い様に由っては、一見短所と見える斯様な方向にさえ尚《なお》開拓の余地はあるようである。私は時々落語をきいて感ずるのであるが、恐らくは文学として読むに堪えないであろう愚劣なものが、立派な落語家に由って高座《こうざ》で表現されると、勝れた芸術として感銘させられる場合がある。技術は理窟では習得しがたく、又律しがたいものである。古来軽視されていただけに、文学としての「道化」は、その技術にも多くの新らしい開拓を必要とするであろう。

私は深い知識があるわけではないので良くは知らないのであるが、当て推量で言ってみれば、「道化」は、その本来の性質として、恐らく人智のあると共にその歴史は古いように思われるし、且又《かつまた》、それだけに特別の努力も払われたことはなく、大して新生面も附け加えられて来なかったように考えられてならぬのである。もっと意識的に、ファルスは育てられていいように私は思うのである。せめてファルスを軽蔑することは、これは無くなってもいいと思うが——

肩が凝らないだけでも、仲々どうして、大したものだと思うのです。Peste！

ドストエフスキーとバルザック

散文に二種あると考えているが、一を小説、他を作文とかりに言っておく。小説としての散文の上手下手《じょうずへた》は、所謂《いわゆる》文章――名文悪文と俗に言われるあのこととは凡《およ》そ関係がない。所謂名文と呼ばれるものは、右と書くべき場合に、言葉の調子で左と書いたりすることの多いもので、これでは小説にならない。漢文日本には此《こ》の弊が多い。

小説としての散文は、人間観察の方法、態度、深浅等に由《よ》って文章が決定づけられ、同時に評価もさるべきものであって、文章の体裁が纏《まとま》っていたり調子が揃《そろ》っていたところで、小説本来の価値を左右することにはならない。文章の体裁を纏めるよりも、書くべき事柄を完膚《かんぷ》なく「書きまくる」べき性質のものである。

婦人公論の二月号であったか、ささきふさ氏がゴルスワージの小説を論じて、人のイエス・ノウには百の複雑があり、蔭《かげ》と裏があることを述べ、この難解なニュアンスを最も的確に表現しうる作家はゴルスワージであると述べていられるのを読んだが、その後ゴルスワージの小説を読むに及び、この所説の正しいことに思い当って、感服した。が、それだからゴルスワージの小説は傑作であるという説には賛同しがたい点もある。

私は、作者の観察の深浅、態度等が小説としての散文の価値を決定するものだと述べたが、部分部分の観察が的確であっても、小説全体の価値は又別であろうと思う。

小説は、人間が自らの医《いや》しがたい永遠なる「宿命」に反抗、或いは屈服して、(永遠なる宿命の前では屈服も反抗も同じことだ――)弄《もてあそ》ぶところの薬品であり玩具であると、私は考えている。小説の母胎は、我々の如何《いかん》ともなしがたい喜劇悲劇をもって永劫《えいごう》に貫かれた宿命の奥底にあるのだ。笑いたくない笑いもあり、泣きたくもない泪《なみだ》もある。奇天烈《きてれつ》な人の世では、死も喜びとなるではないか。知らないことだって、うっかりすると知っているかも知れないし、よく知っていても、知りやしないこともあろうよ。小説はこのような奇々怪々な運行に支配された悲しき遊星、宿命人間へ向っての、広大無遍、極まるところもない肯定から生れ、同時に、宿命人間の矛盾も当然も混沌《こんとん》も全てを含んだ広大無遍の感動に由って終るものであろう。

小説は感動の書だと、私は信じている。

小説は深い洞察によって初まり、大いなる感動によって終るべきものだと考えている。小説は一行の名描写、一場面の優秀によって良し悪しを言うべき筋合のものではない。同時に、全行に勝《すぐ》れた洞察が働いていても、全体として大きな感銘を持たない作品は傑作と言われない。

シェクスピア、ゴーゴリ、ゲーテ、バルザック、スタンダアル、ドストエフスキー、チェホフ、ポオ、私の好きな作家はいくらもある。だが、近頃は、主として、ドストエフスキーとバルザックを読んでいる。

私は最近、バルザックの「従妹《いとこ》ベット」を読んだのだが、恋の奴隷となった吝嗇《りんしょく》な老嬢が次々に起して行く行動のめまぐるしい展開には三嘆した。網の如《ごと》く張りわたされた人物が、悪魔の洞察によって摘発され、網の目を縫うて現実よりも真実に踊りだす。

私は、小説に於《おい》て、説明というものを好まない。行動は常に厳然たる事実であって、行動から行動への連鎖の中に人物の躍如たる面目があるのだと思っている。人間の心には無限の可能が隠されている。人間は常に無限の数の中から一の行動を起してゆくのであって、之《これ》を説明することには、何等かの点に於て必ず誤魔化しを必要とする。決して説明しきれるものとは思えない。

それに、この不可解な宿命を負うた人間の能力では、結局暗示ということ、即《すなわ》ち感じるということ、これが最も深い点に触れ得るのであって、説明ということは、もっと下根な香気少き仕業ではないかと考えている。芸術の金科玉条とすべき武器は、即ちこの如何《いか》に巧みに暗示するかということであって、読者の感情も理知も、全ての能力を綿密に計算して、斯《こ》う書けば斯う感じるにちがいないと算出しながら、震幅の広い描写をしてゆくべきではないかと思うのである。

大体、これこれの性格の人間であるから斯う斯うの行動をするということはないのであって、同じ人間に同じ条件を与えておいても、ふとしたハズミで逆の行動をとらないとは言えない。順《したが》って、我々の小説では、これこれの行動をしたから、彼奴《あいつ》は結局斯うという奴であるという風に、巻をおえて初めて決定すべきものであろうかと思う。

バルザックやドストエフスキーの小説を読むと、人物人物が実に的確に、而《しこう》して真実よりも遥《はる》かに真実ではないかと思われる深い根強さの底から行動を起しているのに驚嘆させせられる。ゴルスワージに見られるような細かさはないが、細かさよりも大きい動機から小説が出発しているので、全行動が粗く大まかに移動して行くのは止《や》むを得まいと思う。又それ故《ゆえ》、大きな構成をもった、大きな感銘を持った小説が作られるのであろう。尤《もっと》も、ドストエフスキーの人物は時々ひどく抽象的になる。哲学の上で歩き出す。そのために、血と肉のない人間が動きまわるので目ざわりになるが、この欠点を補うに足る素晴らしさも充分にあることは否《いな》めない。

それに、この二人は決して行動の出し吝《お》しみをしない。元来、日本の文学ではレアリズムということを、ひどく狭義に解していないかと私は思う。いったい、空想ということを現実に対立させて考えるのは間違いである。人間それ自らが現実である以上、現にその人間によって生み出される空想が現実でない筈《はず》はない。空想というものは実現しないから、空想が空想として我々愉《たの》しき喜劇役者の生活では牢固《ろうこ》たる現実性をもっているのではないか。

一つの行為には同時に無数の行為が可能であるのだから、殊《こと》に内攻した生活を暮しがちな日本人には、やろうと思えばやれた行為の現実性は甚だ多い。ＡＢＣＤの行為をＡ′Ｂ′Ｃ′Ｄ′かに飛躍せしめて表現することが、「小説の真実」の中では充分可能であるし、寧《むし》ろその方が明瞭に辛辣《しんらつ》に的確に表現しうることが多い。ところが日本の文学ではレアリズムを甚だ狭義に解釈しているせいか、「小説の真実」がひどくしみったれている。まるで人物の行為を出し吝しんでいるようである。バルザックやドストエフスキーには其《そ》れがない。その作品の人物はＡ′Ｂ′Ｃ′乃至《ないし》Ａ″Ｂ″Ｃ″の飛躍の中で、現実よりも寧ろ高い真実性と共に完膚なくのたうち廻《まわ》っている。私には、それが甚《はなは》だしく羨《うらや》ましく、かつ啓発されるのである。自分の生活を有りのままに書くような芸のない真似《まね》はしない。彼等の芸術は現実よりも飛躍した芸術的真実の中にあるのである。同時に、悪魔をも辟易《へきえき》せしめるに相違ない、剔《えぐ》るが如き眼光を見たまえ。ただ一人の人物を頭の中で完全に育てあげるということさえ至難な業《わざ》であるのに、バルザックの持つ人物の多様さよ。深さよ。小説は寧ろ「書きまくる」べき性質のものだと述べたが、書きまくるほど多くのことを身について持つには、よほどの勉強が必要であろう。バルザックやドストエフスキーを読むと、あの多様さを、あの深い根底から縦横無尽に書きまくっているのに、呆然《ぼうぜん》とすることがある。

人生への、人の悲しき十字架への全き肯定から生れてくる尊き悪魔の温かさは私を打つ。

（一九三三・九・二五・新潟にて）

意慾的創作文章の形式と方法

一

小説の文章を他の文章から区別する特徴は、小説のもつ独特の文章ではない。なぜなら小説に独特な文章というものは存在しないからである。

「雨が降った」ことを「雨が降った」と表わすことは我々の日常の言葉も小説も同じことで、「悲しい雨が降った」なぞということが小説の文章ではない。

勿論《もちろん》雨が「激しく」降ったとか「ポツポツ」降ったとか言わなければならない時もある。併《しか》し小説の場合には、雨の降ったことが独立して意味を持つことはまず絶対にないのであって、何よりも大切なことは、小説全体の効果から考えて雨の降ったことを書く必要があったか、なかったか、ということである。

小説の文章は必要以外のことを書いてはならない。それは無用を通りこして小説を殺してしまうからである。そして、必要の事柄のみを選定するところに小説の文章の第一の鍵《かぎ》がある。

即《すなわ》ち小説の文章は、表現された文章よりもその文章をあやつる作者の意慾《いよく》により以上重大な秘密がある。作家の意慾は表面の文章に働く前に、その取捨選択に働くことが更に重大なのだ。小説の文章は創作にも批判にも先《ま》ず第一に此《こ》の隠れた意慾に目を据えなければならない。

愚劣な小説ほど浅薄な根柢《こんてい》から取捨選択され一のことに十の紙数を費《ついや》すに拘《かかわ》らず、なお一の核心を言い得ないものである。それにひきかえ傑作の文章は高い精神によって深い根柢から言い当てられたもので、常にそれなくしてはありえなかったものである。

二

前述のように、まず意慾が働いてのち、つづいて表現が問題となる。

一般の文章ならば、最も適切に分り易く表わすことが表現の要諦《ようてい》である。この点小説の文章も変りはない。併しながら小説には更に別の重大な要求があるために、必ずしも適切に分り易くのみ書くわけにいかない。

即ち、作家はAなる一文章を表現するに当って、Aを表現する意慾と同時に、小説全体の表現に就《つい》ての意慾に動かされている。Aに働く意慾は当面の意慾には違いないが、実は小説全体に働く意慾の支流のようなものである。従而《したがって》、Aなる文章はAとして存在すると同時に、小説全体のための効果からAとして存在する必要にせまられる。つまりAとして直接の効果をねらうと共に、Aとして間接の効果をねらっている。のみならず、単に間接の効果のためにのみ書かれる文章もあるのである。

そのために、文章を故意に歪《ゆが》めること、重複すること、略すこと、誇張すること、さらには、ある意図のもとに故意に無駄をすることさえ必要となってくる。ことに近代文学に於《おい》て、文学が知性的になり、探求の精神が働くに順《したが》い、こういう歪められた文章も時には絶対に必要とされる場合も起るのである。

併し文章を故意に晦渋《かいじゅう》にするのも、畢竟《ひっきょう》するに、文章を晦渋にしたために小説の効果をあげ、ひいては小説全体として逆に明快簡潔ならしめうるからに他ならない。単に晦渋のために晦渋を選ぶことではないのである。

要するに小説は明快適切でなければならないものであるが、小説の主体を明快適切ならしめるためには、時として各個の文章は晦渋化を必要されることもありうるのだ。そして描写に故意の歪みを要するところに——換言すれば、ある角度を通して眺め、表わすところに——小説の文章の特殊性もあるのである。

なぜなら、小説は事体をありのままに説明することではない。小説は描かれた作品のほかに別の実体があるわけのものではない。小説はそれ自体が創造された実体だからである。そこから小説の文章の特殊性も生まれてくる。次にそのことを詳述しよう。

三

我々の平素の言葉は「代用」の具に供されるものである。かりに我々が一つの風景を人に伝えようとする。本来ならその風景を目《ま》のあたり見せるに越したことはないが、その便利がないために言葉をかりて説明するものである。従而、言葉を代用して説明するよりも、一葉の写真を示す方が一層適切であろうし、出来うべくんば実際の風景を観賞せしめるに越したことはない。

だが、このような説明がいかほど真にせまり、かつ美辞麗句をもって綴《つづ》られるにせよ、これを芸術と呼ぶことはできない。なぜなら実物を見せる方がより本物だからである。芸術は、描かれたものの他に別の実物があってはならない。芸術は創造だから。

単に現実をありのまま描くことなら、風景の描写には一葉の写真をはさみ、音の描写には音譜をはさむことが適切であろうが、それにせよ現実そのものの前では全く意味をなさない死物と化すの他はない。芸術の上では、写実といえども決して現実をありのままに写すことではないのである。

偉大な写実家は偉大な幻想家でなければならないとモオパッサンはその小説論に言っている。一見奇矯《ききょう》なこの言葉も、実は極めて当然な次の理由によるのである。

作家が全てを語ることは不可能である。我々の生活を満《みた》している無数のつまらぬ出来事を一々列挙するとせば、毎日少くも一巻を要すであろう。

そこで選択が必要となる。そして、これだけの理由でも「全き真実」「全き写真」ということは意味をなさなくなるのである。

それゆえ最も完全な写実主義者ですら彼が芸術家である限り、人生の写真を我々に示そうとはしないで、現実そのものよりももっと完全な、もっと迫るような、もっと納得の出来るような人生の幻影を我々に与えるように努めるであろう。つまり完全な幻影を与えることこそ勝《すぐ》れた写実家の仕事なのだ。

のみならず、世に現実が実在すると信ずることは間違いである。なぜなら各人の感覚も理性も同一のものを同一に受《う》け納《い》れはしないから。Aにとって美であるものがBにとって醜であることは常にありうることだ。その意味では各人にめいめいの真実があるわけだが、不変の現実というものはない。即ち我々はめいめい自分の幻像を持っているのである。

そして芸術家とは、彼が学んだそして自由に駆使することのできる芸術上のあらゆる手法をもって、この幻影を再現する人である。けれども、Aの幻影がBに納得されるには甚《はなはだ》しい困難がある。単なる説明や一人合点の誇張では不可能である。そこに芸術の甚だ困難な技術がいる。つまり芸術家とは自己の幻影を他人に強うることのできる人である。

かように最も写実的な作家ですら、単なる説明家、写実家でないことを了解されたであろう。のみならず芸術家をして創作にからしめる彼の幻影といえども幻影として実在するものではなくて、描かれてのち、描かれたものとしてはじめて実在することができるのである。

然《しか》らば単なる説明でない文章とは何か？　次にそのことを述べよう。

四

併し芸術に独特な、純粋な言葉というものはない。小説に用いる語彙《ごい》も我々の日常の語彙も全く同様のもので、むしろ日常用うる以外の難解な語や已《すで》に忘れられた死語やひねくれた美辞麗句を用いることは芸術をあやまる危険をもつ。

然らば同一の語彙の一を芸術にまで高めるものは何か。併しこのことを理解するには、やや超理的な理解力が必要である。なぜならこのことは職業の秘密ともいうべき超理的な要素を含んでいるからである。

けれども敢《あえ》て言えば、恐らく言葉を使駆するところの作家の精神の高さによるものであろう。そして作品を底流する作家の精神は、作品の角度となって表面に現れる。この角度こそ私の最も言いたいことであるが、後章に説明することとして、とりあえず、かような文章の一例に就て述べよう。

しかし、このような文章の例を散文にもとめるのはむずかしい。なぜなら散文は一句が独立した効果をあらわすことはなく、必ず前後の文章《コンテクスト》に複雑な関係を残しているから。私は今、芭蕉《ばしょう》の句に就てこれを説明しよう。

古池や蛙《かはづ》とびこむ水の音

この句は我々にある種の感銘を与える。私は之《これ》を決して高く評価はしないが、とにかく芸術であることは疑えない。

さて、この句に就て先ず我々が気付くのは、ここから受ける感銘の理由は、古池の風景でもなく、蛙の落ちた水の音でもないということである。もしも音楽家があって、この句を作曲するに古池に蛙とびこむ水の音を克明に写したとする。物笑いの種《たね》となるばかりであろう。

古池や蛙とびこむ水の音　淋《さび》しくもあるか秋の夕ぐれ

私はこの和歌を五十嵐力《いがらしちから》氏著「国歌の胎生及びその発達」から引いてきた。五十嵐氏の指摘される通り、ここには更に一つの季節と淋しいという感情と、いかにも淋しさにふさわしい夕ぐれという時間まで読者に教えてくれる。我々はこの和歌によって古池の情景をかなり微細に暗示された。けれども句のもつ感銘が深まったとは思われないばかりでなく、却《かえ》って下品となり、落付《おちつき》は失われ、淋しさは言葉となったために実感を失い、結局何ら人を打つところのない単なる風景の説明に終っていることに気付かずにいられない。即ち芸術とは写真を見せることではないという一例を之によっても知ることができよう。

作家の精神はありのままに事物を写そうとする白紙ではないのである。複雑――むしろ一生の歴史と、それを以《もっ》てして尚《なお》解き得なかった幾多の迷路さえ含んでいる。そしてこの尨大《ぼうだい》な複雑が、いわば一つの意力となって凝縮したところに漸《ようや》く作家の出発があるのである。言葉を芸術ならしむるものは、言葉でもなく知識でもなく、一に精神によるものであるが、併し精神を精神として論ずることは芸術を説明する鍵とならない。

作家のかかる精神は、作品の角度となって表面に現れてくる。現象の取捨選択に働く直接の母胎もこの角度であり、文章の迫真力や脹力も全てこの角度によって各々の方向を規定されてくるのである。そしてこの角度こそ文章を芸術ともならしめるものである。

五

作品の角度とは即ち作家の意慾に他ならない。

単なる観察(如何《いか》に辛辣《しんらつ》であろうとも)、単なる思想(如何に深遠であろうとも)、それは芸術にとって素材であり、写真の如きものにすぎない。かかる観察、思想に通路を与え方法を与えるものが作家の意慾である。

例えば、かりに人物の取扱いに就て之を見よう。ドストエフスキーのように、その人物の特徴ある部分のみを誇張してそれによって全人格を彷彿《ほうふつ》たらしめようとする作家がある。反対に、人物の特徴にはなるべく触れぬようにして、微細なニュアンスで人物を描きわけてゆくモオパッサンがある。又人物の個性としてよりも人間の類型化に観点をおいて、タイプのもつ特徴だけを浮き立たせながら人物を進行させるバルザックがいる。かと思えば性格などは眼中に置かずに知性と心理解剖をもって人間性に解釈と、知性の極北に立つ詩とを見出そうとしたバンジャマン・コンスタンの如き作家もいる。

我々はドストエフスキーの作品の中で、彼自ら最も平凡で、ありふれた人物という注釈付きで登場させる数名の人を見出すことができる。成程《なるほど》彼等は私達の目になれた平凡人達ばかりだ。けれども同時になんと非凡であり風変りであることよ。けれども読者である我々はこの風変りな人々を全く有りふれた平凡人としてしか受け納れることができない。又事実平凡人はかように風変りでもあるのだ。寧《むし》ろ我々は平凡人の風変りに見馴《みな》れてはいたが気付かずにいて、ドストエフスキーが描くことになって歴々と無数の風変りな平凡人を身辺に認識したのかも知れない。斯様《かよう》に、ドストエフスキーは、たとい平凡人を描くにしても、極めて目立つ特徴を更に浮き立たせるようにして扱ってゆく作家である。

これに反するものとして、私達はモオパッサンの傑作「ピエルとジャン」を読むことにしよう。野心家で激しい情熱を持つ男で、そのくせ奇妙な冷静とねばりと気紛れを持つ長兄ピエルは、この作品の中で極めて普通にとり扱われている。けれども読者である我々はそれで充分納得して、その微細なニュアンスからピエルの全貌《ぜんぼう》を歴々と想像しながら読了してしまう。もしも此の同じピエルをドストエフスキーが取扱ったらどうだろう、まるでシャートフのように書くかも知れない。しかも変人のシャートフもざらにあるピエルも、結果に於て同じような人間なのだ。

勝れた作家は各々の角度、各々の通路を持っている。通路は山と海ほどの激しい相違があるけれども到達する処《ところ》は等しい。同じ人物をピエルとシャートフの相違で描いても、要するに全貌を現したあとでは同じものになる。モオパッサンはピエルの方法でしかシャートフが描けないのである。

同様にゴーゴリの平凡はなんと奇抜でユーモラスであろう！　我々の平凡はこんなに奇抜ではない。併しゴーゴリを読んだあとでは無数の身辺の平凡の中に、我々は奇抜を認めずにいられなくなる。

けれどもモオパッサンにとって、平凡の奇抜な面は必要ではなかったし、奇人の奇抜な面さえ必要でなかったのである。反対にドストエフスキーは平凡人を平凡の面からはどうしても描けなかった。

角度は無限である。めいめいが各々の角度を持たなければならない。けれども如何に多くの贋物《にせもの》があるか。否《いな》、真に自らの角度を持ち、しかも之を正しく育てうる人は極めて稀《まれ》にしかない。

以上は人物の取扱いに就ての作家の角度の一例であるが、角度は勿論《もちろん》人物に限るものでなく思想の取扱いにも働き、否、小説全体に働く。同時に各々の文章、さらに小には一語一語に働くものである。

だがこの小論は文章に就てのものであるために、次にかかる意慾的な文章に就て述べよう。

六

作家の意慾は文章よりはじめて小説全体に行きわたるとは、即ち逆に小説の文章はAなる文章としてあると同時に、小説全体の中のAなる効果としてあるということに他ならない。のみならず、小説は小説全体として完成さるべきものであるから、個々の文章が如何ほど独立した完璧を示すにしても小説全体としての完成を示さなければ高く評価することはできない。

従而《したがって》小説の文章はAとして直接の効果を狙《ねら》うよりもAとして間接に働き、直接の効果を殺して余裕ある歩みを運ぶことが多い。けれども斯様な余裕が如何ほど深い計算の結果選び出されたものであるか、言わずして想像し得られると思う。

たとえば読者に悲しさを伝えるために、作者が嗚乎《ああ》と溜息《ためいき》を洩《もら》したり、すぐさま悲しいと告白したとする。成程読者はこれを読んで、作者が悲しんでいるなということは納得がゆく。併し読者の悲しみになることは決してないであろう。芸術に於て作者の悲しみは読者の悲しみとならねばならぬものであるのに。

たとい自己を描く時も、作家は描く自己と描かれる自己の二つの人格を明瞭に認識すべきものである。自分の悲歎《ひたん》や心境を単に無技巧に押しつけようとしても、読者はついてくるものでない。何事も言葉に表わされた以上一応は理解しうる。併し読者をして身をもって感ぜしめねば不可である。

モオパッサンは旅行記「水の上」に次のような感想を洩している。即ち自分は作家として何事にも観察者の立場に立つために遂《つ》いに恋を失ったと。なぜなら自らの恋情に当っても直ちに観察者として自らを凝視解剖する冷酷な眼を逃れることができない。そのために自分の恋に溺《おぼ》れることさえできなかった、と。我々はここに芸術家の残酷な宿命を感ぜずにいられないが、同時に目下の我々に与えられた一つの解答を見出すであろう。即ち、常に自らをも客観せよ。

次に我々の仕事は「計算」することである。まことに小説の文章ほど計算を要するものはない。小説を一言にして言えば「計算の文章」である。

今我々は一人物の外貌を描写しようとしている。特徴のある顔、甚だ表情のある手、それよりも短い身長と、しかも奇妙にゴツゴツした動きが特に目をひき易い。しかも猫のような声、時々まるで変化する眼の具合、これらを精密に描いたなら、読者はその外貌を読んだだけで、この男の性格や心の底を見抜くことが出来るほどだ。そこで我々はこの人物の外貌を精細に描写したいばかりに、情熱でウズウズしている。併し長い紙数を費して一気にこの男の外貌の全部を描いていたら、読者は却って退屈を感じ、そのために混雑した不明瞭な印象を受けるばかりで、大切な核心を読み逃してしまうであろう。

そこで我々は計算する。今この男は心にもない嘘《うそ》をついて冷酷に相手を観察しながら喋《しゃべ》っている場面である。そこで今は冷《つ》めたい目と、水のような声だけが必要なのだ。鼻や手や顔色や動作は次の機会に書く時があるだろう。畢竟するに小説全体の中でこの男が浮き彫りにほりあがればいいのだから。

斯様な計算は、人物の性格に就ても、作者の語りたい心境についても、思想に就ても同様である。あわてずに計算の極をつくし、余裕をもって描くべきである。たとい慌《あわ》ただしい情景を描くに当っても作者が慌ててはいけない。作者はあくまで余裕ある計算をつくさねばならぬ。

然らば何事を計算するか？　むろん小説の全体の配分に沿うて現象を配合すること、

取りあわすこと、分離すること、綜合《そうごう》すること、それも必要である。その上、我々は読者の心臓を計算しなければならない。即ち斯《こ》う書けば斯う感じるに相違ないと綿密に算出して、しかも計算は前後の文章に連《つらな》り全体に連るために甚だ複雑な手順をつくして読者の心臓を測らなければならないのである。同時に必ず割りきらなければならない。剰余を残して済ますことは小説の文章の計算法には許されないことである。その上、配分せられた個々の文章の総和が、自分の狙う詩や思想や雰囲気や感銘の効果を充分に生み出しているかどうか、計算に狂いがなかったか、それを正確にしかも事前に予測しうる経験、練達をつまなければならない。

七

最後に我々が注意しなければならないのは、文章の調子をまとめるために、右と書くべきを左と書くような無理をしてはならないことである。

我々日本人は漢文によって無理な美文を教えられてきた。これは概《おおむ》ね右と書くべきところを言葉の調子で左と書く風な所謂《いわゆる》名文であった。これを名文と称《よ》ぶならば、私は躊《ちゅう》躇《ちょ》なく悪文こそ芸術の文章と称びたい。

小説の文章は独立した文章として完成し、なだらかに美しく一種の詩の音律美を具《そな》えていても値打をもたない。寧ろそれは芸術を殺してしまうものである。

小説の文章は書くべき事柄を完膚なく書きつくさねばならないのである。即ち、作家の角度から選択され一旦《いったん》書くべく算出された事柄は、あくまで完膚なく書きつくさねばならないのだ。たまたま文章の調子に迷い右を左と書きつくろうような過ちは犯してならないことである。

真の詩は言葉の調子からは生れないものである。まことの詩は事実の中にひそんでいる。バンジャマン・コンスタンは人性を知性にわりきった極北に詩を見出した。ドストエフスキーは人性の葛藤《かっとう》の中に詩を見出したのである。

(参考書)

日本語に読みうるものに、アランの「散文論」(作品社出版)が最上と思いますが、そのほかに、モオパッサンの「小説に就て」も参考になろうかと思われます。これは同人の小説「ピエルとジャン」(岩波文庫)巻頭に訳載されております。変ったところでは、マルセル・プルウストの文章論なぞは如何。これは“Les Plaisirs et les Jours”及び“Chronique”(邦訳もあることと思いますが)なぞに種々の題目で論じられております。

枯淡の風格を排す

「枯淡の風格」とか「さび」というものを私は認めることができない。これは要するに全く逃避的な態度であって、この態度が成り立つ反面には人間の本道が肉や慾《よく》や死生の葛藤《かっとう》の中にあり、人は常住この葛藤にまきこまれて悩み苦しんでいることを示している。ところが「枯淡なる風格」とか「さび」とかの人生に向う態度は、この肉や慾の葛藤をそのまま肯定し、ちっとも作為は加えずに、しかも自身はそこから傷や痛みを受けない、ということをもって至上の境地とするのである。虫がいい、という言種《いいぐさ》も、このへんのところへ来ると荘厳にさえ見えるから愉快である。

「枯淡なる態度」が煩瑣《はんさ》を逃れて山中へでも隠れ孤独を楽しむというような、単に逃避的なものであるならまだ許せるが、現世の葛藤をそのまま肯定し、しかも自身はそこから傷も痛みも受けないという図々しい境地になると、要するにその人生態度の根幹をなすところの一句は、自らの行うところに悔いをもつべからずということである。自らの行うところを善なりとか美なりと強調しない代りには、悪なり醜なりと悔いないところにこの態度の特質がある。自らの行うところは人にも之《これ》を許せというと、ひどく博愛にきこえるが、事実はさにあらず、これほどひねくれたエゴイズムはある筈《はず》がないし、自分にとって不利な批判的精神というものを完全に取りさろうというのだから、これほど素朴であり唾棄《だき》すべき生き方は他にない。人生の「枯淡なる風格」とは自らに悩みの種《たね》の批判的精神を黙殺することによって生れた風格に他ならない。

河上徹太郎氏が人間修業ということを言っていたのは、こういうインチキな諦観《ていかん》をもって至上とする境地に就《つい》て説いたものでは無論ないが、元来、これまで日本に於《おい》て政治家実業家あたりが人間修業と称して珍重したものは、このインチキな風格であった。後悔や内省は若いというのである。峻烈《しゅんれつ》な自己批判から完全に目を掩《おお》うたところで「人間ができた」ということになり、恰《あたか》も人生の深処に徹したかの盛観をなす、まことに孤《ひと》り静かな印度《インド》の縁覚を目のあたりに見る荘厳だが、根底に於てこれほど相対的な功利的計算をはたらかしたものは珍らしい。悔ゆべきところに悔いを感じまいとする毒々しい虫のよさもさることながら、他人に許されるために他を許そうとする、こういう子供同志の馴《な》れ合いのような無邪気な道徳律が、恰も人生の最深処の盛観を呈して横行しているのが阿呆《あほ》らしいのだ。枯淡というと如何《いか》にも救われた魂を見るようであるが、実は逆に最も功利的な毒々しい計算がつくされている。小成に安んじ悩みのない生き方をしようと志す人々にとって、枯淡の風格がもつ誤魔化しは救いのように見えるかも知れぬが、真に悩むところの魂にとって、枯淡なる風格ほど救われざる毒々しさはないのである。葛藤の中に悩みもがく肉慾吝嗇《りんしょく》はどのように醜悪でも、悩むが故《ゆえ》の蒼《あお》ざめた悲しさがある。むしろ悲痛な救いさえ感じられる。ところが悩むべきところにも悩みから目を掩うた枯淡なる風格に接し、その描きだす枯淡なる性慾図にふれると、悩む者の蒼ざめた悲しさがないゆえ、一途《いちず》に毒々しい。

正宗白鳥《まさむねはくちょう》氏の「痴人語夢」(中央公論)を読むと、その書き出しに有島武郎《ありしまたけお》の「或る女」のことが書かれてあるが、痴人語夢の主人公文学青年「彼」は「或る女」に取り扱われている国木田独歩《くにきだどっぽ》の恋愛事件に、独歩が青白い皮膚をひんむかれているのが嘔吐《おうと》を催すほど醜悪だと感じている。つまり「或る女」の中の、

「葉子を確実に占領したという意識に裏書きされた木部(独歩)は、今までおくびにも葉子に見せなかった女々《めめ》しい弱点を露骨に現わし始めた。後ろから見た木部は葉子には取り所のない平凡な気の弱い精力の足りない男に過ぎなかった。筆一本握ることもせず朝から晩まで葉子に膠着《こうちゃく》し、感傷的な癖に恐ろしい我儘《わがまま》で、今日今日の生活にさえ事欠きながら、万事を葉子の肩に投げかけて、それが当然な事でもあるような鈍感なお坊ちゃん染みた生活のしかたが、葉子の鋭い神経をいらいらさせ出した。……結婚前まで

は葉子の方から迫って見たに拘《かかわ》らず、崇高《すうこう》と見えるまでに極端な潔癖家だった彼であったのに、思いもかけぬ貪婪《どんらん》な陋劣《ろうれつ》な情慾の持主で、而《し》かもその情慾を貧弱な体質で表わそうとするのに出喰《でく》わすと……」

この件《くだ》りを読んだ彼(痴人語夢の主人公)は「貪婪陋劣な情慾を貧弱な体質で表わそうとする光景を目に浮べると、嘔吐を催しそうな気持がした。「青春の恋」と言って、詩に唄《うた》われたり小説に描かれたりしているのを読むと、いかにも美しそうであるが、その正体は概して貧弱であり、醜悪でもあるらしい。獅子《しし》の如《ごと》く豹《ひょう》の如き肉体を具《そな》えた猛獣の「青春の恋」は、想像しても壮観である」と感じているのである。過去の正宗氏の作物から見て、この考え方は作中の人物のものではなく、氏の本音に最も近いものであろう。

貪婪な情慾を貧弱な体質で表わそうとする肉慾の図に嘔吐を催しそうになるという感じ方は、一見潔癖な精神を思わせるようであるが、事実は全くそうでない。悩むべきものに悩むまいとする逃避的な思想から来たもので、自ら内蔵する醜に強いて触れまいというのであるが、彼が斯《か》く「醜」と感ずるそのことが全く実体のない空想的偏見に捕われているのであって、真に悩むべきを悩むところの人間にとっては醜も美も文句はなく切実な行があるばかりである。斯様《かよう》な場合、空想的思弁家のシニカルな潔癖ほど醜劣なものはないのである。実体の探究者、或いは実体と争う人にとって、「行」に先立つ醜も美もありえない。

正宗氏の足跡は苦行者の如く、その数十年の作家生活は一途に悩みつづけてきたかの外貌《がいぼう》を呈しているが、実際は、当然悩むべきところに悩むまいとする逃避的な悩み方ばかりを悩みつづけてきたものと私は解する。ところが正宗氏は所謂《いわゆる》政治家実業家の「腹のできた人間」ほど莫迦《ばか》になりきるにしては聡明《そうめい》すぎる頭を持ち、峻烈な理知をもっているから、自分の逃避的な人生態度に時々自ら批判者の側に立ち、せめて思弁の中でなりと逃避的ならざる素裸となり景気をつけてみようとする。然《しか》し所詮《しょせん》思弁家は行う人であり得ない。

「貪婪陋劣な情慾を貧弱な体質で表わそうとする光景を目に浮べると、嘔吐を催しそうな気持がした。「青春の恋」と言って、詩に唄われたり小説に描かれたりしているのを読むと、いかにも美しそうであるが、その正体は概して貧弱であり、醜悪でもあるらしい」という件りまでは正宗式逃避性の然らしむるところとして、まずよろしいが、次に「獅子の如く豹の如き肉体を具えた猛獣の「青春の恋」は、想像しても壮観である」なぞとせいぜい凄《すご》そうなことを言いだすのも、種《たね》を明せば中味は何もないのであって、この空想的思弁家が自分の逃避的な人生態度にあきたらなくなって、ちょっと色気をだし空景気《からげいき》をつけてみたまでにすぎない。貧弱な肉体の情慾が醜く、猛獣の性慾が壮観であるという、こういう少年の空想のような、たわいのない思弁家的美意識が私には鼻持ちならないのだ。肉体の悩みに正面からぶつかって行こうとせず、頭の中で悟りすまし、或いは頭の中で悟りを打ちこわしていた正宗氏は、いまだに救われざる肉体を持ち、しかも不当にその肉体を醜なりと卑下しながら、猛獣の性慾が壮観であるなぞという薄っぺらな逆説をもてあそびもって肉体の醜が救われたかの野狐《やこ》禅的《ぜんてき》悟りに綿々ととらわれている。斯様な逃避性を帯びた、架空な、そうして我々が決して避くべきでない肉体の真実の懊悩《おうのう》には何の拘《こだ》わるところもない、ゆがめられた想像によって悟りすましでっちあげられた愚かしい美意識に、過去の文学がどれほど過《あや》まられ毒せられたか知れなかった。肉体をもたない悩みはまことの悩みではない。況《いわ》んや肉体を始めから醜なりと断定し、その過った断定にとらわれて、そこから逃げだし目を掩うべく悩みつづける、そういう空虚な悩み方は宗教家でさえ心ある人々は不当とする。正宗氏の人生は成程《なるほど》悩みつづけた人生であるかも知れぬが、まことは悩むべきことに悩まなかった、「童貞主義者」流の悩みにすぎない。彼の持ち前の峻烈な自己批判によって、その童貞主義者流の醜怪さが多少救われていると思わしめるほどの曲りくねった筆力はあるにしても、所詮は、貧弱な肉体の情慾が醜く猛獣の性慾が壮観である底《てい》の架空なパラドックスを弄《ろう》してひそかに慰めるに過ぎなかったのだ。痴人語夢の一篇が即ちこのパラドックスを根幹にした作品であって、自らの逃避性にも倦怠《けんたい》した正宗氏が、せいぜい猛獣の壮観的景気をつけるべく色気をだしたのであろうが、結局まことに地についた肉の悩みとは縁遠い、空虚な想像された人生の断片をのぞかせてくれたに過ぎなかった。

徳田秋声《とくだしゅうせい》氏の「旅日記」(文藝春秋)は冒頭に述べた「枯淡なる風格」的文章の代表的なものである。ここでは枯淡ということが、隠すべからざるところにも目を掩い、悩むべきところにも悩むまいとする毒々しさと、全く同義である。悩まざるがゆえの、救われない毒々しさが、私を悩ますのであった。

なにぶん題に示す通りの旅日記で、徳田氏の代表的な作物でないと云《い》えば、それまでの話であるが、然し目下の日本帝国には斯《こ》ういう文章を読んで「枯淡の風格味《あじわ》うべきものあり」なぞと珍重する読書人がハバをきかしていると思うと、自分の小説の下手糞《へたくそ》なのも打ち忘れて、腹が立ってくるのである。題の通り筋も急所もないのだから、読まない人に通じるように話せないのが残念であるが、ザッとこの作品の荒筋をのべれば、もはや老境に達した融とよぶ小説家の主人公が、病床の兄夫婦を見舞うために故郷に帰り、余命いくばくもない兄夫婦の自分の死なぞもはやなんでもなく、ただ一方の死ぬまでは生きのびて看《み》とってやりたいなぞという心境など語りあい、やがて徒然《つれづれ》にも悩むうち甥《おい》のすすめるままに、娘のように年齢の違う東京の情人のところへ電話をかけ、故郷見物がてら来てはどうかと呼びよせる。女が来たので甥に案内させて町をみせたり、一応兄に紹介しておきたくなって兄を訪れたり、甥と散歩にでた女が赤い顔で帰ってきたので、酒を飲んできたのだろう、いいえ飲みませんと押問答したり、料理をくいに行ったり温泉へ行ったり、昔は美丈夫だった友達の写真をわざわざ取寄せて女に見せたり、その人がもう死んでいたり、要するに、そういう種々の事柄のまことに「枯淡なる」記録である。

この作品のどこに特別の人生的深さがあるものやら、あると云う人の、それではどこにその深さがあるというのか一々丁寧に教えてもらわないことには、全く私の腑《ふ》に落ちないのだ。

まず人物にしてからが、どの一人として所謂《いわゆる》南画の神品風に生動する活写はなく、娘のような女をつれて温泉なぞ歩いている老人の姿にも人生の深さによって人を打つ筆力は全くない。そういう表て立った筆力を殺し、物々しい描写をさけているところに勝《すぐ》れた味いがあるというのは、当らない。簡略にして要をつくしているというなら簡略も要のぶんだけの働きをしていることになるだろうが、この作品の簡略な筆触は一向人物を活写せず、少しく濃厚な筆力を用いたならこれ以上に人物を活写することは容易な業《わざ》と思われるからである。人物を活写せずして活写以上の味わいを出しているなぞいう、空想的な文章論は意味をなさない。活写せざるよりは活写する方がいいに極《きま》っている。

　この作品に記録されているような種々な事柄が特別深い人生であるわけもなく、ましていい年をした主人公が、赤い顔をして這入《はい》ってきた娘のような情人に酒を飲んできたのだろうと、人々のいる面前であるというのに思わず色をなして詰《なじ》ったりする、そういう告白的な飾らざる態度が特別深い人生のわけもないだろう。むしろ告白のねばり強さ、真剣さが足りないと思うのである。否《いな》、量的に足りないのではなく、本質的に不足していると思われるのだ。

「またしても羞恥心《しゅうちしん》の乏しい自分をそこに湲《さら》けだしてしまった」

　人々の面前で女を詰ったあとで、氏はただ一行だけ、こう附《つ》け加えている。いかにも自分の汚《きた》なさを良く知っているという風で、そんなことを隠す気持も、飾る気持も、偽る気持もないのだという悟りきった書き方である。これだけを告白してしまえば、あとには微塵《みじん》も汚いものは残っていないというように見える。徳田氏の心事果《はた》して此《かく》の如く淡白なりや否や、まことに疑わしいものがある。

　徒然に悩んでいるところへ甥がきてすすめるままに、東京の情人へ電話をかけて呼び寄せる件りを次のように書いてある。

『あの人をお呼びになったら何《ど》うですか』

『いや、今度は見舞に来たんだから。この町を連《しき》りに見たがってはいたけれど……』

『それでは呼んだら可《い》いでしょう。又という機会もないでしょうから』

融はそういう時、ちょっと我慢のできない性分なので、つい長距離を申し込んでしまったが、一と話していると間もなく鈴が鳴って、立って行って受話機を耳にして『もしもし』とやると直《す》ぐ美代子の朗らかな声が手に取るように聞えてきた。

『……都合がついたら遣《や》ってこないか』

『ええ行くわ』

時間の打合せなどしてから、電話を切った」

まことに淡々たるもので、作品の全ての部分が斯ういう調子で書かれているのである。元来会話というものは、語られた言葉の内容が心の内容の全部ではなく、語られざる心もあり、言葉の裏側の心もあり、更に二重三重に入り組んだ複雑が隠されていることは言うまでもない。それゆえ語られた言葉ばかりの戯曲では、いきおい日常そのままの冗漫な会話ではいけないわけで、心の裏を推測するに便利のような組み立をもって立体的な会話を構成する。然し徳田氏の「旅日記」の場合は、会話が決して斯様な立体的な組み立をもって構成されてはおらぬ。単に日常ありのままの平面的なものを、わざと裏の分らぬように取りだし、恰も小学生の綴り方に近づこうとする故意の単純さを衒って読者の前に投げだす。しかも会話の裏については、全く説明をつけ加えようとせぬ。

果して会話の裏側に何ものもないのだろうか？　然り、書かれた以外に強いて説明し反省すべきものはない、と徳田氏は言われるかも知れぬが、然らば問題は自《おのずか》ら別だ。裏も表も悩みもない、単に日常生活の表面のみを辿《たど》って記録し報告する斯様な文章は、これを綴り方と言い、小説とは言わない。小説とは報告にとどまる叙事文ではないのである。裏も表もない会話であって、そうして単に出来事の報告にとどまる限りなら、小説の場合これを冗漫に書き連ねる必要は毫《ごう》もないわけであって、「甥がすすめるので電話をかけ女を呼びよせた」と一行だけ書けば宜《よろ》しいわけである。会話の行間に裏をにおわす何物もなく、まして会話のあることによって人物の面目が躍如とする、というだけの効能もないとなれば、この一齣《ひとこま》は無駄であり、ひいて小説全体が小学生の綴り方以上の何物でもないのである。

徳田氏の眼が、自分の心の奥に向って、これ以上の深入りをさけるなら、当然これは小学生の綴り方と同列である。

娘のような恋人をもつこと、甥のすすめるままに東京から恋人を呼び寄せること、多少の嫉妬《しっと》を起すこと、そういうことが一見飾らず偽らず隠さずという風に書かれてあるのだが、飾らず偽らず隠さざるが故のかように裸となって光を求め道を求めて彷徨《ほうこう》する苦難な歩行者の姿は微塵もないのだ。のみならず、飾らず偽らざるが故に救われた安息者の静かな姿があるかと言えば、なかなかもってそうではない。悩むべきを悩まざるところの、一途の毒々しさがあるばかりである。

いわば自分の行為を全て当然として肯定し、同様に他人のものをも肯定し、もって他人にも自分の姿をそのまま肯定せしめようとする、肯定という巧みな約束を暗に強いることによって、傷や痛みを持ちまいとする、揚句には内省や批判さえ一途に若々しい未熟なものと思わしめようとする、「旅日記」一篇の底に働く徳田氏の作家的態度というものは、これ以上の何物でもないのである。

ジイドのように、いい年をして尚《なお》個体を先頭に立ててのたうちまわり、悪あがきをする、時々まるで十七、八の少年を見るような熱狂ぶりを見せたりするが、これが作家の本当の姿ではないだろうか。年をとっても肉体がなくなるわけではないのだし、多少性慾の減退ぐらいあるにしても、個体にからまる悩みまで失《な》くなるものとは夢にも思えぬ。日本帝国の忠良なる作家達が齢《よわい》と共に悩みの数をめっきり減らしてくるというのは、減らすような不当な作為を暗に用い、或いは気付かざる伝統の気風によって、然《そ》うならしめられているとしか思われない。

「通」という言葉は江戸の文人が愛好した言葉であり、一体に日本文学の伝統的気風は、いい加減の頃合いをみて切りよく引きあげ、義理にも納まろうという、意気な心掛けを見せるところが理想らしい。現今生活しにくい時世がきて各人相当ニヒリストになりながらも、ニヒリストなみの「通」だけは忘れないところが不思議である。

正宗白鳥氏であったか、日本人が和臭を嫌うのは不当であると言われていたようだが、和臭といっても、古人の文章に匂っている斯ういう「意気な心掛け」を嫌うのであってみれば、尤千万《もっともせんばん》なことだと思わずにいられない。一口に西欧を「バタ臭《くさ》い」というが、年老いて尚脂《あぶら》っこく毒々しい体臭を放つという意味でもあるなら、バタ臭いことこそ作家のとるべき道であろう。

年をとると物分りが良くなるというので急に他人のことを考え、慾がなくなるなぞという納まり方は信用できぬ、人間生きるから死ぬまで持って生れた身体が一つである以上は、せいぜい自分一人のためにのみ、慾ばった生き方をすべきである。毒々しいまでの徹底したエゴイズムからでなかったら、立派な何物が生れよう。社会組織の変革といえども、徹底的なエゴイズムを土台にしたものでない限り、所詮いい加減なものに極《きま》っていると私は思う。本音を割りだせば誰だって自分一人だ、自分一人の声を空虚な理想や社会的関心なぞというものに先廻《さきまわ》りの邪魔をされることなく耳を澄《すま》して正しく聞きわけるべきである。自分の本音を雑音なしに聞きだすことさえ、今日の我々には甚だ至難な業だと思う。日本の先輩でこの苦難な道を歩き通した人を、西鶴《さいかく》のほかに私は知らない。

文章の一形式

私は文章を書いていて、断定的な言い方をするのが甚だ気がかりの場合が多い。心理の説明なぞの場合が殊に然《そ》うで、断定的に言いきってしまうと、忽《たちま》ち真実を摑《つか》み損ねたような疑いに落ちこんでしまう。そこで私は、彼はこう考えた、と書くかわりに、こう考えたようであった、とか、こう考えたらしいと言う風に書くのである。つまり読者と協力して、共々言外のところに新《あ》らたな意味を感じ当てたいという考えであるが、これは未熟を弥縫《びほう》する卑怯《ひきょう》な手段のようにも見えるが、私としては自分の文学に課せられた避くべからざる問題をそこに見出さずにいられない気持である。

芥川龍之介《あくたがわりゅうのすけ》の自殺の原因に十ほど心当りがあるという話を宇野浩二氏からおききしたことがあったが、当然ありそうなことで、また文学者のような複雑な精神生活を持たない人々でも、これ一つという剰余なしのハッキリした理由だけで自殺することの方が却《かえ》って稀《まれ》なことではないだろうか。

自殺なぞという特異な場合を持ちだすまでもなく、日常我々が怒るとか喜ぶとか悲しむという平凡な場合に就《つい》て考えてみても、単に怒った、悲しんだ、喜んだ、と書いただけでは片付けきれない複雑な奥行きと広がりがあるようである。それにも拘《かかわ》らず多くの文学が極めて軽く単に、喜んだ、悲しんだ、叫んだ、と書いただけで済ましてきたのは、その複雑さに気付かなかったわけではなく、その複雑さは分っていても、それに一々拘泥《こだ》わるほどの重大さを認めなかったからと見るのが至当であろう。実際のところ、特殊な場合を除いて、これらの一々に拘泥しては大文章が書けないに極《きま》っている。

私は文章の「真実らしさ」ということに就て、内容の問題も無論あるが、形の上の真実らしさが確立すれば、むしろ内容はそれに応じて配分さるべきものであり、それに応じて組織さるべきものでもあり、こうして形式と結びついて配分されたところから、全然新らたな意味とか、いわば内容の真実らしさも生れてくるのではないかと考えている。如上の私の言う形式ということが、文章上の遊戯とは思えないのである。

これを先《ま》ず小さなところから言えば、先程も述べたような、断定的な言い方が気になって仕方がないということであるが、これは必ずしも私の神経が断定を下すにも堪《た》えがたいほど病的な衰弱をきたしているから、とばかりは言えないようである。

意識内容の歪《ゆが》み、襞《ひだ》、からみ、そういうものは断定の数をどれほど重ねても言いきれないように思われる。又、私の目指す文学は、それを言いきることが直接の目的でもないのである。小説の部分部分の文章は、それ自らが停止点、飽和点であるべきでなく、接続点であり、常に止揚の一過程であり、小説の最後に至るまで燃焼をつづけていなければならないと思う。燃焼しうるものは寧《むし》ろ方便的なものであって、真に言いたいところのものは不燃性の「あるもの」である。斯様《かよう》なものは我々の知能が意味を利用して暗示しうるにとどまるもので、正確に指摘しようとすると却って正体を失うばかりでなく、真実らしさをも失ってしまう。

文章の真実らしさは絶対的なものではなく、時の神経(ほかに適当な言葉が見当らない)に応じて多分に流動的である。この神経を無視して、強いてする正確さは、その真実の姿を伝える代りに、却って神経の反撃を受けて、真実らしさを失いがちなものである。然《しか》しながら近頃文章を批評するに、この文章には真実(実感)がある、真実がない、という言い方が流行し、この実感を嗅《か》ぎ出す神経が極度に発達しているように見受けられるが、私はこの傾向を余り歓迎しない。実感は芸術以前の素朴なもので、文章で言えば手紙や日記に寧ろ最も多く見出されるものであり、それ自体としての真実は持つにしろ、だいたいあんまり本当のことを言われても挨拶《あいさつ》のしようがないことと同じように、御尤《ごもっと》もですという以外の幅も広さもないのである。むしろ一々の文章にこういうひねこびた真実を強いられると、飛躍した高処に何物の姿をもとらえることができなくなってしまうばかりだ。そのうえ、それ自らとして独立した実感を持つにしても、部分と部分との連絡の際に、曲芸を行わない限り自由に進行もできないような自縄自縛《じじょうじばく》におちいる危険はありはしまいか。私の経験によると、内容的な真実(実感)を先に立てると、概《おおむ》ね予定通りの展開もできないような卑屈な渋滞状態をひきおこし、却って真実を逸しがちであるばかりか、渋滞状態の悪あがきの中では、真実を強調するための一種自己催眠的な虚偽すら犯してしまうのである。これらの危険を避け、書きたいことを自由に書きのばすために、私に考えられる唯一の手段は、新らたな形式をもとめ、形式の真実らしさによって逆に内容の発展を自由ならしめようということである。

四人称を設けることは甚だうまい方法で、この方法によって確かに前述の自縄自縛がかなりにまぬかれるに違いない。然しながら私は、日本語に於《お》ける四人称に一つの疑いを持つものである。

元来この目的のための四人称は記号の如《ごと》きもので、肉体を持つとそれは又別の意味のものになる。多少の肉体を具《そな》えた四人称は、これは又特別のニュアンスをもつもので、私のここでふれたい問題は完全に肉体を持たない四人称に限られている。

英語や仏蘭西《フランス》語や独逸《ドイツ》語は主格なしに句をつくることができない。そこで作中の人物でもなく、作家自らでもなく、いわば作品の足をおろした大地からは遊離した不即不離の一点に於て純理的存在をなすところの一談話者兼一批判者(形の上では、つまりnarrateurとpenseurが一致したような体裁である)、一でも多でも全でもあり、同時に形態としては無であるところの第四人称が、外国語では文法的に必ず設立を余儀なくされるわけである。この種の「私」は不完全ながらも外国文学には時々用いられてきたようである。

日本語は幸か不幸か必ずしも主格の設置を必要としない。彼は斯々《かくかく》に考えたらしい、とか、斯々に考えた様子にも見えた、という風に言葉を用いて第四人称をはぶくことも出来ない相談ではないようである。「らしい」という主体が作者の主観に間違われる心配は、その前後の語法に多少の心を用いればまず絶対にないとみていい。それに私という第四人称が顔を出さないだけに、この無形の説話者はいささかの文章上の混乱をまねくことなく作品のあらゆる細部に説をなすことができ、最も秘密な場所に闖入《ちんにゅう》してつぶさに観察する時にも文章上の不都合をまねかない。同時に、第四人称の私が文法的な制約から必ず第四人称に限定されるに比べれば、この無形の説話者は第五人称にも第六人称にもなりえて、益々《ますます》複雑多岐な働きをすることもできようと思うのである。とまれ然ういう文章の構成法を様々に研究してみたら、極めて軽妙に文章の真実らしさを調《ととの》えることもでき、従而《したがって》言おうとする内容を極めて暢達《ちょうたつ》に述べとおすこともでき、色々とひっかかる左右の問題にも軽く踵《きびす》をめぐらして応接することができはしないかと思うのである。

別な見方からすれば、内容を萎縮《いしゅく》せしめる形式が最もいけないのであって、その逆の形式をもとめるべきであり、私自身はその形式の必要を痛感しつつもはや長く悩まされ通しているばかりである。

第四人称の問題は別として、らしい、とか、何々のようであった、ように見えた、という言い方は、却々《なかなか》面白い手段ではあるまいか。とかく今日の神経は、断定的であったり、あくまで組織的であろうとすると直ちに反撥《はんぱつ》を感じ易く、いわば今日の神経はそれ自らが解決のない無限の錯雑と共にあがきまわっているようなもので、むしろ曖昧《あいまい》な形に於て示された物に対しては能動的な感受力を起してきて、神経自らが作品の方を真実らしく受けとってくる、そういうことも考えられると思うのである。過去に於ては作者も読者も陶酔的であったらしいが、今日では作者は同時に自らの批評家であることが免れがたい状態で、そういう作者は作品の制作に当って、自分と同じ批評家としての読者しか予想できないものである。つまりは今も昔も変りなく、自分の意に充《み》つるようにしか書けないわけのものであろうが、そこで私は自分の状態をのべると、あくまで断定的ならざる又組織的ならざる形態で示したものが、それ自体としては真実を摑んでいないにせよ、真実を摑みそこねてはいないので、真実らしく見えるのである。且又《かつまた》斯様に分裂的な曖昧な言い方を曖昧なままディアレクティクマンに累積することによって、ともかく複雑な襞をはらんだ何物かを言い得たように思われる場合が多いようにみられるのだ。

このことは又、章句の場合に限らず、小説全体の構成に就ても同断である。小説に首尾一貫を期そうとし、あくまで組織づけようとすると、その聯絡毎《れんらくごと》に概して無理がともないがちで、あくまで真実らしくしようとすると、ここでも進行不能の渋滞を惹起《じゃっき》しがちのものであり、その反対には不当な曲芸を犯してしまうことが多い。人間の動きは数理のようには行かない。あらゆる可能を孕《はら》んでいて、それのいずれもが同時に可能であることが多々ある。Aの事情からBの事情が継起する必然性は人間の動きに於ては決してないので、それ本来の条件としては寧ろ偶発的、分裂的と見る方が至当であり、これらの動きに一々必然的な聯絡をつけ、組織づけようとすると、ここでも却ってその真実らしさを失うことになるであろう。

ドストイェフスキーの作品では、多くの動きが、その聯絡が甚だ不鮮明不正確で、多分に分裂的であり、それらの雑多な並立的な事情が極めてディアレクティクマンに累積され、或いはディアレクティクなモンタージュを重ねて、甚だしく強烈な真実感をだしている。組織的に組み立てようとするよりも、むしろ意識的に分裂的散乱的に配合せんとすることを狙《ねら》っていて、いわば彼にあっては、分裂的に配合することが、結果に於て組織的綜合的《そうごうてき》な総和を生みだすことになっている。そうして徒《いたず》らに組織立てようとしないために、無理にする聯絡のカラクリがなく、労せずして(実は労しているのであろうが、文章に表われた表面では——)強烈な迫力をもつ真実らしさを我物としている。この手法は私の大いに学びたいと思うところのものである。

脈絡のない人物や事件を持《も》ち来《きた》って棄石《すていし》のように置きすてて行く、そういうことも意識的に分裂的配分を行う際に必要な方法であろうし、探したならば、そのための色々都合のいい、効果的な、面白い手法を見付けだすこともできると思う。要するに、事件と事件が各々分裂的で、強いてする組織的脈絡がないということは、一章句が断定的でなく強いて曖昧であることの効果と同じ理由で、それ自体が真実そのものであることを表面の武器としない代りに、真実を摑み損ねた手違いは犯していないというそれ自らとしては消極的な効能ながら、それによって読者の神経に素直に受け入れられることができ、つづいて斯様に分裂的な数個の事情を累積することによって、積極的な真迫力も強め得て、言葉以上に強力な作者の意志を伝えることもできようと思うのである。

蛇足ながら最後に一言つけ加えておくと、私は「真実らしさ」の「らしさ」に最も多くの期待をつなぐものであって、それ自体として真実である世界は、それがすでに一つの停止であり終りであることからも、興味がもてない。「らしさ」はあらゆる可能であり、かつ又最も便宜的《べんぎてき》な世界である。芸術としては最も低俗な約束の世界であろうが、然しともかくここまでは芸術として許されうる世界であって、従って最も広く、暢達な歩みを運ぶこともできるのである。表面の形は低俗であっても、最も暢達の世界であるために、結果に於て最も低俗ならざる深さ高さ大いさに達することができるのだ。左様《さよう》な考えから、今日の神経に許されうる最も便宜的な世界に於て、真実らしき文章の形式を考案したいと考えているのである。

（八月一日、信濃《しなの》山中にて）

茶番に寄せて

日本には傑《すぐ》れた道化芝居が殆《ほと》んど公演されたためしがない。文学の方でも、井伏鱒二《いぶせますじ》という特異な名作家が存在はするが、一般に、批評家も作家も、編輯者《へんしゅうしゃ》も読者も厳粛で、笑うことを好まぬという風がある。

僕はさきごろ文体編輯の北原武夫から、思いきった戯作《げさく》を書いてみないかという提案を受けた。かねて僕は戯作を愛し、落語であれ漫才であれ、インチキ・レビュウの脚本であれ、頼まれれば、白昼も芸術として堂々通用のできるものを書いてみせると大言壮語していたことがあるものだから、紙面をさいてくれる気持になったのである。北原の意は有難いが、読者がそこまでついてきてくれるかどうかは疑わしい。けれども僕は、そのうち、思いきった戯作を書いて、読者に見参するつもりである。

笑いは不合理を母胎にする。笑いの豪華さも、その不合理とか無意味のうちにあるのであろう。ところが何事も合理化せずにいられぬ人々が存在して、笑いも亦《また》合理的でなければならぬと考える。無意味なものにゲラゲラ笑って愉《たの》しむことができないのである。

そうして、喜劇には諷刺《ふうし》がなければならないという考えをもつ。

然《しか》し、諷刺は、笑いの豪華さに比べれば、極めて貧困なものである。諷刺する人の優越がある限り、諷刺の足場はいつも危く、その正体は貧困だ。諷刺は、諷刺される物と対等以上であり得ないが、それが揶揄《やゆ》という正当ならぬ方法を用い、すでに自ら不当に高く構えこんでいる点で、物言わぬ諷刺の対象がいつも勝を占めている。

諷刺にも優越のない場合がある。諷刺者自身が同時に諷刺される者の側へ参加している場合がそうで、また、諷刺が虚無へ渡る橋にすぎない場合がそうだ。これらの場合は、諷刺の正体がすでに不合理に属しているから、もはや諷刺と言えないだろう。諷刺は本来笑いの合理性を掟《おきて》とし、そこを踏《ふ》み外《はず》してはならないのである。

道化の国では、警視総監が泥棒の親分だったり、精神病院の院長先生が気違いだったりする。そのとき、警視総監や精神病院長の揶揄にとどまるものを諷刺という。即《すなわ》ち諷刺は対象への否定から出発する。これは道化の邪道である。むしろ贋物《にせもの》なのである。

正しい道化は人間の存在自体が孕《はら》んでいる不合理や矛盾の肯定からはじまる。警視総監が泥棒であっても、それを否定し揶揄するのではなく、そのような不合理自体を、合理化しきれないゆえに、肯定し、丸呑みにし、笑いという豪華な魔術によって、有耶無《うやむ》耶《や》のうちにそっくり昇天させようというのである。合理の世界が散々もてあました不合理を、もはや精根つきはてたので、突然不合理のまま丸呑みにして、笑いとばして了《しま》おうというわけである。

だから道化の本来は合理精神の休息だ。そこまでは合理の法でどうにか捌《さば》きがついてきた。ここから先は、もう、どうにもならぬ。——という、ようやっと持ちこたえてきた合理精神の歯をくいしばった渋面が、笑いの国では、突然赤褌《あかふんどし》ひとつになって裸踊りをしているようなものである。それゆえ、笑いの高さ深さとは、笑いの直前まで、合理精神が不合理を合理化しようとしてどこまで努力してきたか、そうして、到頭、どの点で兜《かぶと》を脱いで投げ出してしまったかという程度による。

だから道化は戦い敗れた合理精神が、完全に不合理を肯定したときである。即ち、合理精神の悪戦苦闘を経験したことのない超人と、合理精神の悪戦苦闘に疲れ乍《なが》らも決して休息を欲しない超人だけが、道化の笑いに鼻もひっかけずに済まされるのだ。道化はいつもその一歩手前のところまでは笑っていない。そこまでは合理の国で悪戦苦闘していたのである。突然ほうりだしたのだ。もしゃくしゃして、原料のまま、不合理を突きだしたのである。

道化は昨日は笑っていない。そうして、明日は笑っていない。一秒さきも一秒あとも、もう笑っていないが、道化芝居のあいだだけは、笑いのほかには何物もない。涙もないし、揶揄もないし、凄味《すごみ》などというものもない。裏に物を企《たく》んでいる大それた魂胆は微《み》塵《じん》もないのだ。ひそかに裏に諷しているしみったれた精神もない。だから道化は純粋な休みの時間だ。昨日まで営々と貯《た》めこんだ百万円を、突然バラまいてしまう時である。惜《おし》げもなく底をはたく時である。

道化は浪費であるけれども、一秒さきまで営々と貯めこんできた努力のあとであることを忘れてはならない。甚だしく勤勉な貯金家が、エイとばかり矢庭に金庫を蹴《け》とばして、札束をポケットというポケットへねじこみ、さて、血走った眼付をして街へ飛びだしたかと思うと、疾風《しっぷう》のようにみんな使って、元も子もなくしてしまったのである。

道化の国では、ビールよし、シャンパンよし、おしるこもよし、巴里《パリ》の女でもアルジェリヤの女でもなんでもいい。使い果してしまうまでは選り好みなしにO・Kだ。否定の精神がないのである。すべてがそっくり肯定されているばかり。泥棒も悪くないし、聖人も善《よ》くはない。学者は学問を知らず、裏長屋の熊さんも学者と同じ程度には物識《ものし》りだ。即ち泥棒も牧師くらい善人なら、牧師も泥棒くらい悪人なのである。善玉悪玉の批判はない。人性の矛盾撞着《むじゅんどうちゃく》がそっくりそのまま肯定されているばかり。どこまで行っても、ただ肯定があるばかり。

道化の作者は誰に贔負《ひいき》も同情もしない。また誰を憎むということもない。ただ肯定する以外には何等の感傷もない木像なのである。憐《あわ》れな孤児にも同情しないし、無実の罪人もいたわらない。ふられる奴にも助太刀《すけだち》しないし、貧乏な奴に一文《いちもん》もやらない。ふられる奴は散々ふられるばかりだし、みなしごは伯母さんに殴られ通しだ。そうかと思うと、ふられた奴が恋仇《こいがたき》の結婚式で祝辞をのべ、死んだ奴が花束の下から首を起して突然棺桶《かんおけ》をねぎりだす。別段死者や恋仇をいたわる精神があるわけじゃない。万事万端ただ森羅万象の肯定以外に何物もない。どのような不合理も矛盾もただ肯定の一手である。解決もなく、解釈もない。解決や解釈で間に合うなら、笑いの国のお世話にはならなかった筈《はず》なのである。

フランスにフィガロという都新聞のような新聞がある。「ゼビイラの理髪師」や「フィガロの結婚」のフィガロから来た名称らしく、なぜ私が笑うかって言うのですかい。笑わないと泣いちゃうからさ、というフィガロの科白《せりふ》が題字のところに刷《す》りこんである。（多分そうだったと思いますよ）「ゼビイラの理髪師」や「フィガロの結婚」は却々《なかなか》の名作だが、ここに引用したような笑いの精神は、僕のとらないところである。世之助《よのすけ》の武者振りや源内先生の戯作には、そういうケチな魂胆がない。

一言にして僕の笑いの精神を表わすようなものを探せば、「浜松の音は、ざざんざあ」という太郎冠者《たろうかじゃ》がくすねた酒に酔っぱらい、おきまりに唄《うた》いだすはやしの文句でも引くことにしようか。「橋の下の菖蒲《しょうぶ》は誰が植えたしょうぶぞ。ぼろおんぼろおん」という山伏《やまぶし》のおきまりの祈りの文句にでもしようか。それ自体が不合理だ。人を納得させもしないし、偉くもない。ただゲタゲタと笑うがいいのだ。一秒さきと一秒あとに笑わなければいいのである。そのときは、笑ったことも忘れるがいい。そんなにいつまで笑いつづけていられるものじゃないことは分りきっているのである。

道化文学は、作者にとっては、趣向がすべてであり、結果としては読者から、笑ってもらうことがすべてなのである。

文字と速力と文学

私はいつか眼鏡をこわしたことがあった。生憎《あいにく》眼鏡を買う金がなかったのに、机に向かわなければならない仕事があった。

顔を紙のすぐ近くまで下げて行くと、成程《なるほど》書いた文字は見える。又、その上下左右の一団の文字だけは、そこだけ望遠鏡の中のように確かに見えるのである。けれどもそういう状態では小説を書くことができない。そういう人の不自由さを痛感させられたのであった。

つまり私は永年の習慣によって、眼を紙から一定の距離に置き、今書いた字は言うまでもなく、今迄《いままで》書いた一聯《いちれん》の文章も一望のうちに視野におさめることが出来る、そういう状態にいない限り観念を文字に変えて表わすことに難渋するということを覚《さと》らざるを得なかった。愚かしい話ではあるが、私が経験した実際はそうであった。

私は眼を閉じて物を思うことはできる。けれども眼を開けなければ物を書くことはできず、尚《なお》甚しいことには、現に書きつつある一聯の文章が見えない限り、次の観念が文字の形にならないのである。観念は、いつでも、又必《かな》らず文字の形で表現なし得るかのように思われるけれども、人間は万能の神ではなく優秀な機械ですらない。私は眼鏡をこわして、その不自由を痛感したが、眼鏡をかけていても、その不自由は尚去らない。私の頭に多彩な想念が逞《たくま》しく生起し、構成され、それはすでに頭の中で文章の形にととのえられている。私は机に向う。私はただ書く機械でさえあれば、想念は容易に紙上の文章となって再現される筈《はず》なのである。が、実際はそう簡単には運んでくれない。

私の想念は電光の如《ごと》く流れ走っているのに、私の書く文字はたどたどしく遅い。私が一字ずつ文字に突当っているうちに、想念は停滞し、戸惑いし、とみに生気を失って、ある時は消《き》え去《う》せたりする。また、文字のために限定されて、その逞しい流動力を喪失したり、全然別な方向へ動いたりする。こうして、私は想念の中で多彩な言葉や文章をもっていたにも拘《かかわ》らず、紙上ではその十分の一の幅しかない言葉や文章や、もどかしいほど意味のかけ離れた文章を持つことになる。

この嘆息は文章を業とする人ばかりでなく、手紙や日記を書く人も、多かれ少かれ常に経験していることに相違ない。

私は思った。想念は電光の如く流れている。又、私達が物を読むにも、走るが如く読むことができる。ただ書くことが遅いのである。書く能力が遅速なのではなく、書く方法が速力的でないのである。

もしも私の筆力が走るが如き速力を持ち、想念を渋滞なく捉《とら》えることができたなら、どうだろう。私は私の想念をそのまま文章として表わすことが出来るのである。もとよりそれは完成された文章では有り得ないけれども、その草稿を手掛《てがかり》として、観念を反復推敲《すいこう》することができ、育て、整理することが出来る。即《すなわ》ち、私達は文章を推敲するのではなく、専一に観念を推敲し、育て、整理しているのである。文章の本来は、ここにあるべき筈なのだ。

けれども私達の用いる文字は、想念の走り流れるに比べて、余りにも非速力的なものなのである。第一に筆記の方法が速力に反逆している。即ち右手の運動は左から右へ横に走るのが自然であるのに、私達の原稿は右から左へ書かねばならぬ。且《かつ》その上に、上から下へ書かねばならぬ。

然《しか》し一字ずつの文字から言えば、漢字も仮名も、右手の運動の原則通り、左から右へ横に走っているのである。「私」という漢字は左の禾から右の厶を書き、「ワタクシ」も右から左へ走っているのだ。ただ書く方法が速力に反逆している。即ち、私達は各々の文字を左から右へ書くにも拘らず、左へ左へと文字を書き走らせずに、各字毎《ごと》に再び左へ戻って来て右へ書き、又次の字は左へ戻るという風に凡《およ》そ速力や能率の逆のことに専念している。

作家にとって、流れる想念を的確に書きとめることは先《ま》ず第一に重要である。私の友人達を見ても、各々他人に判読出来難い乱暴な字でノートをとっているようである。

ドストイェフスキーが婦人速記者を雇い、やがてその人と結婚した話は名高い。伝記によれば、借金に追われ、筆記の速力では間に合わなくなって速記者を雇ったのだと言われているが、それも重要な理由ではあろうが、又ひとつには、そうすることが、彼の小説を損《そこな》わず、むしろ有益であったからに他ならないと思いたいのだ。あの旺盛《おうせい》な観念の饒舌《じょうぜつ》や、まわりくどくても的確な行き渡り方を読んでみると、筆記では、もっと整理が出来たにしても反面多くを逃したに相違なく、速記によってのみ可能であった効果を見出さずにはいられない。

私達は、自分で速記するよりも、他人をして速記せしめる方が、より良く自らの想念の自由な動きを失わないに相違ない。

私は自分の身辺に、一人の速記者を置いてみたいと頻《しき》りに考えるようになった。けれどもその資力はなく、速記術を会得する資力すらなかった。

一度私は、自分だけの速記法を編みだして、それを草稿にして小説を書いてみようと試みたことがあった。けれども、これは失敗に終った。或いは私の情熱が足りなかったのかも知れず、根気不足のせいかも知れぬ。

すくなくとも、不馴《ふな》れな文字では血肉がこもらなくて、自分の文字のようには見えず、空々《そらぞら》しくて、観念がそれについて伸びて行かないのであった。丁度《ちょうど》眼鏡をこわした場合と同じように、文字が見えなければ次の観念を育て走らせることが出来ず、速記の文字に文字としての実感がなければ観念の自由な流れを育て捉えることが出来ないのだった。私達は平常文字を使駆しているかの如く思うけれども、実際は、どれほど文字に束縛され、その自由さを不当に歪《ゆが》めているか知れないような思いがする。

結局私は、私の編みだした速記の文字に文字としての実感がこもるまでの修錬の時日を犠牲とするだけの根気がなかった。

私は然し這般《しゃはん》のうちに、速力を主とした文字改革ということの文化問題としての重大さを痛感させられた気もした。

私達が日常使用している文字は、文字がかくあらねばならぬ本来の意義、観念を速力的に、それ故《ゆえ》的確に捕捉するという立場から作られたものではないのである。漢字は言うに及ばず、西洋のアルファベットにしても、左から右へ走るという右手の運動の原則には合致しても、速力を原則として科学的に組織されたものではない。

日本語のローマ字化を云々《うんぬん》する人々があるけれども、あれはおかしい。「ワタクシ」

と四字で書き得る仮名をWATAKUSHIと九文字で書かねばならぬ愚かしさを考えれば、その無意味有害な立論であること、すでに明らかな話である。日本語の発声法では、アルファベットのように子音と母音を別々にして組み立てるのは煩瑣《はんさ》でしかない。仮名は四十八文字でアルファベットは二十六文字でも、単に文字を覚える時の四十八が二十六に対する労力の差と、「ワタクシ」をWATAKUSHIと四文字を九文字に一生書きつづけねばならぬ労力の差とでは、余りにもその差が大きすぎるようである。

私の徒労に帰した速記法の一端を御披露に及ぶと、私は、たとえば「私」とか「デアル」という様な頻《しき》りに現れる言葉を一字の記号にした。「デアル」の未来形は記号の上へ点を打ち、過去形は下へ点を打った。こうすると、文字の数が百字以上になるけれども、百字を覚える労力も結果に於《お》いては速力的だと思ったのである。私は私のシステムだけはかなり合理的なつもりでいたのであったが、その効果を実績の上で実証するには私の根気が足らなかったのだ。私はそれを作家精神や情熱の貧しさと結びつけて一途《いちず》に羞《は》じ悲しんだこともあったが、持って生れたランダの性は仕方がないと諦《あきら》めて、今では恬然《てんぜん》としているのである。

国際語としてのエスペラントのシステムに対しても、速力の原則から私は全く不服である。エスペラントはラテン語を基本としたものだそうで、速力を基本として組み立てたものではない。若《も》し真実の国際語が新《あた》らしく必要とすれば、単語の如きも旧来の何物をも模してはならぬ。当然ただ簡明を第一として新らしく組織されねばならない筈だ。

私は然し、このような言語や文字の（然し言語は余りに問題が大きすぎて話にならない。単に文字に限定して——新《あ》らたに文字の）改革が行われると仮定して、それが今後の思想活動に及ぼす大きな効果を疑うものではないけれども、差当って私自身がその犠牲者にならなければならないという意味で、進んで支持する気持にはなれない。

新しく改革されるべき文字に不馴れな私は、私の思想活動の能力を減退せしめねばならず、私の生活の重大な意味を犠牲にすることなしに生きることができないからだ。私はそのような犠牲者になることはどうしても厭《いや》で厭でたまらない。だから私は、決して文字改革の先棒を担ごうなどとは夢にも考えてはいないのである。ただ速記者が雇えたらと、時々思うことがある。異常な苛立《いらだ》たしさやもどかしさの中で悪魔の呪文《じゅもん》の如くにそれを念願することがあるのである。私の貧しい才能に限度はあっても、いくらかましにはなる筈だ。

シャルル・ペローの童話に「赤頭巾《あかずきん》」という名高い話があります。既に御存知とは思いますが、荒筋を申上げますと、赤い頭巾をかぶっているので赤頭巾と呼ばれていた可愛《かわい》い少女が、いつものように森のお婆《ばあ》さんを訪ねて行くと、狼《おおかみ》がお婆さんに化けていて、赤頭巾をムシャムシャ食べてしまった、という話であります。まったく、ただ、それだけの話であります。

童話というものには大概教訓、モラル、というものが有るものですが、この童話には、それが全く欠けております。それで、その意味から、アモラルであるということで、仏蘭西《フランス》では甚だ有名な童話であり、そういう引例の場合に、屢々《しばしば》引合いに出されるので知られております。

童話のみではありません。小説全体として見ても、いったい、モラルのない小説というのがあるでしょうか。小説家の立場としても、なにか、モラル、そういうものの意図がなくて、小説を書きつづける――そういうことが有り得ようとは、ちょっと、想像ができません。

ところが、ここに、凡《およ》そモラルというものが有って始めて成立つような童話の中に、全然モラルのない作品が存在する。しかも三百年もひきつづいてその生命を持ち、多くの子供や多くの大人の心の中に生きている――これは厳たる事実であります。

シャルル・ペローといえば「サンドリヨン」とか「青髯《あおひげ》」とか「眠りの森の少女」というような名高い童話を残していますが、私はまったくそれらの代表作と同様に、「赤頭巾」を愛読しました。

否《いな》、むしろ、「サンドリヨン」とか「青髯」を童話の世界で愛したとすれば、私はなにか大人の寒々とした心で「赤頭巾」のむごたらしい美しさを感じ、それに打たれたようでした。

愛くるしくて、心が優しくて、すべて美徳ばかりで悪さというものが何もない可憐《かれん》な少女が、森のお婆さんの病気を見舞に行って、お婆さんに化けて寝ている狼にムシャムシャ食べられてしまう。

私達はいきなりそこで突き放されて、何か約束が違ったような感じで戸惑いしながら、然《しか》し、思わず目を打たれて、プツンとちょん切られた空《むな》しい余白に、非常に静かな、しかも透明な、ひとつの切ない「ふるさと」を見ないでしょうか。

その余白の中にくりひろげられ、私の目に泌《し》みる風景は、可憐な少女がただ狼にムシャムシャ食べられているという残酷ないやらしいような風景ですが、然し、それが私の心を打つ打ち方は、若干やりきれなくて切ないものではあるにしても、決して、不潔とか、不透明というものではありません。何か、氷を抱きしめたような、切ない悲しさ、美しさ、であります。

もう一つ、違った例を引きましょう。

これは「狂言」のひとつですが、大名が太郎冠者《たろうかじゃ》を供につれて寺詣《てらもう》でを致します。突然大名が寺の屋根の鬼瓦《おにがわら》を見て泣きだしてしまうので、太郎冠者がその次第を訊《たず》ねますと、あの鬼瓦はいかにも自分の女房に良く似ているので、見れば見るほど悲しい、と言って、ただ、泣くのです。

まったく、ただ、これだけの話なのです。四六判《しろくばん》の本で五、六行しかなくて、「狂言」の中でも最も短いものの一つでしょう。

これは童話ではありません。いったい狂言というものは、真面目《まじめ》な劇の中間にはさむ息ぬきの茶番のようなもので、観衆をワッと笑わせ、気分を新《あら》たにさせればそれでいいような役割のものではありますが、この狂言を見てワッと笑ってすませるか、どうか、尤《もっと》も、こんな尻切《しりき》れトンボのような狂言を実際舞台でやれるかどうかは知りませんが、決して無邪気に笑うことはできないでしょう。

この狂言にもモラル――或いはモラルに相応する笑いの意味の設定がありません。お寺詣でに来て鬼瓦を見て女房を思いだして泣きだす、という、なるほど確かに滑稽で、一応笑わざるを得ませんが、同時に、いきなり、突き放されずにもいられません。

私は笑いながら、どうしても可笑《おか》しくなるじゃないか、いったい、どうすればいいのだ……という気持になり、鬼瓦を見て泣くということの事実が、突き放されたあとの心の全てのものを攫《さら》いとって、平凡だの当然だのというものを超躍した驚くべき厳しさで襲いかかってくることに、いわば観念の眼を閉じるような気持になるのでした。逃げるにも、逃げようがありません。それは、私達がそれに気付いたときには、どうしても組みしかれずにはいられない性質のものであります。宿命などというものよりも、もっと重たい感じのする、のっぴきならぬものであります。これも亦《また》、やっぱり我々の「ふるさと」でしょうか。

そこで私はこう思わずにはいられぬのです。つまり、モラルがない、とか、突き放す、ということ、それは文学として成立たないように思われるけれども、我々の生きる道にはどうしてもそのようでなければならぬ崖《がけ》があって、そこでは、モラルがない、ということ自体がモラルなのだ、と。

晩年の芥川龍之介《あくたがわりゅうのすけ》の話ですが、時々芥川の家へやってくる農民作家――この人は自身が本当の水呑百姓《みずのみびゃくしょう》の生活をしている人なのですが、あるとき原稿を持ってきました。芥川が読んでみると、ある百姓が子供をもうけましたが、貧乏で、もし育てれば、親子共倒れの状態になるばかりなので、むしろ育たないことが皆のためにも自分のためにも幸福であろうという考えで、生れた子供を殺して、石油缶だかに入れて埋めてしまうという話が書いてありました。

芥川は話があまり暗くて、やりきれない気持になったのですが、彼の現実の生活からは割りだしてみようのない話ですし、いったい、こんな事が本当にあるのかね、と訊《たず》ねたのです。

すると、農民作家は、ぶっきらぼうに、それは俺《おれ》がしたのだがね、と言い、芥川があまりの事にぼんやりしていると、あんたは、悪いことだと思うかね、と重ねてぶっきらぼうに質問しました。

芥川はその質問に返事することができませんでした。何事にまれ言葉が用意されているような多才な彼が、返事ができなかったということ、それは晩年の彼が始めて誠実な生き方と文学との歩調を合せたことを物語るように思われます。

さて、農民作家はこの動かしがたい「事実」を残して、芥川の書斎から立去ったのですが、この客が立去ると、彼は突然突き放されたような気がしました。たった一人、置き残されてしまったような気がしたのです。彼はふと、二階へ上《あが》り、なぜともなく門の方を見たそうですが、もう、農民作家の姿は見えなくて、初夏の青葉がギラギラしていたばかりだという話であります。

この手記ともつかぬ原稿は芥川の死後に発見されたものです。

ここに、芥川が突き放されたものは、やっぱり、モラルを超えたものであります。子を殺す話がモラルを超えているという意味ではありません。その話には全然重点を置く必要がないのです。女の話でも、童話でも、なにを持って来ても構わぬでしょう。とにかく一つの話があって、芥川の想像もできないような、事実でもあり、大地に根の下りた生活でもあった。芥川は、その根の下りた生活に、突き放されたのでしょう。いわば、彼自身の生活が、根が下りていないためであったかも知れません。けれども、彼の生活に根が下りていないにしても、根の下りた生活に突き放されたという事実自体は立派に根の下りた生活であります。

つまり、農民作家が突き放したのではなく、突き放されたという事柄のうちに芥川のすぐれた生活があったのであります。

もし、作家というものが、芥川の場合のように突き放される生活を知らなければ、

「赤頭巾」だの、さっきの狂言のようなものを創りだすことはできないでしょう。

　モラルがないこと、突き放すこと、私はこれを文学の否定的な態度だとは思いません。むしろ、文学の建設的なもの、モラルとか社会性というようなものは、この「ふるさと」の上に立たなければならないものだと思うものです。

　もう一つ、もうすこし分り易い例として、伊勢物語《いせものがたり》の一つの話を引きましょう。

　昔、ある男が女に懸想《けそう》して頻《しき》りに口説《くど》いてみるのですが、女がうんと言いません。ようやく三年目に、それでは一緒になってもいいと女が言うようになったので、男は飛びたつばかりに喜び、さっそく、駈落《かけおち》することになって二人は都を逃げだしたのです。芥の渡しという所をすぎて野原へかかった頃には夜も更け、そのうえ雷が鳴り雨が降りだしました。男は女の手をひいて野原を一散に駈けだしたのですが、稲妻にてらされた草の葉の露をみて、女は手をひかれて走りながら、あれはなに？　と尋ねました。然し、男はあせっていて、返事をするひまもありません。ようやく一軒の荒れ果てた家を見つけたので、飛びこんで、女を押入の中へ入れ、鬼が来たら一刺しにしてくれようと槍《やり》をもって押入れの前にがんばっていたのですが、それにも拘《かかわ》らず鬼が来て、押入の中の女を食べてしまったのです。生憎《あいにく》そのとき、荒々しい雷が鳴りひびいたので、女の悲鳴もきこえなかったのでした。夜が明けて、男は始めて女がすでに鬼に殺されてしまったことに気付いたのです。そこで、ぬばたまのなにかと人の問ひしとき露と答へてけなましものを――つまり、草の葉の露を見てあれはなにと女がきいたとき、露だと答えて、一緒に消えてしまえばよかった――という歌をよんで、泣いたという話です。

この物語には男が断腸の歌をよんで泣いたという感情の附加《ふか》があって、読者は突き放された思いをせずに済むのですが、然し、これも、モラルを越えたところにある話のひとつではありましょう。

この物語では、三年も口説いてやっと思いがかなったところでまんまと鬼にさらわれてしまうという対照の巧妙さや、暗夜の曠野《こうや》を手をひいて走りながら、草の葉の露をみて女があれは何ときくけれども男は一途《いちず》に走ろうとして返事すらもできない――この美しい情景を持ってきて、男の悲嘆と結び合せる綾《あや》とし、この物語を宝石の美しさにまで仕上げています。

つまり、女を思う男の情熱が激しければ激しいほど、女が鬼に食われるというむごたらしさが生きるのだし、男と女の駈落のさまが美しくせまるものであればあるほど、同様に、むごたらしさが生きるのであります。女が毒婦であったり、男の情熱がいい加減なものであれば、このむごたらしさは有り得ません。又、草の葉の露をさしてあれは何と女がきくけれども男は返事のひますらもないという一挿話がなければ、この物語の値打の大半は消えるものと思われます。

つまり、ただモラルがない、ただ突き放す、ということだけで簡単にこの凄然《せいぜん》たる静かな美しさが生れるものではないでしょう。ただモラルがない、突き放すというだけならば、我々は鬼や悪玉をのさばらせて、いくつの物語でも簡単に書くことができます。そういうものではありません。

この三つの物語が私達に伝えてくれる宝石の冷《つ》めたさのようなものは、なにか、絶対の孤独——生存それ自体が孕《はら》んでいる絶対の孤独、そのようなものではないでしょうか。

この三つの物語には、どうにも、救いようがなく、慰めようがありません。鬼瓦を見て泣いている大名に、あなたの奥さんばかりじゃないのだからと言って慰めても、石を空中に浮かそうとしているように空《むな》しい努力にすぎないでしょうし、又、皆さんの奥さんが美人であるにしても、そのためにこの狂言が理解できないという性質のものでもありません。

それならば、生存の孤独とか、我々のふるさとというものは、このようにむごたらしく、救いのないものでありましょうか。私は、いかにも、そのように、むごたらしく、救いのないものだと思います。この暗黒の孤独には、どうしても救いがない。我々の現《うつし》身《み》は、道に迷えば、救いの家を予期して歩くことができる。けれども、この孤独は、いつも曠野を迷うだけで、救いの家を予期すらもできない。そうして、最後に、むごたらしいこと、救いがないということ、それだけが、唯一の救いなのであります。モラルがないということ自体がモラルであると同じように、救いがないということ自体が救いであります。

私は文学のふるさと、或いは人間のふるさとを、ここに見ます。文学はここから始まる——私は、そうも思います。

アモラルな、この突き放した物語だけが文学だというのではありません。否、私はむしろ、このような物語を、それほど高く評価しません。なぜなら、ふるさとは我々のゆりかごではあるけれども、大人の仕事は、決してふるさとへ帰ることではないから。……

だが、このふるさとの意識・自覚のないところに文学があろうとは思われない。文学のモラルも、その社会性も、このふるさとの上に生育したものでなければ、私は決して信用しない。そして、文学の批評も。私はそのように信じています。

日本文化私観

一、「日本的」ということ

僕は日本の古代文化に就《つい》て殆《ほとん》ど知識を持っていない。ブルーノ・タウトが絶讃する桂離宮も見たことがなく、玉泉《ぎょくせん》も大雅堂《たいがどう》も竹田《ちくでん》も鉄斎も知らないのである。況《いわん》や、秦蔵六《はたぞうろく》だの竹源斎師など名前すら聞いたことがなく、第一、めったに旅行することがないので、祖国のあの町この村も、風俗も、山河も知らないのだ。タウトによれば日本に於《お》ける最も俗悪な都市だという新潟市に僕は生れ、彼の蔑《さげす》み嫌うところの上野から銀座への街、ネオン・サインを僕は愛す。茶の湯の法式など全然知らない代りには、猥《みだ》りに酔《よ》い痴《し》れることをのみ知り、孤独の家居にいて、床《とこ》の間《ま》などというものに一顧を与えたこともない。

けれども、そのような僕の生活が、祖国の光輝ある古代文化の伝統を見失ったという理由で、貧困なものだとは考えていない。（然《しか》し、ほかの理由で、貧困だという内省には悩まされているのだが――)

タウトはある日、竹田の愛好家というさる日本の富豪の招待を受けた。客は十名余りであった。主人は女中の手をかりず、自分で倉庫と座敷の間を往復し、一幅ずつの掛物を持参して床の間へ吊《つる》し一同に披露して、又、別の掛物をとりに行く、名画が一同を楽しませることを自分の喜びとしているのである。終って、座を変え、茶の湯と、礼儀正しい食膳《しょくぜん》を供したという。こういう生活が「古代文化の伝統を見失わない」ために、内面的に豊富な生活だと言うに至っては内面なるものの目安が余り安直で滅茶苦茶《めちゃくちゃ》な話だけれども、然し、無論、文化の伝統を見失った僕の方が(そのために)豊富である筈《はず》もない。

いつかコクトオが、日本へ来たとき、日本人がどうして和服を着ないのだろうと言って、日本が母国の伝統を忘れ、欧米化に汲々《きゅうきゅう》たる有様を嘆いたのであった。成程、フランスという国は不思議な国である。戦争が始ると、先《ま》ずまっさきに避難したのはルーヴル博物館の陳列品と金塊で、巴里《パリ》の保存のために祖国の運命を換えてしまった。彼等は伝統の遺産を受継いできたが、祖国の伝統を生むべきものが、又、彼等自身に外《ほか》ならぬことを全然知らないようである。

伝統とは何か? 国民性とは何か? 日本人には必然の性格があって、どうしても和服を発明し、それを着なければならないような決定的な素因があるのだろうか。講談を読むと、我々の祖先は甚だ復讐心《ふくしゅうしん》が強く、乞食《こじき》となり、草の根を分けて仇《かたき》を探《さが》し廻《まわ》っている。そのサムライが終ってからまだ七、八十年しか経《た》たないのに、これはもう、我々にとっては夢の中の物語である。今日の日本人は、凡《およ》そ、あらゆる国民の中で、恐らく最も憎悪心《ぞうおしん》の尠《すくな》い国民の中の一つである。僕がまだ学生時代の話であるが、アテネ・フランセでロベール先生の歓迎会があり、テーブルには名札が置かれ席が定まっていて、どういうわけだか僕だけ外国人の間にはさまれ、真正面はコット先生であった。コット先生は菜食主義者だから、たった一人献立《こんだて》が別で、オートミルのようなものばかり食っている。僕は相手がなくて退屈だから、先生の食慾《しょくよく》ばかり専ら観察していたが、猛烈な速力で、一度匙《さじ》をとりあげると口と皿の間を快速力で往復させ食べ終るまで下へ置かず、僕が肉を一きれ食ううちに、オートミルを一皿すすり込んでしまう。先生が胃弱になるのは尤《もっと》もだと思った。テーブルスピーチが始《はじま》った。コット先生が立上《たちあが》った。と、先生の声は沈痛なもので、突然、クレマンソーの追悼演説を始めたのである。クレマンソーは前大戦のフランスの首相、虎《とら》とよばれた決闘好きの政治家だが、丁度その日の新聞に彼の死去が報ぜられたのであった。コット先生はボルテール流のニヒリストで、無神論者であった。エレジヤの詩を最も愛し、好んでボルテールのエピグラムを学生に教え、又、自ら好んで誦《よ》む。だから先生が人の死に就て思想を通したものでない直接の感傷で語ろうなどとは、僕は夢にも思わなかった。僕は先生の演説が冗談だと思った。今に、一度ひっくり返すユーモアが用意されているのだろうと考えたのだ。けれども、先生の演説は、沈痛から悲痛になり、もはや冗談ではないことがハッキリ判《わか》ったのである。あんまり思いもよらないことだったので、僕は呆気《あっけ》にとられ、思わず、笑いだしてしまった。——その時の先生の眼を僕は生涯忘れることができない。先生は、殺しても尚《なお》あきたりぬ血に飢えた憎悪を凝らして、僕を睨《にら》んだのだ。

このような眼は日本人には無いのである。僕は一度もこのような眼を日本人に見たことはなかった。その後も特に意識して注意したが、一度も出会ったことがない。つまり、このような憎悪が、日本人には無いのである。三国志に於ける憎悪、チャタレイ夫人の恋人に於ける憎悪、血に飢え、八《や》ツ裂《ざき》にしても尚あき足りぬという憎しみは日本人には殆どない。昨日の敵は今日の友という甘さが、むしろ日本人に共有の感情だ。凡そ仇討《あだうち》にふさわしくない自分達であることを、恐らく多くの日本人が痛感しているに相違ない。長年月にわたって徹底的に憎み通すことすら不可能にちかく、せいぜい「食いつきそうな」眼付ぐらいが限界なのである。

伝統とか、国民性とよばれるものにも、時として、このような欺瞞《ぎまん》が隠されている。

凡そ自分の性情にうらはらな習慣や伝統を、恰《あたか》も生来の希願のように背負わなければならないのである。だから、昔日本に行われていたことが、昔行われていたために、日本本来のものだということは成立たない。外国に於て行われ、日本には行われていなかった習慣が、実は日本人に最もふさわしいことも有り得るし、日本に於て行われて、外国には行われなかった習慣が、実は外国人にふさわしいことも有り得るのだ。模倣ではなく、発見だ。ゲーテがシェクスピアの作品に暗示を受けて自分の傑作を書きあげたように、個性を尊重する芸術に於てすら、模倣から発見への過程は最も屢《しばしば》行われる。インスピレーションは、多く模倣の精神から出発して、発見によって結実する。

キモノとは何ぞや？　洋服との交流が千年ばかり遅かっただけだ。そうして、限られた手法以外に、新たな発明を暗示する別の手法が与えられなかっただけである。日本人の貧弱な体軀《たいく》が特にキモノを生みだしたのではない。日本人にはキモノのみが美しいわけでもない。外国の恰幅《かっぷく》のよい男達の和服姿が、我々よりも立派に見えるに極《きま》っている。

小学生の頃、万代橋《ばんだいばし》という信濃川《しなのがわ》の河口にかかっている木橋がとりこわされて、川幅を半分に埋めたて鉄橋にするというので、長い期間、悲しい思いをしたことがあった。日本一の木橋がなくなり、川幅が狭くなって、自分の誇りがなくなることが、身を切られる切なさであったのだ。その不思議な悲しみ方が、今では夢のような思い出だ。このような悲しみ方は、成人するにつれ、又、その物との交渉が成人につれて深まりながら、却《かえ》って薄れる一方であった。そうして、今では、木橋が鉄橋に代り、川幅の狭《せば》められたことが、悲しくないばかりか、極めて当然だと考える。然し、このような変化は、僕のみではないだろう。多くの日本人は、故郷の古い姿が破壊されて欧米風な建物が出現するたびに、悲しみよりも、むしろ喜びを感じる。新《あた》らしい交通機関も必要だし、エレベーターも必要だ。伝統の美だの日本本来の姿などというものよりも、より便利な生活が必要なのである。京都の寺や奈良の仏像が全滅しても困らないが、電車が動かなくては困るのだ。我々に大切なのは「生活の必要」だけで、古代文化が全滅しても、生活は亡《ほろ》びず、生活自体が亡びない限り、我々の独自性は健康なのである。なぜなら、我々自体の必要と、必要に応じた欲求を失わないからである。

タウトが東京で講演の時、聴衆の八、九割は学生で、あとの一、二割が建築家であったそうだ。東京のあらゆる建築専門家に案内状を発送して、尚そのような結果であった。ヨーロッパでは決してこのようなことは有り得ないそうだ。常に八、九割が建築家で、一、二割が都市の文化に関心を持つ市長とか町長という名誉職の人々であり、学生などの割りこむ余地はない筈だ、と言うのである。

僕は建築界のことに就ては不案内だが、例を文学にとって考えても、たとえば、アンドレ・ジッドの講演が東京で行われたにしても、小説家の九割ぐらいは聴きに行きはしないだろう。そうして、矢張り、聴衆の八、九割は学生で、おまけに、学生の三割ぐらいは、女学生かも知れないのだ。僕が仏教科の生徒の頃、フランスだのイギリスの仏教学者の講演会に行ってみると、坊主だらけの日本のくせに、聴衆の全部が学生だった。尤も坊主の卵なのだろう。

日本の文化人が怠慢なのかも知れないが、西洋の文化人が「社交的に」勤勉なせいでもあるのだろう。社交的に勤勉なのは必ずしも勤勉ではなく、社交的に怠慢なのは必ずしも怠慢ではない。勤勉、怠慢はとにかくとして、日本の文化人はまったく困った代《しろ》物《もの》だ。桂離宮も見たことがなく、竹田も玉泉も鉄斎も知らず、茶の湯も知らない。小堀《こぼり》遠州《えんしゅう》などと言えば、建築家だか、造庭家だか、大名だか、茶人だか、もしかすると忍術使いの家元じゃなかったかね、などと言う奴がある。故郷の古い建築を叩《たた》き毀《こわ》して、出来損いの洋式バラックをたてて、得々としている。そのくせ、タウトの講演も、アンドレ・ジッドの講演も聴きに行きはしないのである。そうして、ネオン・サインの陰を酔っ払ってよろめきまわり、電髪嬢を肴《さかな》にしてインチキ・ウイスキーを呷《あお》っている。呆《あき》れ果てた奴等である。

日本本来の伝統に認識も持たないばかりか、その欧米の猿真似《さるまね》に至っては体《たい》をなさず、美の片鱗《へんりん》をとどめず、全然インチキそのものである。ゲーリー・クーパーは満員客止めの盛況だが、梅若万三郎《うめわかまんざぶろう》は数える程しか客が来ない。かかる文化人というものは、貧困そのものではないか。

然しながら、タウトが日本を発見し、その伝統の美を発見したことと、我々が日本の伝統を見失いながら、しかも現に日本人であることとの間には、タウトが全然思いもよらぬ距《へだた》りがあった。即《すなわ》ち、タウトは日本を発見しなければならなかったが、我々は日本を発見するまでもなく、現に日本人なのだ。我々は古代文化を見失っているかも知れぬが、日本を見失う筈はない。日本精神とは何ぞや、そういうことを我々自身が論じる必要はないのである。説明づけられた精神から日本が生れる筈もなく、又、日本精神というものが説明づけられる筈もない。日本人の生活が健康でありさえすれば、日本そのものが健康だ。湾曲した短い足にズボンをはき、洋服をきて、チョコチョコ歩き、ダンスを踊り、畳をすてて、安物の椅子《いす》テーブルにふんぞり返って気取っている。それが欧米人の眼から見て滑稽千万であることと、我々自身がその便利に満足していることの間には、全然つながりが無いのである。彼等が我々を憐れみ笑う立場と、我々が生活しつつある立場には、根柢的《こんていてき》に相違がある。我々の生活が正当な要求にもとづく限りは、彼等の憫笑《びんしょう》が甚だ浅薄でしかないのである。湾曲した短い足にズボンをはいてチョコチョコ歩くのが滑稽だから笑うというのは無理がないが、我々がそういう所にこだわりを持たず、もう少し高い所に目的を置いていたとしたら、笑う方が必ずしも利巧の筈はないではないか。

僕は先刻白状に及んだ通り、桂離宮も見たことがなく、雪舟《せっしゅう》も雪村《せっそん》も竹田も大雅堂も玉泉も鉄斎も知らず、狩野派《かのうは》も運慶も知らない。けれども、僕自身の「日本文化私観」を語ってみようと思うのだ。祖国の伝統を全然知らず、ネオン・サインとジャズぐらいしか知らない奴が、日本文化を語るとは不思議なことかも知れないが、すくなくとも、僕は日本を「発見」する必要だけはなかったのだ。

二、俗悪に就て（人間は人間を）

昭和十二年の初冬から翌年の初夏まで、僕は京都に住んでいた。京都へ行ってどうしようという目当もなく、書きかけの長篇小説と千枚の原稿用紙の外《ほか》にはタオルや歯ブラシすら持たないといういでたちで、とにかく隠岐和一《おきわいち》を訪ね、部屋でも探してもらって、孤独の中で小説を書きあげるつもりであった。まったく、思いだしてみると、孤独ということが、ただ一筋に、なつかしかったようである。

隠岐は僕に京都で何が見たいかということと、食物では何が好きかということを、最もさりげない世間話の中へ織込んで尋ねた。僕は東京でザックバランにつきあっていた友情だけしか期待していなかったのに、京都の隠岐は東京の隠岐ではなく、客人をもてなすために最も細心な注意を払う古都のぼんぼんに変っていた。僕は祇園《ぎおん》の舞妓《まいこ》と猪《いのしし》だとウッカリ答えてしまったのだが――まったくウッカリ答えたのである。なぜなら、出発の晩、京都行きの送別の意味で尾崎士郎に案内され始めて猪を食ったばかりで、ものハズミでウッカリ言ってしまったけれども、第一、猪の肉というものが手軽に入手できようなどとは考えていないせいでもあった。ところが、その翌日から毎晩毎晩猪に攻められ、おまけに、猪の味覚が全然僕の嗜好《しこう》に当てはまるものではないことが三日目ぐらいに決定的に判ったのである。けれども、我慢して食べなければならなかった。そうして、一方、舞妓の方は、京都へ着いたその当夜、さっそく花見小路のお茶屋に案内されて行ったのだが、そのころ、祇園に三十六人だか七人だかの舞妓がいるということだったが、酔眼朦朧《すいがんもうろう》たる眼前へ二十人ぐらいの舞妓達が次から次へと現れた時には、いさかさ天命と諦《あきら》めて観念の眼を閉じる気持になった程である。

僕は舞妓の半分以上を見たわけだったが、これぐらい馬鹿らしい存在はめったにない。特別の教養を仕込まれているのかと思っていたら、そんなものは微塵《みじん》もなく、踊りも中途半端だし、ターキーとオリエの話ぐらいしか知らないのだ。それなら、愛玩用《あいがんよう》の無邪気な色気があるのかというと、コマッチャクレているばかりで、清潔な色気などは全くなかった。元々、愛玩用につくりあげられた存在に極っているが、子供を条件にして子供の美徳がないのである。羞恥《しゅうち》がなければ、子供はゼロだ。子供にして子供にあらざる以上、大小を兼ねた中間的な色っぽさが有るかというと、それもない。広東《カントン》に盲妹《もうまい》という芸者があるということだが、盲妹というのは、顔立《かおだち》の綺麗《きれい》な女子を小さいうちに盲にして特別の教養、踊りや音楽などを仕込むのだそうである。支那人のやることは、あくどいが、徹底している。どうせ愛玩用として人工的につくりあげるつもりなら、これもよかろう。盲にするとは凝った話だ、ちと、あくどいが、不思議な色気が、考えてみても、感じられる。舞妓は甚だ人工的な加工品に見えながら、人工の妙味がないのである。娘にして娘の羞恥がない以上、自然の妙味もないのである。

僕達は五、六名の舞妓を伴って東山ダンスホールへ行った。深夜の十二時に近い時間であった。舞妓の一人が、そこのダンサーに好きなのがいるのだそうで、その人と踊りたいと言いだしたからだ。ダンスホールは東山の中腹にあって、人里を離れ、東京の踊り場よりは遥《はるか》に綺麗だ。満員の盛況だったが、このとき僕が驚いたのは、座敷でペチャクチャ喋《しゃべ》っていたり踊っていたりしたのでは一向に見栄《みば》えのしなかった舞妓達が、ダンスホールの群集にまじると、群を圧し、堂々と光彩を放って目立つのである。つまり、舞妓の独特のキモノ、だらりの帯が、洋服の男を圧し、夜会服の踊り子を圧し、西洋人もてんで見栄えがしなくなる。成程、伝統あるものには独自の威力があるものだ、と、いささか感服したのであった。

同じことは、相撲を見るたびに、いつも感じた。呼出につづいて行司の名乗り、それから力士が一礼しあって、四股《しこ》をふみ、水をつけ、塩を悠々とまきちらして、仕切りにかかる。仕切り直して、やや暫《しばら》く睨み合い、悠々と塩をつかんでくるのである。土俵の上の力士達は国技館を圧倒している。数万の見物人も、国技館の大建築も、土俵の上の力士達に比べれば、余りに小さく貧弱である。

これを野球に比べてみると、二つの相違がハッキリする。なんというグランドの広さであろうか。九人の選手がグランドの広さに圧倒され、追いまくられ、数万の観衆に比べて気の毒なほど無力に見える。グランドの広さに比べると、選手を草刈人夫に見立ててもいいぐらい貧弱に見え、プレーをしているのではなく、息せきって追いまくられた感じである。いつかベーブ・ルースの一行を見た時には、流石《さすが》に違った感じであった。板についたスタンド・プレーは場を圧し、グランドの広さが目立たないのである。グランドを圧倒しきれなくとも、グランドと対等ではあった。

別に身体のせいではない。力士といえども大男ばかりではないのだ。又、必ずしも、技術のせいでもないだろう。いわば、伝統の貫禄《かんろく》だ。それあるがために、土俵を圧し、国技館の大建築を圧し、数万の観衆を圧している。然しながら、伝統の貫禄だけでは、永遠の生命を維持することはできないのだ。舞妓のキモノがダンスホールを圧倒し、力士の儀礼が国技館を圧倒しても、伝統の貫禄だけで、舞妓や力士が永遠の生命を維持するわけにはゆかない。貫禄を維持するだけの実質がなければ、やがては亡びる外《ほか》に仕方がない。問題は、伝統や貫禄ではなく、実質だ。

伏見《ふしみ》に部屋を見つけるまで、隠岐の別宅に三週間ぐらい泊っていたが、隠岐の別宅は嵯峨《さが》にあって、京都の空は晴れていても、愛宕山《あたごやま》が雲をよび、このあたりでは毎日雪がちらつくのだった。隠岐の別宅から三十間《けん》ぐらいの所に、不思議な神社があった。車折(クルマザキ)神社というのだが、清原のなにがしという多分学者らしい人を祀《まつ》っているくせに、非常に露骨な金儲《かねもう》けの神様なのである。社殿の前に柵《さく》をめぐらした場所があって、この中に円《まる》みを帯びた数万の小石が山を成している。自分の欲しい金額と姓名生年月日などを小石に書いて、ここへ納め、願をかけるのだそうである。五万円というのもあるし、三千円ぐらいの悲しいような石もあって、稀《まれ》には、月給がいくらボーナスがいくら昇給するようにと詳細に数字を書いた石もあった。節分の夜、燃え残った神火《トンド》の明りで、この石を手に執りあげて一つ一つ読んでいたが、旅先の、それも天下に定まる家もなく、一管のペンに一生を托《たく》してともすれば崩れがちな自信と戦っている身には、気持のいい石ではなかった。牧野信一は奇妙な人で、神社仏閣の前を素通りすることの出来ない人であった。必ず恭々《うやうや》しく拝礼し、ジャランジャランと大きな鈴をならす綱がぶらさがっていれば、それを鳴らし、お賽銭《さいせん》をあげて、暫く瞑目《めいもく》最敬礼する。お寺が何宗であろうと変りはない。非常なはにかみ屋で、人前で目立つような些少《さしょう》の行為も最もやりたがらぬ人だったのに、これだけは例外で、どうにも、やむを得ないという風だった。いつか息子の英雄君をつれて散歩のついで僕の所へ立寄って三人で池上本門寺《いけがみほんもんじ》へ行くと、英雄君をうながして本堂の前へすすみ、お賽銭をあげさせて親子二人恭々しく拝礼していたが、異体《えたい》の知れぬ悲願を血につなごうとしているようで、痛々しかった。

節分の火にてらして読んだあの石この石。もとより、そのような感傷や感動が深いものである筈はなく、又、激しいものである筈もない。けれども、今も、ありありと覚えている。そうして、毎日竹藪《たけやぶ》に雪の降る日々、嵯峨や嵐山の寺々をめぐり、清滝の奥や小倉山《おぐらやま》の墓地の奥まで当《あて》もなく踏みめぐったが、天龍寺も大覚寺も何か空虚な冷《つ》めたさをむしろ不快に思ったばかりで、一向に記憶に残らぬ。

車折神社の真裏に嵐山劇場という名前だけは確かなものだが、ひどくうらぶれた小屋があった。劇場のまわりは畑で、家がポツポツ点在するばかり。劇場前の暮方の街道をカラの牛車に酔っ払った百姓がねむり、牛が勝手に歩いて通る。僕が京都へつき、隠岐の別宅を探して自動車の運転手と二人でキョロキョロ歩いていると、電柱に嵐山劇場のビラがブラ下り、猫遊軒猫八とあって、贋物《にせもの》だったら米五十俵進呈する、とある。勿論《もちろん》、贋物の筈はない。東京の猫八は「江戸や」猫八だからである。

言うまでもなく、猫遊軒猫八を僕はさっそく見物に行った。面白かった。猫遊軒猫八は実に腕力の強そうな人相の悪い大男で、物真似ばかりでなく一切の芸を知らないのである。和服の女が突然キモノを尻《しり》までまくりあげる踊りなど色々とあって、一番おしまいに猫八が現れる。現れたところは堂々たるもの、立派な裃《かみしも》をつけ、テーブルには豪華な幕をかけて、雲月の幕にもひけをとらない。そうして、喧嘩《けんか》したい奴は遠慮なく来てくれという意味らしい不思議な微笑で見物人を見渡しながら、汝等《なんじら》よく見物に来てくれた。面白かったであろう。又、明晩も一そう沢山《たくさん》の知りあいを連れて見においで、という意味のことを喋って、終りとなるのである。何がためにテーブルに堂々たる幕をかけ、裃をつけて現れたのか。真にユニックな芸人であった。

旅芸人の群は大概一日、長くて三日の興行であった。そうして、それらの旅芸人は、猫八のように喧嘩の好きなものばかりではなかった。むしろ猫八が例外だった。僕は変るたびに見物し、甚《はなはだ》しきは同じ物を二度も三度も見にでかけたが、中には、福井県の山中の農夫たちが、冬だけ一座を組織して巡業しているのもあり、漫才もやれば芝居も手品もやり、揃《そろ》いも揃って言語同断に芸が下手《へた》で、座頭《ざがしら》らしい唯一の老練な中老人がそれをひどく気にしながら、然し、心底から一座の人々をいたわる様子が痛々しいような一行もあった。十八ぐらいの綺麗な娘が一人いて、それで客をひく以外には手段がない。昼はこの娘にたった一人の附添《つきそい》をつけて人家よりも畑の多い道をねり歩き、漫才に芝居に踊りに、むやみに娘を舞台に上げたが、これが、又、芸が未熟で、益々もって痛々しい。僕はその翌日も見物にでかけたが、二日目は十五、六名しか観衆がなく、三日目の興行を切上げて、次の町へ行ってしまった。その深夜、うどんを食いに劇場の裏を通ったら、木戸が開け放されていて、荷物を大八車につんでおり、座頭が路上でメザシを焼いていた。

嵐山の渡月橋《とげつきょう》を渡ると、茶店がズラリと立ち並び、春が人の出盛りだけれども、遊覧バスがここで中食をとることになっているので、とにかく冬も細々と営業している。或る晩、隠岐と二人で散歩のついで、ここで酒をのもうと思って、一軒一軒廻《まわ》ったが、どこも灯がなく、人の気配もない。ようやく、最後に、一軒みつけた。冬の夜、まぎれ込んでくる客なぞは金輪際ないのだそうだ。四十ぐらいの温和なおかみさんと十九の女中がいて、火がないからというので、家族の居間で一つ火鉢にあたりながら酒をのんだが、女中が曲馬団の踊り子あがりで、突然、嵐山劇場のことを喋りはじめた。嵐山劇場は常に客席の便所に小便が溢《あふ》れ、臭気芬々《しゅうきふんぷん》たるものがあるのである。我々は用をたすに先立って、被害の最小の位置を選定するに一苦労しなければならない。小便の海を渉《わた》り歩いて小便壺《しょうべんつぼ》まで辿《たど》りつかねばならぬような時もあった。客席の便所があのようでは、楽屋の汚《きた》なさが思いやられる。どんなに汚いだろうかしら、と、女中は突然口走ったが、そこには激しい実感があった。無邪気な娘であった。曲馬団で一番つらかったのは、冬になると、醬油《しょうゆ》を飲まなければならなかったことだそうだ。醬油を飲むと身体が暖まるのだという。それで、裸体で舞台へ出るには、必ず醬油を飲まされる。これには降参したそうである。

僕は嵯峨では昼は専ら小説を書いた。夜になると、大概、嵐山劇場へ通った。京都の街も、神社仏閣も、名所旧蹟も、一向に心をそそらなかった。嵐山劇場の小便くさい観覧席で、百名足らずの寒々とした見物人と、くだらぬ駄洒落《だじゃれ》に欠伸《あくび》まじりで笑っているのが、それで充分であったのである。

そういう僕に隠岐がいささか手を焼いて、ひとつ、おどかしてやろうという気持になったらしい。無理に僕をひっぱりだして(その日も雪が降っていた)汽車に乗り、保津川をさかのぼり、丹波《たんば》の亀岡という所へ行った。昔の亀山のことで、明智光秀《あけちみつひで》の居城のあった所である。その城跡に、大本教《おおもときょう》の豪壮な本部があったのだ。不敬罪に問われ、ダイナマイトで爆破された直後であった。僕達は、それを見物にでかけたのである。

城跡は丘に壕《ほり》をめぐらし、上から下まで、空壕の中も、一面に、爆破した瓦《かわら》が累々《るいるい》と崩《くず》れ重《かさな》っている。茫々《ぼうぼう》たる廃墟《はいきょ》で一木一草をとどめず、さまよう犬の影すらもない。四周に板囲いをして、おまけに鉄条網のようなものを張りめぐらし、離れた所に見張所もあったが、唯《ただ》このために丹波路遥々《はるばる》(でもないが)汽車に揺られて来たのだから豈《あに》目的を達せずんばあるべからずと、鉄条網を乗り越えて、王仁三郎《おにさぶろう》の夢の跡へ踏みこんだ。頂上に立つと、亀岡の町と、丹波の山々にかこまれた小さな平野が一望に見える。雪が激しくなり、廃墟の瓦につもりはじめていた。目星《めぼ》しいものは爆破の前に没収されて影をとどめず、ただ、頂上の瓦には成程《なるほど》金線の模様のはいった瓦があったり、酒樽《さかだる》ぐらいの石像の首が石段の上にころがっていたり、王仁三郎に奉仕した三十何人かの妾《めかけ》達がいたと思われる中腹の夥《おびただ》しい小部屋のあたりに、中庭の若干の風景が残り、そこにも、いくつかの石像が潰《つぶ》れていた。とにかく、こくめいの上にもこくめいに叩き潰されている。

再び鉄条網を乗り越えて、壕に沿うて街道を歩き、街のとば口の茶店へ這入《はい》って、保津川という清流の名にふさわしからぬ地酒をのんだが、そこへ一人の馬方が現れ、馬をつないで、これも亦《また》保津川をのみはじめた。馬方は仕事帰りに諸方で紙屑《かみくず》を買って帰る途中で、紙屑の儲けなど酒一本にも当らんわい、やくたいもないこっちゃ、などとボヤきながら、何本となく平げている、何か僕達に話しかけたいという風でいて、それが甚だ怖《おそろ》しくもあるという様子である。そのうちに酩酊《めいてい》に及んで、話しかけてきたのであったが、旦那《だんな》方《がた》は東京から御出張どすか、と言う。いかにも、そうだ、と答えると、感に堪《た》えて、五、六ぺんぐらい御辞儀をしながら呻《うな》っている。話すうちに判ったのだが、僕達を特に密令を帯びて出張した刑事だと思ったのである。隠岐は筒袖《つつそで》の外套《がいとう》に鳥打帽子《とりうちぼうし》、商家の放蕩《ほうとう》若旦那といういでたちであるし、僕はドテラの着流しにステッキをふりまわし、雪が降るのに外套も着ていない。異様な二人づれが禁制の地域から鉄条網を乗り越えて悠々現れるのを見たものだから、怖い物見たさで、跡をつけて来たのであった。こう言われてみると、成程、見張の人まで、僕達に遠慮していた。僕達は一時間ぐらい廃墟をうろついていたが、見張の人は番所の前を掃いたりしながら、僕達がそっちを向くと、慌《あわ》てて振向いて、見ないふりをしていたのである。僕達は刑事になりすまして、大本教の潜伏信者の様子などを訊《たず》ねてみたが、馬方は泥酔しながらも俄《にわか》に顔色蒼然《そうぜん》となり、忽《たちま》ち言葉も吃《ども》りはじめて、多少は知らないこともないけれども悪事を働いた覚えのない自分だから、それを訊《き》くのだけは何分にも勘弁していただきたい、と、取調室にいるように三拝九拝していた。

宇治の黄檗山《おうばくさん》万福寺は隠元《いんげん》の創建にかかる寺だが、隠元によれば、寺院建築の要諦《ようてい》は荘厳ということで、信者の俗心を高めるところの形式をととのえていなければならぬと言っていたそうである。又、人は飲食を共にすることによって交りが深くなるものだから、食事が大切であるとも言ったそうだ。成程、万福寺の斎堂《さいどう》(食堂)は堂々たるものであり、その普茶《ふちゃ》料理は天下に名高いものである。尤も、食事と交際を結びつけて大切にするのは支那一般の風習だそうで、隠元に限られた思想ではないかも知れぬ。

建築の工学的なことに就ては、全然僕は知らないけれども、すくなくとも、寺院建築の特質は、先《ま》ず、第一に、寺院は住宅ではないという事である。ここには、世俗の生活を暗示するものがないばかりか、つとめてその反対の生活、非世俗的な思想を表現することに注意が集中されている。それゆえ、又、世俗生活をそのまま宗教としても肯定する真宗の寺域が忽ち俗臭芬々とするのも当然である。

然しながら、真宗の寺(京都の両本願寺)は、古来孤独な思想を暗示してきた寺院建築の様式をそのまかりて、世俗生活を肯定する自家の思想に応用しようとしているから、落付《おちつき》がなく、俗悪である。俗悪なるべきものが俗悪であるのは一向に差支えがないのだが、要は、ユニックな俗悪ぶりが必要だということである。

京都という所は、寺だらけ、名所旧蹟だらけで、二、三丁歩くごとに大きな寺域や神域に突き当る。一週間ぐらい滞在のつもりなら、目的をきめて歩くよりも、ただ出鱈目《でたらめ》に足の向く方へ歩くのがいい。次から次へ由緒ありげなものが現れ、いくらか心を惹《ひ》かれたら、名前をきいたり、丁寧に見たりすればいい。狭い街だから、隅から隅まで歩いても、大したことはない。僕は、そういう風にして、時々、歩いた。深草から醍醐《だいご》、小野の里、山科《やましな》へ通う峠の路《みち》も歩いたし、市街ときては、何処《どこ》を歩いても迷う心配のない街だから、伏見から歩きはじめて、夕方、北野の天神様にぶつかって慌てたことがあった。だが、僕が街へでる時は、歓楽をもとめるためか、孤独をもとめるためか、どちらかだ。そうして、そのような散歩に寺域はたしかに適当だが、繁華な街で車をウロウロ避けるよりも落付きがあるという程度であった。

成程、寺院は、建築自体として孤独なものを暗示しようとしている。炊事の臭《におい》だとか女房子供というものを聯想《れんそう》させず、日常の心、俗な心とつながりを断とうとする意志がある。然しながら、そういう観念を、建築の上に於てどれほど具象化につとめてみても、観念自体に及ばざること遥《はるか》に遠い。

日本の庭園、林泉《りんせん》は必ずしも自然の模倣ではないだろう。南画などに表現された孤独な思想や精神を林泉の上に現実的に表現しようとしたものらしい。茶室の建築だとか(寺院建築でも同じことだが)林泉というものは、いわば思想の表現で自然の模倣ではなく、自然の創造であり、用地の狭さというような限定は、つまり、絵に於けるカンバスの限定と同じようなものである。

けれども、茫洋たる大海の孤独さや、沙漠《さばく》の孤独さ、大森林や平原の孤独さに就て考えるとき、林泉の孤独さなどというものが、いかにヒネくれてみたところで、タカが知れていることを思い知らざるを得ない。

龍安寺《りょうあんじ》の石庭が何を表現しようとしているか。如何《いか》なる観念を結びつけようとしているか、タウトは桂離宮の書院の黒白の壁紙を絶讃し、滝の音の表現だと言っているが、こういう苦しい説明までして観賞のツジツマを合せなければならないというのは、なさけない。蓋《けだ》し、林泉や茶室というものは、禅坊主の悟りと同じことで、禅的な仮説の上に建設された空中楼閣《くうちゅうろうかく》なのである。仏とは何ぞや、という。答えて、糞《くそ》カキベラだという。庭に一つの石を置いて、これは糞カキベラでもあるが、又、仏でもある、という。これは仏かも知れないという風に見てくれればいいけれども、糞カキベラは糞カキベラだと見られたら、おしまいである。実際に於て、糞カキベラは糞カキベラでしかないという当前さには、禅的な約束以上の説得力があるからである。

龍安寺の石庭がどのような深い孤独やサビを表現し、深遠な禅機に通じていても構わない、石の配置が如何なる観念や思想に結びつくかも問題ではないのだ。要するに、我々が涯《はて》ない海の無限なる郷愁や沙漠の大いなる落日を思い、石庭の与える感動がそれに及ばざる時には、遠慮なく石庭を黙殺すればいいのである。無限なる大洋や高原を庭の中に入れることが不可能だというのは意味をなさない。

芭蕉《ばしょう》は庭をでて、大自然のなかに自家の庭を見、又、つくった。彼の人生が旅を愛したばかりでなく、彼の俳句自体が、庭的なものを出て、大自然に庭をつくった、と言うことが出来る。その庭には、ただ一本の椎《しい》の木しかなかったり、ただ夏草のみがもえていたり、岩と、浸《し》み入る蟬《せみ》の声しかなかったりする。この庭には、意味をもたせた石だの曲りくねった松の木などなく、それ自体が直接な風景であるし、同時に、直接な観念なのである。そうして、龍安寺の石庭よりは、よっぽど美しいのだ。と言って、一本の椎の木や、夏草だけで、現実的に、同じ庭をつくることは全く出来ない相談である。

だから、庭や建築に「永遠なるもの」を作ることは出来ない相談だという諦《あきら》めが、昔から、日本には、あった。建築は、やがて火事に焼けるから「永遠ではない」という意味ではない。建築は火に焼けるし人はやがて死ぬから人生水の泡の如きものだというのは方丈記の思想で、タウトは方丈記を愛したが、実際、タウトという人の思想はその程度のものでしかなかった。然しながら、芭蕉の庭を現実的には作り得ないという諦《あき》らめ、人工の限度に対する絶望から、家だの庭だの調度だのというものには全然顧慮しない、という生活態度は、特に日本の実質的な精神生活者には愛用されたのである。大雅堂は画室を持たなかったし、良寛には寺すらも必要ではなかった。とはいえ、彼等は貧困に甘んじることをもって生活の本領としたのではない。むしろ、彼等は、その精神に於て、余りにも慾《よく》が深すぎ、豪奢《ごうしゃ》でありすぎ、貴族的でありすぎたのだ。即ち、画室や寺が彼等に無意味なのではなく、その絶対のものが有り得ないという立場から、中途半端を排撃し、無きに如《し》かざるの清潔を選んだのだ。

茶室は簡素を以《もっ》て本領とする。然しながら、無きに如かざる精神の所産ではないのである。無きに如かざるの精神にとっては、特に払われた一切の注意が、不潔であり、饒《じょう》舌《ぜっ》である。床の間が如何に自然の素朴さを装うにしても、そのために支払われた注意が、すでに、無きに如かざるの物である。

無きに如かざるの精神にとっては、簡素なる茶室も日光の東照宮も、共に同一の「有」の所産であり、詮ずれば同じ穴の狢《むじな》なのである。この精神から眺《なが》めれば、桂離宮が単純、高尚であり、東照宮が俗悪だという区別はない。どちらも共に饒舌であり、「精神の貴族」の永遠の観賞には堪えられぬ普請《ふしん》なのである。

然しながら、無きに如かざるの冷酷なる批評精神は存在しても、無きに如かざるの芸術というものは存在することが出来ない。存在しない芸術などが有る筈はないのである。そうして、無きに如かざるの精神から、それはそれとして、とにかく一応有形の美に復帰しようとするならば、茶室的な不自然なる簡素を排して、人力の限りを尽した豪奢、俗悪なるものの極点に於て開花を見ようとすることも自然であろう。簡素なるものも豪華なるものも共に俗悪であるとすれば、俗悪を否定せんとして尚《なお》俗悪たらざるを得ぬ惨《みじ》めさよりも、俗悪ならんとして俗悪である闊達自在《かったつじざい》さがむしろ取柄だ。

この精神を、僕は、秀吉に於て見る。いったい、秀吉という人は、芸術に就て、どの程度の理解や、観賞力があったのだろう？　そうして、彼の命じた多方面の芸術に対して、どの程度の差出口をしたのであろうか。秀吉自身は工人ではなく、各工人が各々の個性を生かした筈なのに、彼の命じた芸術には、実に一貫した性格があるのである。それは人工の極度、最大の豪奢ということであり、その軌道にある限りは清濁《せいだく》合せ呑むの概がある。城を築けば、途方もない大きな石を持ってくる。三十三間堂《さんじゅうさんげんどう》の塀ときては塀の中の巨人であるし、智積院《ちしゃくいん》の屛風《びょうぶ》ときては、あの前に坐った秀吉が花の中の小猿のように見えたであろう。芸術も糞もないようである。一つの最も俗悪なる意志による企業なのだ。けれども、否定することの出来ない落付きがある。安定感があるのである。

いわば、事実に於て、彼の精神は「天下者」であったと言うことが出来る。家康も天下を握ったが、彼の精神は天下者ではない。そうして、天下を握った将軍達は多いけれども、天下者の精神を持った人は、秀吉のみであった。金閣寺も銀閣寺も、凡そ天下者の精神からは縁の遠い所産である。いわば、金持の風流人の道楽であった。

秀吉に於ては、風流も、道楽もない。彼の為《な》す一切合財のものが全て天下一でなければ納《おさま》らない狂的な意慾の表れがあるのみ。ためらいの跡がなく、一歩でも、控えてみたという形跡がない。天下の美女をみんな欲しがり、呉《く》れない時には千利休《せんのりきゅう》も殺してしまう始末である。あらゆる駄々をこねることが出来た。そうして、実際、あらゆる駄々をこねた。そうして、駄々っ子のもつ不逞《ふてい》な安定感というものが、天下者のスケールに於て、彼の残した多くのものに一貫して開花している。ただ、天下者のスケールが、日本的に小さいという憾《うら》みはある。そうして、あらゆる駄々をこねることが出来たけれども、しかも全てを意のままにすることは出来なかったという天下者のニヒリズムをうかがうことも出来るのである。大体に於て、極点の華麗さには妙な悲しみがつきまとうものだが、秀吉の足跡にもそのようなものがあり、しかも端倪《たんげい》すべからざる所がある。三十三間堂の太閤塀《たいこうべい》というものは、今、極めて小部分しか残存していないが、三十三間堂とのシムメトリイなどというものは殆《ほと》んど念頭にない作品だ。シムメトリイがあるとすれば、徒《いたず》らに巨大さと落付きを争っているようなもので、元来塀というものはその内側に建築あって始めて成立つ筈であろうが、この塀ばかりは独立自存、三十三間堂が眼中にないのだ。そうして、その独立自存の逞《たくま》しさと、落付きとは、三十三間堂の上にあるものである。そうして、その巨大さを不自然に見せないところの独自の曲線には、三十三間堂以上の美しさがある。

僕が亀岡へ行ったとき、王仁三郎は現代に於て、秀吉的な駄々子精神を、非常に突飛《とっぴ》な形式ではあるけれども、とにかく具体化した人ではなかろうかと想像し、夢の跡に多少の期待を持ったのだったが、これはスケールが言語同断に卑小にすぎて、ただ、直接に、俗悪そのものでしかなかった。全然、貧弱、貧困であった。言うまでもなく、豪華極まって浸みでる哀愁《あいしゅう》の如きは、微塵といえども無かったのである。

酒樽ありせば、帝王も我に於て何かあらんや、と詠《えい》じ、靴となってあの娘の足に踏まれたい、と、歌う。万葉の詩人にも、アナクレオンのともがらにも、支那にも、ペルシャにも、文化のある所、必ず、かかる詩人と、かかる思想があったのである。然しながら、かかる思想は退屈だ。帝王何かあらんや、どころではなく、生来帝王の天質がなく、帝王になったところで、何一つ立派なことの出来る奴原《やつばら》ではないのである。

俗なる人は俗に、小なる人は小に、俗なるまま小なるままの各々の悲願を、まっとうに生きる姿がなつかしい。芸術も亦そうである。まっとうでなければならぬ。寺があって、後に、坊主があるのではなく、坊主があって、寺があるのだ。寺がなくとも、良寛は存在する。若《も》し、我々に仏教が必要ならば、それは坊主が必要なので、寺が必要なのではないのである。京都や奈良の古い寺がみんな焼けても、日本の伝統は微動もしない。日本の建築すら、微動もしない。必要ならば、新《あ》らたに造ればいいのである。バラックで、結構だ。

京都や奈良の寺々は大同小異、深く記憶にも残らないが、今も尚、車折神社の石の冷《つ》めたさは僕の手に残り、伏見稲荷《ふしみいなり》の俗悪極まる赤い鳥居の一里に余るトンネルを忘れることが出来ない。見るからに醜悪で、てんで美しくはないのだが、人の悲願と結びつくとき、まっとうに胸を打つものがあるのである。これは、「無きに如かざる」ものではなく、その在《あ》り方が卑小俗悪であるにしても、なければならぬ物であった。そうして、龍安寺の石庭で休息したいとは思わないが、嵐山劇場のインチキ・レビュウを眺めながら物思いに耽《ふけ》りたいとは時に思う。人間は、ただ、人間をのみを恋す。人間のない芸術など、有る筈がない。郷愁のない木立《こだち》の下で休息しようとは思わないのだ。

僕は「檜垣《ひがき》」を世界一流の文学だと思っているが、能の舞台を見たいとは思わない。

もう我々には直接連絡しないような表現や唄《うた》い方を、退屈しながら、せめて一粒の砂金を持って辛抱するのが堪えられぬからだ。舞台は僕が想像し、僕がつくれば、それでいい。天才世阿弥《ぜあみ》は永遠に新らただけれども、能の舞台や唄い方や表現形式が永遠に新らたかどうかは疑《うたがわ》しい。古いもの、退屈なものは、亡びるか、生れ変るのが当然だ。

三、家に就て

僕はもう、この十年来、たいがい一人で住んでいる。東京のあの街やこの街にも一人で住み、京都でも、茨城《いばらき》県の取手《とりで》という小さな町でも、小田原《おだわら》でも、一人で住んでいた。ところが、家というものは(部屋でもいいが)たった一人で住んでいても、いつも悔いがつきまとう。

暫く家をあけ、外で酒を飲んだり女に戯《たわむ》れたり、時には、ただ何もない旅先から帰って来たりする。すると、必ず、悔いがある。叱《しか》る母もいないし、怒る女房も、子供もない。隣の人に挨拶《あいさつ》することすら、いらない生活なのである。それでいて、家へ帰る、という時には、いつも変な悲しさと、うしろめたさから逃げることが出来ない。

帰る途中、友達の所へ寄る。そこでは、一向に、悲しさや、うしろめたさが、ないのである。そうして、平々凡々と四、五人の友達の所をわたり歩き、家へ戻る。すると、やっぱり、悲しさ、うしろめたさが生れてくる。

「帰る」ということは、不思議な魔物だ。「帰ら」なければ、悔いも悲しさもないのである。「帰る」以上、女房も子供も、母もなくとも、どうしても、悔いと悲しさから逃げることが出来ないのだ。帰るということの中には、必ず、ふりかえる魔物がいる。

この悔いや悲しさから逃げるためには、要するに、帰らなければいいのである。そうして、いつも、前進すればいい。ナポレオンは常に前進し、ロシヤまで、退却したことがなかった。ヒットラーは、一度も退却したことがないけれども、彼等程の大天才でも、家を逃げることは出来ない筈だ。そうして、家がある以上は、必ず帰らなければならぬ。そうして、帰る以上は、やっぱり僕と同じような不思議な悔いと悲しさから逃げることが出来ない筈だ、と僕は考えているのである。だが、あの大天才達は、僕とは別の鋼鉄だろうか。いや、別の鋼鉄だから尚更……と、僕は考えているのだ。そうして、孤独の部屋で蒼《あお》ざめた鋼鉄人の物思いに就て考える。

叱る母もなく、怒る女房もいないけれども、家へ帰ると、叱られてしまう。人は孤独で、誰に気がねのいらない生活の中でも、決して自由ではないのである。そうして、文学は、こういう所から生れてくるのだ、と僕は思っている。

「自由を我等に」という活動写真がある。機械文明への諷刺《ふうし》であるらしい。毎日毎日日曜日で、社長も職工もなく、毎日釣りだの酒でも飲んで遊んで暮していられたら、自由で楽しいだろうというのである。然し、自由というものは、そんなに簡単なものじゃない。誰に気がねがいらなくとも、人は自由では有り得ない。第一、毎日毎日、遊ぶことしかなければ、遊びに特殊性がなくなって、楽しくもなんともない。苦があって楽があるのだが、楽ばかりになってしまえば、世界中がただ水だけになったことと同じことで、楽の楽たる所以《ゆえん》がないだろう。人は必ず死ぬ。死あるがために、喜怒哀楽もあるのだろうが、いつまでたっても死なないと極ったら、退屈千万な話である。生きていることに、特別の意義がないからである。

「自由を我等に」という活動写真の馬鹿らしさはどうでもいいが、ルネ・クレールはとにかくとして、社会改良家などと言われる人の自由に対する認識が、やっぱり之《これ》と五十歩百歩の思いつきに過ぎないことを考えると、文学への信用を深くせずにはいられない。僕は文学万能だ。なぜなら、文学というものは、叱る母がなく、怒る女房がいなくとも、帰ってくると叱られる。そういう所から出発しているからである。だから、文学を信用することが出来なくなったら、人間を信用することが出来ない、という考えでもある。

四、美に就て

三年前に取手という町に住んでいた。利根川《とねがわ》に沿うた小さな町で、トンカツ屋とソバ屋の外《ほか》に食堂がなく、僕は毎日トンカツを食い、半年目には遂《つい》に全くうんざりしたが、僕は大概一ケ月に二回ずつ東京へでて、酔っ払って帰る習慣であった。尤も、町にも酒屋はある。然し、オデン屋というようなものはなく、普通の酒屋で、框《かまち》へ腰かけてコップ酒をのむのである。これを「トンパチ」と言い、「当八」の意だそうである。即ち一升がコップ八杯にしか当らぬ。つまり、一合以上なみなみとあり、盛りがいいという意味なのである。村の百姓達は「トンパチやんべいか」と言う。勿論《もちろん》僕は愛用したが、一杯十五銭だったり、十七銭だったり、日によってその時の仕入れ値段で区々《まちまち》だったが、東京から来る友達は顔をしかめて飲んでいる。

この町から上野まで五十六分しかかからぬのだが、利根川、江戸川、荒川という三ツの大きな川を越え、その一つの川岸に小菅《こすげ》刑務所があった。汽車はこの大きな近代風の建築物を眺めて走るのである。非常に高いコンクリートの塀がそびえ、獄舎は堂々と翼を張って十字の形にひろがり十字の中心交叉点《こうさてん》に大工場の煙突よりも高々とデコボコの見張りの塔が突立っている。

　勿論、この大建築物には一ケ所の美的装飾というものもなく、どこから見ても刑務所然としており、刑務所以外の何物でも有り得ない構えなのだが、不思議に心を惹かれる眺めである。

　それは刑務所の観念と結びつき、その威圧的なもので僕の心に迫るのとは様子が違う。むしろ、懐《なつか》しいような気持である。つまりは、結局、どこかしら、その美しさで僕の心を惹いているのだ。利根川の風景も、手賀沼《てがぬま》も、この刑務所ほど僕の心を惹くことがなかった。いったい、ほんとに美しいのかしら、と、僕は時々考えた。

　これに似た他の経験が、もう一ツ、ハッキリ心に残っている。

　もう、十数年の昔になる。その頃はまだ学生で、僕は酒も飲まない時だが、友人達と始めて同人雑誌をだし、酒を飲まないから、勢い、そぞろ歩きをしながら五時間六時間と議論をつづけることになる。そのため、足の向くままに、実に諸方の道を歩いた。深夜になり、深夜でなくとも頻りと警官に訊問《じんもん》されたが、左翼運動の旺《さかん》な時代で、徹底的に小うるさく訊問された。大体、深夜に数人で歩きながら、酒も飲んでいないというのが、却って怪しまれる種《たね》であった。そういう次第で心を改め大酒飲みになった訳でもないのだが。

銀座から築地《つきじ》へ歩き、渡船に乗り、佃島《つくだじま》へ渡ることが、よく、あった。この渡船は終夜運転だから、帰れなくなる心配はない。佃島は一間《けん》ぐらいの暗くて細い道の両側に「佃茂」だの「佃一」だのという家が並び、佃煮屋かも知れないが、漁村の感じで、渡船を降りると、突然遠い旅に来たような気持になる。とても川向うが銀座だとは思われぬ。こんな旅の感じが好きでもあったが、ひとつには、聖路加病院の近所にドライ・アイスの工場があって、そこに雑誌の同人が勤めていたため、この方面へ足の向く機会が多かったのである。

さて、ドライ・アイスの工場だが、これが奇妙に僕の心を惹くのであった。

工場地帯では変哲もない建物であるかも知れぬ。起重機だのレールのようなものがあり、右も左もコンクリートで頭上の遥か高い所にも、倉庫からつづいてくる高架レールのようなものが飛び出し、ここにも一切の美的考慮というものがなく、ただ必要に応じた設備だけで一つの建築が成立っている。町家の中でこれを見ると、魁偉《かいい》であり、異観であったが、然し、頭抜けて美しいことが分るのだった。

聖路加病院の堂々たる大建築。それに較べれば余り小さく、貧困な構えであったが、それにも拘らず、この工場の緊密な質量感に較べれば、聖路加病院は子供達の細工のようなたあいもない物であった。この工場は僕の胸に食い入り、遥か郷愁につづいて行く大らかな美しさがあった。

　小菅刑務所とドライアイスの工場。この二つの関聯に就て、僕はふと思うことがあったけれども、そのどちらにも、僕の郷愁をゆりうごかす逞しい美感があるという以外には、強いて考えてみたことがなかった。法隆寺だの平等院の美しさとは全然違う。しかも、法隆寺だの平等院は、古代とか歴史というものを念頭に入れ、一応、何か納得しなければならぬような美しさである。直接心に突当り、はらわたに食込んでくるものではない。どこかしら物足りなさを補わなければ、納得することが出来ないのである。小菅刑務所とドライアイスの工場は、もっと直接突当り、補う何物もなく、僕の心をすぐ郷愁へ導いて行く力があった。なぜだろう、ということを、僕は考えずにいたのである。

　ある春先、半島の尖端《せんたん》の港町へ旅行にでかけた。その小さな入江の中に、わが帝国の無敵駆逐艦が休んでいた。それは小さな、何か謙虚な感じをさせる軍艦であったけれども一見したばかりで、その美しさは僕の魂をゆりうごかした。僕は浜辺に休み、水にうかぶ黒い謙虚な鉄塊を飽かず眺めつづけ、そうして、小菅刑務所とドライアイスの工場と軍艦と、この三つのものを一つにして、その美しさの正体を思いだしていたのであった。

　この三つのものが、なぜ、かくも美しいか。ここには、美しくするために加工した美しさが、一切ない。美というものの立場から附加《つけくわ》えた一本の柱も鋼鉄もなく、美しくないという理由によって取去った一本の柱も鋼鉄もない。ただ、必要なもののみが、必要な場所に置かれた。そうして、不要なる物はすべて除かれ、必要のみが要求する独自の形が出来上っているのである。それは、それ自身に似る外《ほか》には、他の何物にも似ていない形である。必要によって柱は遠慮なく歪められ、鋼鉄はデコボコに張りめぐらされ、レールは突然頭上から飛出してくる。すべては、ただ、必要ということだ。そのほかのどのような旧来の観念も、この必要のやむべからざる生成をはばむ力とは成り得なかった。そうして、ここに、何物にも似ない三つのものが出来上ったのである。

僕の仕事である文学が、全く、それと同じことだ。美しく見せるための一行があってもならぬ。美は、特に美を意識して成された所からは生れてこない。どうしても書かねばならぬこと、書く必要のあること、ただ、そのやむべからざる必要にのみ応じて、書きつくされなければならぬ。ただ「必要」であり、一も二も百も、終始一貫ただ「必要」のみ。そうして、この「やむべからざる実質」がもとめた所の独自の形態が、美を生むのだ。実質からの要求を外《はず》れ、美的とか詩的という立場に立って一本の柱を立てても、それは、もう、たわいもない細工物になってしまう。これが、散文の精神であり、小説の真骨頂である。そうして、同時に、あらゆる芸術の大道なのだ。

問題は、汝の書こうとしたことが、真に必要なことであるか、ということだ。汝の生命と引換えにしても、それを表現せずにはやみがたいところの汝自らの宝石であるか、どうか、ということだ。そうして、それが、その要求に応じて、汝の独自なる手により、不要なる物を取去り、真に適切に表現されているかどうか、ということだ。

百米《メートル》を疾走するオウエンスの美しさと二流選手の動きには、必要に応じた完全なる動きの美しさと、応じ切れないギゴチなさの相違がある。僕が中学生の頃、百米の選手といえば、痩《や》せて、軽くて、足が長くて、スマートの身体でなければならぬと極っていた。ふとった重い男は専ら投擲《とうてき》の方へ廻され、フィールドの片隅で砲丸を担いだりハンマーを振廻していたのである。日本へも来たことのあるパドックだのシムプソンの頃までは、そうだった。メトカルフだのトーランが現れた頃から、短距離には重い身体の加速度が最後の条件であると訂正され、スマートな身体は中距離の方へ廻されるようになったのである。いつか、羽田飛行場へでかけて、分捕品《ぶんどりひん》のイ—十六型戦闘機を見たが、飛行場の左端に姿を現したかと思ううちに右端へ飛去り、呆《あき》れ果てた速力であった。日本の戦闘機は格闘性に重点を置き、速力を二の次にするから、速さの点では比較にならない。イ—十六は胴体が短く、ずんぐり太っていて、ドッシリした重量感があり、近代式の百米選手の体格の条件に全く良く当てはまっているのである。スマートな所は微塵もなく、あくまで不恰好《ぶかっこう》に出来上っているが、その重量の加速度によって風を切る速力的な美しさは、スマートな旅客機などの比較にならぬものがあった。

見たところのスマートだけでは、真に美なる物とはなり得ない。すべては、実質の問題だ。美しさのための美しさは素直でなく、結局、本当の物ではないのである。要するに、空虚なのだ。そうして、空虚なものは、その真実のものによって人を打つことは決してなく、詮ずるところ、有っても無くても構わない代物である。法隆寺も平等院も焼けてしまって一向に困らぬ。必要ならば、法隆寺をとりこわして停車場をつくるがいい。我が民族の光輝ある文化や伝統は、そのことによって決して亡びはしないのである。武蔵野《むさしの》の静かな落日はなくなったが、累々たるバラックの屋根に夕陽《ゆうひ》が落ち、埃《ほこり》のために晴れた日も曇り、月夜の景観に代ってネオン・サインが光っている。ここに我々の実際の生活が魂を下している限り、これが美しくなくて、何であろうか。見給え、空には飛行機がとび、海には鋼鉄が走り、高架線を電車が轟々《ごうごう》と駈《か》けて行く。我々の生活が健康である限り、西洋風の安直なバラックを模倣して得々としても、我々の文化は健康だ。我々の伝統も健康だ。必要ならば公園をひっくり返して菜園にせよ。それが真に必要ならば、必ずそこにも真の美が生れる。そこに真実の生活があるからだ。そうして、真に生活する限り、猿真似を羞《はじ》ることはないのである。それが真実の生活である限り、猿真似にも、独創と同一の優越があるのである。

青春論

一、わが青春

今が自分の青春だというようなことを僕はまったく自覚した覚えがなくて過《すご》してしまった。いつの時が僕の青春であったたか。どこにも区切りが見当らぬ。老成せざる者の愚行が青春のしるしだと言うならば、僕は今も尚《なお》青春、恐らく七十になっても青春ではないかと思い、こういう内省というものは決して気持のいいものではない。気負って言えば、文学の精神は永遠に青春であるべきものだ、と力みかえってみたくもなるが、文学と念仏のように唸《うな》ったところで、我が身の愚かさが帳消しになるものでもない。生れて三十七年、のんべんだらりとどこにも区切りが見当らぬとは、ひどく悲しい。生れて七十年、どこにも区切りが見当らぬ、となっては、之《これ》は又助からぬ気持であろう。ひとつ区切りをつけてやろうか。僕は時にこう考える。さて、そこで、然《しか》らば「如何《いか》にして」ということになるのであるが、ここに至って再び僕は参ってしまう。多分誰でも同じことを考えると思うけれども、僕も又「結婚」というひとつの区切りに就《つい》て先《ま》ず考える。僕は結婚ということに決して特別の考えを持ってはおらず、こだわった考え方もしてはおらず、自然に結婚するような事情が起ればいつでも自然に結婚してしまうつもりなのである。けれども、それで僕の一生に区切りが出来るであろうか。多分区切りは出来ないと思うし、かりに区切りが出来たとしても、その区切りによって僕の生活が真実立派になるということは決してないと考える。僕は愚かだけれども、その愚かさは結婚に関係のない事情にもとづくものである。結婚して、子供も大きくなって七十になって、そうして、やっぱり、青春——どこにも一生の区切りがない、これは助からぬ話だと僕は恐れをなしてしまう。

青春再びかえらず、とはひどく綺麗《きれい》な話だけれども、青春永遠に去らず、とは切ない話である。第一、うんざりしてしまう。こういう疲れ方は他の疲れとは違って癒《いや》し様《よう》のない袋小路のどんづまりという感じである。世阿弥《ぜあみ》が佐渡へ流刑のあいだに創った謡曲に「檜垣《ひがき》」というものがある。細《こまか》いことは忘れてしまったけれども荒筋は次のような話である。なんでも檜垣寺というお寺があって(謡曲をよく御存じの方は飛ばして読んで下さい。どんなデタラメを言うか知れませんよ)このお寺へ毎朝閼伽《あか》の水をささげにくる老婆がある。いつ来る時も一人であるが、この老婆の持参の水が柔らかさ世の常のものではない。そこで寺の住持があなたは何処《どこ》の何人《なんぴと》であるかと尋ねてみると、老婆は一首の和歌を誦《しょう》してこの歌がお分りであろうか、と云《い》う。生憎《あいにく》この和歌を僕はもう忘れてしまったが「水はぐむ」とか何とかいう枕言葉に始まっていて、住持にはこの枕言葉の意味が分らないのである。この和歌にも相当重要な意味があった筈《はず》であるが、然《しか》し、物語の中心そのものではないのだから勘弁していただきたい。そこで住持が不思議に思って、この枕言葉は聞きなれないものであるが、いったいどういう意味があるのですかと尋ねた。すると老婆が答えて言うには、その意味が知りたいと仰有《おっしゃ》るならば何とか河(これも忘れた)のほとりまで御足労願いたい。自分はそこに住んでいるから、そのときお話致しましょう、と帰ってしまった。翌日(ではないかも知れぬ。もともと昔の物語は明日も十年後もありやしない)住持は何とか河のほとりへ老婆を訪ねて行ってみた。と、なるほど、一軒の荒れ果てた庵《いおり》があるが、住む人の姿はなく、又、人の住むところとも思われぬ廃屋《はいおく》である。と、姿のない虚空《こくう》に老婆の恐ろしい声がして、いざ、私の昔を語りましょう、と言い、自分は、昔、都に宮仕えをして楽しい青春を送ったもので、昨日の和歌は自分の作、新古今《しんこきん》だか何かに載っているものである。自分は年老《お》ゆると共に、若かった頃の美貌《びぼう》が醜く変って行くのに堪《た》えられぬ苦しみを持つようになった。そうして、そのことを気にして悩みふけって死んでしまったが、そのために往生を遂げることが出来ず、いまだに妄執を地上にとどめて迷っている。和尚様《おしょうさま》においでを願ったのも、有難い回向《えこう》をいただいて成仏《じょうぶつ》したいからにほかならぬ、と物語る。そこで和尚は、いかにも回向してあげようが、先ず姿を現しなさい、と命令し、老婆はためらっていたが、然《しか》らば醜い姿であさましいがお目にかけましょうと言って妄執の鬼女の姿を現す。そこで和尚は回向を始めるのであるが、回向のうちに、老婆はありし日の青春の夢を追い、ありし日の姿を追うて恍惚《こうこつ》と踊り狂い、成仏する、という筋なのである。

北海の孤島へ流刑の身でこんな美しい物語をつくるとは、世阿弥という人の天才ぶりに降参せざるを得ない。ところで、話はそういうことではないのだが、僕がこの物語を友人に語ったところが(僕はあらゆる友人にこの物語を話した)最も激しい感動を現した人は宇野千代さんであった。この時以来宇野さんは謡曲のファンになり、頻《しき》りに観能にでかけ、僕が文学として読んではいても舞台として殆《ほと》んど見たことがないので冷やかされる始末になったが、女の人は誰しも老醜を怖《おそ》れること男の比にはならないであろうけれども、宇野さんがこの物語をきいたときの驚きの深さは僕の頭を離れぬことのひとつである。宇野さんもかなりの年齢になられているから、鬼女の懊悩《おうのう》が実感として激しかったという意味もあろうけれども、失われた青春にこんなにハッキリした或いはこんなに必死な愛情を持ち得るということで、僕は却《かえ》って女の人が羨《うらやま》しいような気がしたのだ。

この羨しさは、毛頭《もうとう》僕の思いあがった気持からではないのである。女の人には秘密が多い。男が何の秘密も意識せずに過している同じ生活の中に、女の人は色々の微妙な秘密を見つけだして生活しているものである。特に宇野さんの小説は、私小説はもとより、男の子の話だの、女流選手の話だの老音楽夫人の話だの、語られていることの大部分はこういう微妙な綾《あや》の上の話なのである。これらの秘密くさい微妙なそして小さな心のひとつひとつが正確に掘りだされてきた宝石のような美しさで僕は愛読しているのだが、さればとて、然らば俺《おれ》もこういうものを書いてやろうか、という性質のものではない。僕の頭を逆さにふっても、こういうものは出てこない。なるほど宇野流に語られてみれば、こういう心も僕のうちに在《あ》ることが否定できぬが、僕の生活がそういうものを軌道にしてはいないのである。だが、僕は今、文学論を述べることが主眼ではない。

このような微妙な心、秘密な匂いをひとつひとつ意識しながら生活している女の人にとっては、一時間一時間が抱きしめたいように大切であろうと僕は思う。自分の身体のどんな小さなもの、一本の髪の毛でも眉毛《まゆげ》でも、僕等に分らぬ「いのち」が女の人には感じられるのではあるまいか。まして容貌の衰えに就ての悲哀というようなものは、同じものが男の生活にあるにしても、男女の有り方には甚だ大きな距《へだた》りがあると思われる。

宇野さんの小説の何か手紙だったかの中に「女がひとりで眠るということの侘《わび》しさが、お分りでしょうか」という意味の一行があった筈だが、大切な一時間一時間を抱きしめている女の人が、ひとりということにどのような痛烈な呪《のろ》いをいだいているか、とにかく僕にも見当はつく。

このような女の人に比べると、僕の毎日の生活などはまるで中味がカラッポだと言っていいほど一時間一時間が実感に乏しく、且《かつ》、だらしがない。てんでいのちが籠《こも》っておらぬ。一本の髪の毛は愚かなこと、一本の指一本の腕がなくなっても、その不便に就ての実感や、外見を怖れる見栄《みえ》に就ての実感などはあるにしても、失われた「小さないのち」というものに何の感覚も持たぬであろう。

だから女の人にとっては、失われた時間というものも、生理に根ざした深さを持っているかに思われ、その絢爛《けんらん》たる開花の時と凋落《ちょうらく》との怖るべき距りに就て、すでにそれを中心にした特異な思考を本能的に所有していると考えられる。事実、同じ老年でも、女の人の老年は男に比べてより多く救われ難いものに見える。思考というものが肉体に即している女の人は、その大事の肉体が凋落しては万事休すに違いない。女の青春は美しい。その開花は目覚しい。女の一生がすべての秘密となってその中に閉じこめられている。だから、この点だけから言うと、女の人は人間よりも、もっと動物的なものだという風に言えないこともなさそうだ。実際、女の人は、人生のジャングルや、ジャングルの中の迷路や敵や湧《わ》き出る泉や、そういうものに男の想像を絶した美しいイメージを与える手腕を持っている。もし理知というものを取去って、女をその本来の肉体に即した思考だけに限定するならば、女の世界には、ただ亡国だけしか有り得ない。女は貞操を失うとき、その祖国も失ってしまう。かくの如《ごと》く、その肉体は絶対で、その青春も亦《また》、絶対なのである。

どうも、然し、女一般だの男一般というような話になると、忽《たちま》ち僕の舌は廻《まわ》らなくなってトンチンカンになってしまうから、このへんで切上げて、僕はやっぱり僕流に自分一人のことだけ喋《しゃべ》ることにしよう。ただ、さっきの話のちょっとした結論だけ書加《かきくわ》えておくと、女の人は自分自身に関する限り、生活の一時間一時間を男に比べて遥《はるか》に自覚的に生きている。非常にハッキリと自分自身を心棒にした考え方を持っていて、この観点から言う限りは、男に比べて遥かに「生活している」と言わなければなるまいと思う。だいたい先刻の「檜垣」の話にしても、容貌の衰えを悩むあまり幽霊になったなどという、光源氏を主人公にしても男では話にならない。光源氏を幽霊にすることは不可能でもないけれど、すくなくとも男の場合は老齢と結びつけるわけには参らぬ。ここに一人の爺《じい》さんがあって、容貌の衰えたのを悲嘆のあまり、魂魄《こんぱく》がこの世にとどまって成仏が出来なくなってしまった、というのでは読者に与える効果がよほど違ってくる。むしろ喜劇の畑であろう。女は非常にせまいけれども、強烈な生活をしているのである。

三好達治が僕を評して、坂口は堂々たる建築だけれども、中へ這入《はい》ってみると畳が敷かれていない感じだ、と言ったそうだ。近頃の名評だそうで、僕も笑ってしまったけれども、まったくお寺の本堂のような大きなガランドウに一枚のウスベリも見当らない。大切な一時間一時間をただ何となく迎え入れて送りだしている。実の乏しい毎日であり、一生である。土足のままヌッと這入りこまれて、そのままズッと出て行かれても文句の言いようもない。どこにも区切りがないのだ。ここにて下駄をぬぐべしと云うような制札がまったくどこにもないのである。

七十になっても、なお青春であるかも知れぬ。そのくせ老衰を嘆いて幽霊になるほどの実のある生活もしたことがない。そのような僕にとっては、青春というものが決して美しいものでもなく、又、特別なものでもない。然らば、青春とは何ぞや？　青春とは、ただ僕を生かす力、諸々《もろもろ》の愚かな然し僕の生命の燃焼を常に多少ずつ支えてくれているもの、僕の生命を支えてくれるあらゆる事どもが全て僕の青春の対象であり、いわば僕の青春なのだ。

愚かと云えば常に愚かであり又愚かであった僕である故《ゆえ》、僕の生き方にただ一つでも人並の信条があったとすれば、それは「後悔すべからず」ということであった。立派なことだから後悔しないと云うのではない。愚かだけれども、後悔していても、所詮《しょせん》立直ることの出来ない自分だから後悔すべからず、という、いわば祈りに似た愚か者の情熱にすぎない。牧野信一が魚籃坂上《ぎょらんざかうえ》にいたころ、書斎に一枚の短冊《たんざく》が貼《は》りつけてあって「我《われ》事に於《お》いて後悔せず」と書いてあった。菊池寛氏の筆であった。その後、きくところによれば、これは元来宮本武蔵《みやもとむさし》の言葉だということであったが、このように堂々と宣言されてみると、宮本武蔵の後悔すべからず、と、僕の後悔すべからずでは大分違う。葉隠れ論語によると、どんな悪い事でもいったん自分がやらかしてしまった以上は、美名をつけて誤魔化してしまえ、と諭《さと》しているそうだけれども、僕はこれほど堂々と自我主義を押通す気持はない。もっと他人というものを考えずにもいられないし、自分の弱点に就て、常に思いを致し、嘆かずにもいられぬ。こういう葉隠れ論語流の達人をみると、僕はまっさきに喧嘩《けんか》がしたくなるのである。

いわば、僕が「後悔しない」と云うのは、悪業の結果が野たれ死をしても地獄へ落ちても後悔しない、とにかく俺の勢一杯のことをやったのだから、という諦《あき》らめの意味に他ならぬ。宮本武蔵が毅然《きぜん》として我「事に於て」後悔せず、という、常に「事」というものをハッキリ認識しているのとは話が余程違うのだ。尤も、我事に於て後悔せず、という、こういう言葉を編みださずにいられなかった宮本武蔵は常にどれくらい後悔した奴やら、この言葉の裏には武蔵の後悔が呪《のろい》のように聴えてもいる。

僕は自分の愚かさを決して誇ろうとは思わないが、そこに僕の生命が燃焼し、そこに縋《すが》って僕がこうして生きている以上、愛惜《あいせき》なくしては生きられぬ。僕の青春に「失われた美しさ」がなく、「永遠に失われざるための愚かさ」があるのみにしても、僕も亦、僕の青春を語らずにはいられない。即ち、僕の青春論は同時に淪落論《りんらくろん》でもあるという、そのことは読んでいただければ分るであろう。

二、淪落について

日本人は小役人根性が旺盛《おうせい》で、官僚的な権力を持たせると忽ち威張り返ってやりきれぬ。というのは近頃八百屋《やおや》だの魚屋で経験ずみのことで、万人等しく認めるところだけれども、八百屋や魚屋に縁のない僕も、別のところで甚だ之を痛感している。

電車の中へ子供づれの親父《おやじ》やおふくろが乗込んでくる。或いはお婆《ばあ》さんを連れた青年が這入ってくる。誰かしら子供やお婆さんに席を譲る。すると間もなく、その隣りの席があいた場合に、先刻、子供や婆さんに席を譲ってくれた人がそこに立っているにも拘《かかわ》らず、自分か、自分の連れをかけさせてしまう。よく見かける出来事であるが、先刻席を譲ってくれた人に腰かけて貰《もら》っている親父やおふくろを見たためしがないのである。

つまり子供だのお婆さんだのへの同情に便乗して、自分まで不当に利得を占めるやからで、こういう奴等が役人になると、役人根性を発揮し、権力に便乗して仕様のない結果になるのである。

僕は甚だ悪癖があって、電車の中へ婆さんなどがヨタヨタ乗込んでくると、席を譲らないといけないような気持になってしまうのである。けれども、ウッカリ席を譲ると、忽ち小役人根性の厭《いや》なところを見せつけられて不愉快になるし、そうかといって譲らないのも余り良い気持ではない。要するに、こういう小役人根性の奴等とは関係を持たないに限るから、電車がガラ空きでない限り、僕は腰かけないことにしている。少しぐらいくたびれても、こういう厭な連中と関係を持たない方が幸福である。

去年の正月近い頃、渋谷で省線を降りて、バスに乗った。バスは大変な満員で、僕ですら喘《あえ》ぐような始末であったが、僕の隣りに学習院の制服を着用した十歳ぐらいの小学生男子が立っていた。僕の前の席が空いたので、隣りの少年にかけたまえとすすめたら、少年はお辞儀をしただけで、かけようとしなかった。又、席があいたが同じことで、少年は満員の人ごみにもまれながら、自分の前の空席に目をくれようともしなかったのである。

僕はこの少年の躾《しつ》けの良さにことごとく感服した。この少年が信条を守っての毅然たる態度はただ見事で、宮本武蔵と並べてもヒケをとらない。学習院の子供達がみんなこうではあるまいけれども、すくなくとも育ちの良さというものを痛感したのである。

このような躾けの良さは、必ずしも生家の栄誉や富に関係はなかろうけれども、然しながら、生家の栄誉とか、富に対する誇りとか、顧みて怖《おそ》れ怯《おび》ゆるものを持たぬ背景があるとき、凡人といえども自《おのずか》らかかる毅然たる態度を維持することが出来易いと僕は思う。

とはいえ、栄誉ある家門を背景にした子供達が往々生《うま》れ乍《なが》らにしてかかる躾けの良さを身につけているにしても、栄誉ある人々の大人の世界も子供の世界もおしなべて決して常に此《かく》の如きものではない。のみならず、大人の世界に於《お》ける貴族的性格というものは、その悠々たる態度とか毅然たる外見のみで、外見と精神に何の脈絡もなく、真の貴族的精神というものは、又、自ら、別個のところにあるのである。躾けよき人々は、ただ他人との一応の接触に於て、礼儀を知っているけれども、実際の利害関係が起った場合に、自己を犠牲にすることが出来るか。甘んじて人に席を譲るか。むしろ他人を傷つけて自らは何の悔《くい》もない底《てい》の性格をつくり易いと言い得るであろう。

蓋《けだ》し、大人の世界に於て、犠牲とか互譲とかいたわりとか、そういうものが礼儀でなしに生活として育っているのは淪落の世界なのである。淪落の世界に於ては、人々は他人を傷《きず》つけることの罪悪を知り、人の窮迫にあわれみと同情を持ち、口頭ではなく実際の救い方を知っており、又、行う。又、彼等は人の信頼を裏切らず、常に仁義というものによって自らの行動を律しようとするのである。

とはいえ、彼等の仁義正しいのは主として彼等同志の世界に於てだけだ。一足彼等の世界をでると、つまり淪落の世界に属さぬ人々に接触すると、彼等は必ずしも仁義を守らぬ。なぜなら淪落の人々は概《おおむ》ね性格破産者的傾向があるし、又いくらかずつ悪党で、いわば自分自身を守るために、同僚を守ったり、彼等の秩序を守ったりするけれども、外部に対してまで秩序を守る必要を認めないからでもあるし、大体が彼等の秩序と一般家庭の秩序とは違っているから、別に他意がなくとも食い違うことが出来てしまう。

乞食《こじき》を三日すると忘れられない、と言うけれども、淪落の世界も、もし独立不羈《どくりつふき》の魂を殺すことが出来るなら、これぐらい住み易く沈淪し易いところもない。いわば、着物もいらず住宅もいらず、野生の食物にも事欠かぬ南の島のようなものだ。だから僕は淪落の世界を激しく呪い、激しく憎む。不羈独立の魂を失ったら、僕などはただ肉体の屑《くず》にすぎない。だから僕の魂は決してここに住むことを欲しないにも拘らず、どうして僕の魂は、又、この世界に憩いを感じ、ふるさとを感じるのであろうか。

今年の夏、僕は新潟へ帰って、二十年ぶりぐらいで、白山様《はくさんさま》の祭礼を見た。昔の賑《にぎわ》いはなかったが、松下サーカスというのが掛《かか》っていた。僕は曲馬団で空中サーカスと云っているブランコからブランコへ飛び移るのが最も好きだが、松下サーカスは目星《めぼ》しい芸人が召集でも受けているのか、座頭の他には大人がなく、非常に下手《へた》で、半分ぐらい飛び移りそこねて墜落してしまう。このあとでシバタサーカスというのを見たが、この方はピエロの他は一人も墜落しなかった。一見したところ真ん中のブランコが一番大切のようだけれども、実際は両側のブランコに最も熟練した指導者が必要でこの人が出発の呼吸をはかってやるのである。シバタサーカスは真ん中のブランコが女だけれども、両側のブランコに二人の老練家がついているから、全然狂いがない。松下サーカスは真ん中のブランコに長老が乗っているが、両側が子供ばかりで指導者がないのだ。

落ちる。落ちる。そうして、又、登って行く。彼等が登場した時はただの少年少女であったが、落ちては登り、今度はという決意のために大きな眼をむいて登って行く気魄《きはく》をみると、涙が流れた。まったく、必死の気魄であった。長老を除くと、その次に老練なのは、ようやく十九か二十ぐらいの少年だったが、この少年は何か猥褻《わいせつ》な感じがして見たくないような感じだったが、この少年が最後の難芸に失敗して墜落したとき、彼が歯を喰《く》いしばりカッと眼を見開いて何か夢中の手つきで耳あての紐《ひも》を締め直しながら再び綱にすがって登りはじめた時は、猥褻の感などはもはやどこにもなかった。神々《こうごう》しいぐらい、ただ一途《いちず》に必死の気魄のみであったのである。その美しさに打たれた。

いつか真杉静枝さんに誘われて帝劇にレビューを見たことがあったが、レビューの女に比べると、あの中へ現れて一緒に踊る男ぐらい馬鹿に見えるものはない。あんまり低脳な馬鹿に見えて同性の手前僕がいささかクサっていると、真杉さんが僕に向いて、どうしてレビューの男達ってあんなに馬鹿に見えるのでしょうか、と呟《つぶや》いた。男には馬鹿に見えても、女の人には又別な風に見えるのだろうと考えていた僕は、真杉さんの言葉をきいて、女の人にもやっぱりそうなのかと改めて感じ入った次第である。

ところが、僕は一度だけ例外を見たのである。

それは京都であった。昭和十二年か十三年。京都の夏は暑いので、僕は毎日十銭握ってニュース映画館へ這入り、一日中休憩室で本を読んだりしていた。ニュース映画館はスケート場の附属《ふぞく》で、ひどく涼しいのだ。あの頃は仕事に自信を失って、何度生きるのを止《や》めにしようと思ったか知れない。新京極《しんきょうごく》に京都ムーランというレビューがあって、そこへよく身体を運んだ。まったく、ただ身体を運んだだけだ。面白くはなかった。僕の見たたった一度の例外というのは、だから、京都ムーランではないのである。

京都ムーランよりももっと上手《かみて》の活動小屋へ這入ったら、偶然アトラクションにレビューをやっていた。小さな活動小屋のアトラクションだから、レビューは甚だ貧弱である。女が七、八人に男が一人しかいない。ところが、このたった一人の男が僕の見参した今迄《いままで》の例をくつがえして、この男が舞台へでると、女の方が貧弱になってしまうのである。何か木魚みたいなものを叩《たた》いてアホダラ経みたいなものを唸ったりしていたのを思いだすが、堂々たる男の貫禄《かんろく》が舞台にみち、男の姿が頭抜けて大きく見えたばかりでなく、女達が男のまわりを安心しきって飛んでいる蝶《ちょう》のような頼りきった姿に見えて、うれしい眺めであった。まったくレビューの男にあんな頼もしい男の貫禄を見ようとは予期しないところであった。

こういう印象は日がたつにつれて極端なものになる。男の印象が次第に立派に大きなものになりすぎて、ほかのレビューの男達が益々《ますます》馬鹿に見えて仕方がなくなるのである。あれぐらいの芸人だから浅草へ買われてこない筈はなかろうと思い、もう一度見参したいと思ったが、あいにく名前を覚えていない。会えば分る筈だから、浅草や新宿でレビューを見るたびに注意したが再会の機会がない。

ところが、この春、浅草の染太郎というウチで淀橋太郎氏と話をした。この染太郎はお好み焼屋だが、花柳地《かりゅうち》の半玉《はんぎょく》相手のお好み焼と違って、牛てんだのエビてんなどは余り焼かず、酒飲み相手にオムレツでもビフテキでも魚でも野菜でも何でも構わず焼いてしまう。近頃我々の仲間、「現代文学」の連中は会というと大概このウチでやるようなことになり、我々の大いに愛用するウチだけれども、我々のほかにはレビュー関係の人達が毎晩飲みにくる所なのである。そういうわけで淀橋太郎氏と時々顔を合せて話を交したりするようになり、ある日、京都ムーランの話がでた。そこで、雲をつかむような話で所詮《しょせん》分る筈がないだろうと思ったけれども、同じ頃、活動小屋のアトラクションにでた男の名前が分らないかと訊《き》いてみた。すると僕が呆《あき》れ果てたことにはタロちゃんちょっと考えていたが、それはモリシンです、といともアッサリ答えたものである。当時京都の活動小屋へアトラクションに出たのはモリシン以外にない。小屋の場所も人数もそっくり同じだから疑う余地がないと言うのであった。一緒にいた数人のレビューの人達がみんなタロちゃんの言を裏書きした。モリシンは渾名《あだな》で、芸名はモリカワシン、多分森川信と書くのか、そういう人であった。常に流れ去り流《なが》れ来《きた》っているようなこの人々の足跡のひとつ、数年前の京都の小さな活動小屋の出来事がこんなにハッキリ指摘されるものだとは。僕も甚だ面喰《めんくら》った。

僕は梅若万三郎《うめわかまんざぶろう》や菊五郎の舞台よりも、サーカスやレビューを見ることが好きなのだ。それは又、第一流の料理を味《あじわ》うよりも、ただ酒を飲むことが好きなのと同じい。然し、僕は酒の味が好きではない。酔っ払って酒の臭味が分らなくなるまでは、息を殺して我慢しながら飲み下しているのである。

人は芸術が魔法だと云うかも知れぬが、僕には少し異論がある。対坐したのでは猥褻見るに堪えがたくて擲《なぐ》りたくなるような若者がサーカスのブランコの上へあがると神々しいまでに必死の気魄で人を打ち、全然別人の奇蹟《きせき》を行ってしまう。これは魔法的な現実であり奇蹟であるが、しかもこの奇蹟は我々の現実や生活が常にこの奇蹟と共に在る極めて普通の自然であって、決して超現実的なものではない。レビューの舞台で柔弱低脳の男を見せつけられては降参するが、モリカワシンの堂々たる男の貫禄とそれをとりまいて頼りきった女達の遊楽の舞台を見ると、女達の踊りがどんなに下手でも又不美人でも一向に差支えぬ。甘美な遊楽が我々を愉《たの》しくさせてくれるのである。これも一つの奇蹟だけれども、常に現実と直接不離の場所にある奇蹟で、芸術の奇蹟ではなく、現実の奇蹟であり、肉体の奇蹟なのである。酒も亦、僕にはひとつの奇蹟である。

僕は碁《ご》が好きだけれども、金銭を賭《か》けることは全く好まぬ。むしろ、かかる人々を憎み蔑《さげす》むのである。大体、賭事というものは、運を天にまかして一《いち》か八《ばち》かというところに最後の意味があるのである。サイコロとかルーレットのようなものが、本当の賭事なのだ。碁のような理智的なものは、勝敗それ自身が興味であって、金銭を賭けるべき性質のものではない。運を天にまかして一か八かという虚空から金がころがりこむなら大いに嬉《うれ》しくもなろうけれども、長時間にわたって理知を傾けつくす碁のようなもので金銭を賭けたのでは、一番見たくない人間の悪相をさらけだして汚らしくいどみ合うようなもので、とても厭らしくて勝負などは出来ぬし、勝つ気にもなれぬ。ああいう理智的なもので金銭を賭ける連中は品性最も下劣な悪党だと僕は断定している。

然しながら、カジノのルーレットの如きもの、いささかの理知もなく、さりとてイカサマも有り得ない。かかるものも亦《また》現実のもつ奇蹟のひとつである。人はあそこに金を賭けているのではなく、ただ落胆か幸福か、絶望か蘇生《そせい》か、実際死と生を天運にまかせて賭ける人もいるのだ。あそこでは我自らを裁くほかには犠牲者、被害者が誰もいない。理知という嵐が死に、我自らを裁くに、これぐらい誂《あつら》え向きの戦場はないのである。

我が青春は淪落だ、と僕は言った。然《しか》して、淪落とは、右のごときものである。即ち、現実の中に奇蹟を追うこと、これである。この世界は永遠に家庭とは相容《あいい》れぬ。破滅か、然らずんば――嗚呼《ああ》、然し、破滅以外の何物が有り得るか！　何物が有り得ても、恐らく満ち足りることが有り得ないのだ。

この春、愛妻家の平野謙《ひらのけん》が独身者の僕をみつめてニヤニヤ笑いながら、決死隊員というものは独身者に限るそうだね、妻帯者はどうもいかんという話だよ、と仰有るのである。これは平野謙の失言だろうと僕は思った。原稿紙に向えば、こういう気楽な断定の前に、まだ色々と考える筈の彼なのである。こうなると、女房というものは、まるで特別の魔女みたいなものだ。ひどく都合のいいものである。女一般や恋人はどうなるのか。女房はとにかくとして、有情の男子たるもの、あに女性なくして生き得ようか。

とはいうものの、僕は又考えた。これはやっぱり平野君の失言ではない。こういう単純怪奇な真理が実際に於て有り得るのである。それは女房とか家庭というもの自体にこのような魔力があるのではなく、女房や家庭をめぐって、こんな風な考え方が有り得るという事柄のうちに、この考えが真理でもあるという実際の力が存在しているのである。こういう考え方があり、こういう風に考えることによって、こういう風に限定されてしまうのである。真理の一面はたしかにこういう物でもある。

実際、わが国に於ては、夫婦者と独身者に非常にハッキリと区別をつけている。それは決して事変このかた生めよ殖《ふや》せよのせいではなく、もっと民族的な甚だ独特な考え方だと僕は思う。独身者は何かまだ一人前ではないというような考え方で、それは実際男と女の存在する人間本来の生活形態から云えばたしかに一人前の形を具《そな》えておらぬかも知れぬけれども、たとえば平野謙の如き人が、まるで思想とか人生観というものにまで、この両者が全然異質であるかのような説をなす。俗世間のみの考えでなく、平野君ごとき思索家に於ても、尚、かような説を当然として怪しまぬ風があるのである。

僕はかような考え方を決して頭から否定する気持はない。むしろ甚だユニックな国民的性格をもった考え方だと思うのである。

実際、思ってもみなさい。このような民族的な肉体をもった考えというものは、真理だとか真理でないと言ったところで始まらぬ。実際、僕の四囲の人々は、みんなそう考え、そう生活しているのである。或いは、そう生活しつつ、そう考えているのである。彼等は実際そう考えているし、考えている通りの現実が生れてきているのだ。これでは、もう、喧嘩にならぬ。僕ですら、もし家庭というものに安眠しうる自分を予想することが出来るなら、どんなに幸福であろうか。芥川龍之介《あくたがわりゅうのすけ》が「河童《かっぱ》」か何かの中に、隣りの奥さんのカツレツが清潔に見える、と言っているのは、僕も甚だ同感なのである。

然し、人性の孤独ということに就て考えるとき、女房のカツレツがどんなに清潔でも、魂の孤独は癒《いや》されぬ。世に孤独ほど憎むべき悪魔はないけれども、かくの如く絶対にして、かくの如く厳たる存在も亦すくない。僕は全身全霊をかけて孤独を呪う。全身全霊をかけるが故に、又、孤独ほど僕を救い、僕を慰めてくれるものもないのである。この孤独は、あに独身者のみならんや。魂のあるところ、常に共にあるものは、ただ、孤独のみ。

魂の孤独を知れる者は幸福なるかな。そんなことがバイブルにでも書いてあったかな。書いてあったかも知れぬ。けれども、魂の孤独などは知らない方が幸福だと僕は思う。女房のカツレツを満足して食べ、安眠して、死んでしまう方が倖《しあわ》せだ。僕はこの夏新潟へ帰り、たくさんの愛すべき姪《めい》達と友達になって、僕の小説を読ましてくれとせがまれた時には、ほんとに困った。すくなくとも、僕は人の役に多少でも立ちたいために、小説を書いている。けれども、それは、心に病《やまい》ある人の催眠薬としてだけだ。心に病なき人にとっては、ただ毒薬であるにすぎない。僕は僕の姪たちが、僕の処方の催眠薬をかりなくとも満足に安眠できるような、平凡な、小さな幸福を希《ねが》っているのだ。

数年前、二十歳で死んだ姪があった。この娘は八《やっ》ツの頃から結核性関節炎で、冬は割合いいのだが夏が悪いので、暖《あたたか》くなると東京へ来て、僕の家へ病臥《びょうが》し、一ケ月に一度ぐらいずつギブスを取換えに病院へ行く。ギブスを取換える頃になると、膿《うみ》の臭気が家中に漂って、やりきれなかったものである。傷口は下腹部から股《また》のあたりで、穴が十一ぐらいあいていたそうだ。

八ツの年から病臥したきりで発育が尋常でないから、十九の時でも肉体精神ともに十三、四ぐらいだった。全然感情というものが死んでいる。何を食べても、うまいとも、まずいとも言わぬ。決して腹を立てぬ。決して喜ばぬ。なつかしい人が見舞いに来てもニコリともせず、その別れにサヨナラも言わぬ。いつもただ首を上げてチョット顔をみるだけで、それが久闊《きゅうかつ》の挨拶《あいさつ》であり別離の辞である。空虚な人間の挨拶などは、喋る気がしなくなっているのであった。その代り、どんなに長い間、なつかしい人達が遊びにきてくれなくとも、不平らしい様子などはまったく見せない。手のかかる小さな子供があったので、母親はめったに上京できなかったが、その母親がやってきてもニコリともしないし、イラッシャイとも言わぬ。別れる時にサヨナラも言わず、悲しそうでもなく、思いつきの気まぐれすら喋る気持にはならないらしい。それでも、一度、朝母親が故郷へ立ってしまった夕方になって、食事のとき、もう家へついたかしら、とふと言った。やっぱり、考えてはいるのだと僕は改めて感じた程だった。毎日、少女の友とか少女倶楽部《クラブ》というような雑誌を読んで、さもなければボンヤリ虚空をみつめていた。

それでも稀《まれ》に、よっぽど身体の調子のいいとき、東宝へ少女歌劇を見に連れて行ってもらった。相棒がなければそんな欲望が起る筈がなかったのだが、あいにく、そのころ、もう一人の姪が泊っていて、この娘は胸の病気の治ったあと楽な学校生活をしながら、少女歌劇ばかり見て喜んでいた。この姪が少女歌劇の雑誌だのブロマイドを見せてアジるから、一方もそういう気持になってしまうのは仕方がない。尤も、見物のあと、やっぱり面白いとも言わないし、つまらないとも言わなかった。相変らず表情も言葉もなかったのである。それでも、胸の病の娘がかがみこんで、ねえ、ちょっとでいいから笑ってごらんなさい。一度でいいから嬉しそうな顔をしなさいったら。こら。くすぐってやろうか、などといたずらをすると、関節炎の娘の方はうるさそうに首を動かすだけだったが、それでも稀には、いくらか上気して、二人で話をしていることもあった。それも二言《ふたこと》か三言《みこと》で、あとは押し黙って、もう相手になろうともしないのである。胸の病の娘の方は陽気で呑気《のんき》千万《せんばん》な娘だったのに、二十一の年、原因の分らぬ自殺をとげてしまった。雪国のふるさとの沼へ身を投げて死んでいた。この自殺の知らせが来たときも、関節炎の娘は全然驚きもせず、又、喋りもせず、何を訊こうともしなかった。

その後、子規《しき》の「仰臥漫録《ぎょうがまんろく》」を読んだが、子規も姪と同じような病気であったらしい。場所も同じで、やっぱり腹部であった。子規の頃にはまだギブスがなかったとみえ、毎日繃帯《ほうたい》を取換えている。繃帯を取換えるとき「号泣又号泣」と書いてある。姪の方もさすがに全身の苦痛を表す時があったが、泣いたことは一度もなかった。

明治三十五年三月十日の日記に午前十時「此日《このひ》始めて腹部の穴を見て驚く穴といふは小き穴と思ひしにガランドなり心持悪くなりて泣く」とある。その日の午後一時には「始終どことなく苦しく、泣く」とも書いてある。子規は大人だから泣かずにいられなかったのだろうが、娘の方は十一もある穴を見たとき、まったく無表情で、もとより泣きはしなかった。食事だけが楽しみで、毎日の日記に食物とその美味、不味ばかり書いている子規。何を食べても無言の娘。この二人の世界では、大人と子供がまったく完全に入れ違いになっているので、僕は「仰臥漫録」を読む手を休めて、なんべん笑ってしまったか知れなかった。(こんなことを書くと、渋川驍《しぶかわぎょう》君の如く、不謹慎で不愉快極《きわま》るなどというお叱言《こごと》が又現れそうだが、それでは、いっそ「なつかしい笑いであった」というような惨《みじ》めな蛇足をつけたしてやろうか。まったく困った話である)

然し、この話はただこれだけで、なんの結論もないのだ。なんの結論もない話をどうして書いたかというと、僕が大いに気負って青春論(又は淪落論)など書いているのに、まるで僕を冷やかすように、ふと、姪の顔が浮んできた。なるほど、この姪には青春も淪落も馬耳東風《ばじとうふう》で、僕はいささか降参してしまって、ガッカリしているうちに、ふと書いておく気持になった。書かずにいられない気持になったのである。ただ、それだけ。

僕は次第に詩の世界にはついて行けなくなってきた。僕の生活も文学も散文ばかりになってしまった。ただ事実のままを書くこと、問題はただ事実のみで、文章上の詩というものが、たえられない。

僕が京都にいたころ、碁会所《ごかいしょ》で知り合った特高の刑事の人で、俳句の好きな人があった。ある晩、四条《しじょう》の駅で一緒になって電車の中で俳句の話をしながら帰ってきたが、この人は虚子《きょし》が好きで、子規を「激しすぎるから」嫌いだ、と言っていた。

けれども「仰臥漫録」を読むと、号泣又号泣したり、始めて穴をみて泣いたりしている子規が同じ日記の中で「五月雨《さみだれ》ヲアツメテ早シ最上川《もがみがは》(芭蕉《ばしょう》)此句俳句ヲ知ラヌ内ヨリ大キナ盛ンナ句ノヤウニ思フタノデ今日迄古今有数ノ句トバカリ信ジテ居タ今日フト此句ヲ思ヒ出シテツクヾヽト考ヘテ見ルト「アツメテ」トイフ語ハタクミガアツテ甚ダ面白クナイソレカラ見ルト五月雨ヤ大河ヲ前ニ家二軒(蕪村《ぶそん》)トイフ句ハ遥カニ進歩シテ居ル」という実のない俳論をやっている。子規の言っていることは単に言葉のニュアンスに関する一片の詩情であって、何事を歌うべきか、如何《いか》なる事柄を詩材として提出すべきか、という一番大切な散文精神が念頭にない。号泣又号泣の子規は激しいけれども、俳句としての子規は激しくなく平凡である。「白描」の歌人を菱山修三《ひしやましゅうぞう》は激しすぎるから、厭だ、と言った。まったくこの歌は激しいのだから、厭だという菱山の言もうなずけるが、僕はこの激しさに惹《ひ》かれざるを得ぬ。

僕も一昔前は菊五郎の踊りなど見て、それを楽しんだりしたこともあったが、今はもうそういう楽しみが全然なくなってしまった。曲馬団だとか、レビューだとか、酒だとか、ルーレットだとか、そういう現実と奇蹟の合一、肉体のある奇蹟の追求だけが生《い》き甲斐《がい》になってしまったのである。

子規は単なる言葉のニュアンスなどにとらわれて俳句をひねっているけれど、その日常は号泣又号泣、甘やかしようもなく、現実の奇蹟などを夢みる甘さはなかったであろう。然るに僕は、一切の言葉の詩情に心の動かぬ頑固な不機嫌を知った代りに、現実に奇蹟を追うという愚かな甘さを忘れることが出来ない。忘れることが出来ないばかりでなく、生存の信条としているのである。

大井広介《おおいひろすけ》は僕が決して畳の上で死なぬと言った。自動車にひかれて死ぬとか、歩いているうちに脳溢血《のういっけつ》でバッタリ倒れるとか、戦争で弾《たま》に当るとか、そういう死に方しか有り得ないと言う。どこでどう死んでも同じことだけれども、何か、こう、家庭的なものに見離されたという感じも、決して楽しいものではないのである。家庭的ということの何か不自然に束縛し合う偽りに同化の出来ない僕ではあるが、その偽りに自分を縛って甘んじて安眠したいと時に祈る。

一生涯めくら滅法《めっぽう》に走りつづけて、行きつくゴールというものがなく、どこかしらでバッタリ倒れてそれがようやく終りである。永遠に失われざる青春、七十になっても現実の奇蹟を追うてさまようなどとは、毒々しくて厭だとも考える。甘くなさそうでいて何より甘く、深刻そうでいて何より浅薄でもあるわけだ。

スタンダールは青年の頃メチルドという婦人に会い、一度別れたきり多分再会しなかったと記憶しているが、これをわが永遠の恋人だと言っている。折にふれてメチルドを思いだすことによって常に倖せであったとも言い、この世では許されなくても、神様の前では許されるだろうなどと大袈裟《おおげさ》なことを言っている。本気かどうか分らないが、平然としてこう甘いことを言い、ヌケヌケとしたところが面白い。スタンダールと仲がいいような悪いようなメリメは、これは又変った作家で、生涯殆《ほと》んどたった一人の女だけを書きつづけた。彼の紙の上以外には決して実在しない女である。コロンバでありカルメンであり、そうして、この女は彼の作品の中で次第に生育して、ヴィナスの像になって、言いよる男を殺したりしている。

だが、メリメやスタンダールばかりではない。人は誰しも自分一人の然し実在しない恋人を持っているのだ。この人間の精神の悲しむべき非現実性と、現実の家庭生活や恋愛生活との開きを、なんとかして合理化しようとする人があるけれども、これは理論ではどうにもならないことである。どちらか一方をとるより外《ほか》には仕方がなかろう。

一昔前の話だけれども、その頃僕はある女の人が好きになって、会わない日にはせめて手紙ぐらい貰《もら》わないと、夜がねむれなかった。けれども、その女の人には僕のほかに恋人があって僕よりもそっちの方が好きなのだと僕は信じていたので、僕は打ち明けることが出来なかった。そのうちに女の人とも会わなくなって、やがて僕は淪落の新《あ》らたな世間に瞬《また》きしていたのであった。僕はもう全然生れ変っていた。僕はとてもスタンダールのようにヌケヌケしたことが言えないので、正直なところ、この女の人はもう僕の心に住んでいない。ところが、会わなくなってから三年目ぐらいに(その間には僕は別の女の人と生活していたこともあった)女の人が突然僕を訪ねてきて、どうしてあの頃好きだと一言《ひとこと》言ってくれなかったと詰問《きつもん》した。女の人も内心は最も取乱していたのであろうが、外見は至極冷静で落着いて見えた。僕はすっかり取乱してしまったのである。忘れていた激情がどこからか溢《あふ》れてきて、僕はこの女の人と結婚する気持になった。それから一ケ月ぐらいというもの、二人は三日目ぐらいずつに会っていたが、淪落の世界に落ちた僕はもう昔の僕ではなく、突然取り乱して激情に溺《おぼ》れたりしても、ほんとにこの人がそんな激しい対象として僕の心に君臨することはもう出来なくなっていたのである。

女の人がこれに気付いて先に諦《あきら》めてしまったのは非常に賢明であったと僕は思う。女の人が、もう二度と会わない、会うと苦しいばかりだから、ということを手紙に書いてよこしたとき、僕も全く同感した。そうして、まったく同感だから再び会わないことにしましょう、という返事をだして、実際これで一つの下らないことがハッキリ一段落したという幸福をすら覚えた。今まで偶像だったものをハッキリ殺すことができたという喜びであった。この偶像が亡《ほろ》びても、決して亡びることのない偶像が生れてしまったのだから、仕方がない。さりとて僕にはヌケヌケとスタンダールのメチルド式の言《い》い種《ぐさ》をたのしむほどの度胸はないし、過去などはみんな一片の雲になって、然し、スタンダールの墓碑銘の「生き、書き、愛せり」ということが、改めてハッキリ僕の生活になったのだ。だが、愛せり、は蛇足かも知れぬ。生きることのシノニイムだ。尤も、生きることが愛することのシノニイムだとも言っていい。

三、宮本武蔵

突然宮本武蔵《みやもとむさし》の剣法が現れてきたりすると驚いて腹を立てる人があるかも知れないけれども、別段に鬼面《きめん》人を驚かそうとする魂胆があるわけでもなく、まして読者を茶化す思いは寸毫《すんごう》といえども無いのである。僕には、僕の性格と共に身についた発想法というものがあって、どうしてもその特別の発想法によらなければ論旨をつくし難いという定めがある。僕の青春論には、どうしても宮本武蔵が現れなくては納まりがつかないという定めがあるから、そのことは読んで理解していただく以外に方法がない。

大東亜戦争このかた「皮を切らして肉を切り、肉を切らして骨を切る」という古来の言葉が愛用されて、我々の自信を強めさせてくれている。先日読んだ講釈本によると柳生流《やぎゅうりゅう》の極意だということであるが、真偽の程は請合《うけあ》わない。とにかく何流かの極意の言には相違ないので、僕が之から述べようとする宮本武蔵の試合ぶりは、常に正しくこの極意の通りに外《ほか》ならなかった。

然しながら「肉を切らして骨を切る」という剣術の極意は、必ずしも武士道とは合致しない所がある。具えなき敵に切りかかっては卑怯《ひきょう》だとか、一々名乗りをあげて戦争するとか、所謂《いわゆる》武士道的な形式に従うと剣術の極意に合わない。「剣術」と「武士道」とは別の物だと言ってしまえば、正しくその通りでもあって、武士道は必ずしも剣道ではない。主に対する臣というものの機構から生れてきた倫理的な生き方全般に関するもので、一剣術の極意を以《もっ》て律する事は出来難い所以《ゆえん》であるが、逆に武士道から剣を律しようとして「剣は身を守るものだ」と言ったり、村正《むらまさ》の剣は人を切る邪剣で正宗《まさむね》の剣は身を守る正剣だ、などと言うことになると、両者の食い違うところが非常にハッキリしてくるのである。

剣術には「身を守る」という術や方法はないそうだ。敵の切りかかる剣を受止めて勝つという方法はないというのだ。大人と子供ぐらい腕が違えばとにかく、武芸者同志の立合いなら一寸《ちょっと》でも先に余計切った方が勝つ。肉を切らして骨を切るというのが、正しく剣術の極意であって、敢《あえ》て流派には限らぬ普遍的な真理だという話である。

いったい武士というものは常に腰に大小を差しており、寸毫の侮辱にも刀を抜いて争わねばならぬ。又、どういう偶然で人の恨みを買うかも知れず、何時《いつ》、如何なるとき白刃の下をくぐらねばならぬか、測りがたきものである。そうして、いったん白刃を抜合う以上、相手を倒さねば、必ずこちらが殺されてしまう。死んでしまっては身も蓋《ふた》もないから、是が非でも勝たねばならぬ道理だ。一か八かということが常に武士の覚悟の根柢《こんてい》になければならぬ筈で、それに対する万全の具えが剣術だと僕は思う。

だが、剣術本来の面目たる「是が非でも相手を倒す」という精神は甚だ殺伐《さつばつ》で、之を直ちに処世の信条におかれては安寧をみだす憂《うれ》いがあるし、平和の時の心構えとしてはふさわしくないところもある。そんなわけで、剣術本来の第一精神があらぬ方へ韜晦《とうかい》された風があり、武芸者達も老年に及んで鋭気が衰えれば家庭的な韜晦もしたくなろうし、剣の用法も次第に形式主義に走って、本来殺伐、あくまで必殺の剣が、何か悟道的な円熟を目的とするかのような変化を見せたのだろうと思われる。蓋し剣本来の必殺第一主義ではその荒々しさ激しさに武芸者自身が精神的に抵抗しがたくなって、いい加減で妥協したくなるのが当然だ。

相手をやらなければこちらが命をなくしてしまう。まさに生死の最後の場だから、いつでも死ねるという肚《はら》がすわっていれば之に越したことはないが、こんな覚悟というものは口で言い易いけれども達人でなければ出来るものではない。

僕は先日「勝海舟《かつかいしゅう》」の伝記を読んだ。ところが海舟の親父の勝夢酔《かつむすい》という先生が奇々怪々な先生で、不良少年、不良青年、不良老年と生涯不良で一貫した御家人くずれの武芸者であった。尤も夢酔は武芸者などと尤もらしいことを言わず剣術使いと自称しているが、老年に及んで自分の一生をふりかえり、あんまり下らない生涯だから子々孫々のいましめの為《ため》に自分の自叙伝を書く気になって「夢酔独言」という珍重すべき一書を遺《のこ》した。

遊蕩三昧《ゆうとうざんまい》に一生を送った剣術使いだから夢酔先生殆《ほと》んど文章を知らぬ。どうして文字を覚えたかと云うと、二十一か二のとき、あんまり無頼《ぶらい》な生活なので座敷牢《ざしきろう》へ閉じこめられてしまった。その晩さっそく格子《こうし》を一本外《はず》してしまって、いつでも逃げだせるようになったが、その時ふと考えた。俺も色々と悪いことをして座敷牢へ入れられるようになったのだから、まアしばらく這入っていてみようという気になったのだ。そうして二年程這入っていた。そのとき文字を覚えたのである。

それだけしか習わない文章だから実用以外の文章の飾りは何も知らぬ。文字通り言文一致の自叙伝で、俺のようなバカなことをしちゃ駄目だぜ、と喋るように書いてある。

僕は「勝海舟伝」の中へ引用されている「夢酔独言」を読んだだけで、原本を見たことはないのである。なんとかして見たいと思って、友達の幕末に通じた人には全部手紙で照会したが一人として「夢酔独言」を読んだという人がいなかった。だが「勝海舟伝」に引用されている一部分を読んだだけでも、之はまことに驚くべき文献のひとつである。

この自叙伝の行間に不思議な妖気《ようき》を放ちながら休みなく流れているものが一つあり、それは実に「いつでも死ねる」という確乎《かっこ》不抜《ふばつ》、大胆不敵な魂なのだった。読者のために、今、多少でも引用してお目にかけたいと思ったのだが、あいにく「勝海舟伝」がどこへ紛失したか見当らないので残念であるが、実際一頁も引用すれば直ちに納得していただける不思議な名文なのである。ただ淡々と自分の一生の無頼三昧の生活を書き綴《かつづ》ったものだ。

子供の海舟にも悪党の血、いや、いつでも死ねる、というようなものがかなり伝わって流れてはいる。だが、親父の悠々たる不良ぶりというものは、なにか芸術的な安定感をそなえた奇怪な見事さを構成しているものである。いつでも死ねる、と一口に言ってしまえば簡単だけれども、そんな覚悟というものは一世紀に何人という小数の人が持ち得るだけの極めて稀《ま》れな現実である。

常に白刃の下に身を置くことを心掛けて修業に励む武芸者などは、この心掛けが当然有るべきようでいて、実は決してそうではない。結局、直接白刃などとは関係がなく、人格のもっと深く大きなスケールの上で構成されてくるもので、一王国の主たるべき性格であり、改新的な大事業家たるべき性格であって、この稀有《けう》な大覚悟の上に自若《じじゃく》と安定したまま不良無頼な一生を終ったという勝夢酔が例外的な不思議な先生だと言わねばならぬ。勝海舟という作品を創《つく》るだけの偉さを持った親父ではあった。

夢酔の覚悟に比べれば、宮本武蔵は平凡であり、ボンクラだ。武蔵六十歳の筆になるという「五輪書《ごりんのしょ》」と「夢酔独言」の気品の高低を見れば分る。「五輪書」には道学者的な高さがあり「夢酔独言」には戯作者的《げさくしゃてき》な低さがあるが、文章に具わる個性の精神的深さというものは比すべくもない。「夢酔独言」には最上の芸術家の筆を以てようやく達しうる精神の高さ個性の深さがあるのである。

然しながら、晩年の悟りすました武蔵はとにかくとして、青年客気の武蔵は之又《これまた》稀有な達人であったということに就て、僕は暫《しばら》く話をしてみたいのである。

晩年宮本武蔵が細川家にいたとき、殿様が武蔵に向って、うちの家来の中でお前のメガネにかなうような剣術の極意に達した者がいるだろうか、と訊《たず》ねた。すると武蔵は一人だけございますと言って、都甲太兵衛《とこうたへえ》という人物を推奨した。ところが都甲太兵衛という人物は剣術がカラ下手なので名高い男で、又外《ほか》に取柄というものも見当らぬ平凡な人物である。殿様も甚だ呆れてしまって、どこにあの男の偉さがあるのかと訊いてみると、本人に日頃の心構えをお訊ねになれば分りましょう、という武蔵の答え。そこで都甲太兵衛をよびよせて、日頃の心構えというものを訊ねてみた。

太兵衛は暫く沈黙していたが、さて答えるには、自分は宮本先生のおメガネにかなうような偉さがあるとは思わないが、日頃の心構えということに就いてのお尋ねならば、なるほど、笑止な心構えだけれども、そういうものが一つだけあります。元来自分は非常に剣術がヘタで、又、生来臆病者で、いつ白刃の下をくぐるようなことが起って命を落すかと思うと夜も心配で眠れなかった。とはいえ、剣の才能がなくて、剣の力で安心立命をはかるというわけにも行かないので、結局、いつ殺されてもいいという覚悟が出来れば救われるのだということを確信するに至った。そこで夜ねむるとき顔の上へ白刃をぶらさげたりして白刃を怖れなくなるような様々な工夫を凝らしたりした。そのおかげで、近頃はどうやら、いつ殺されてもいい、という覚悟だけは出来て、夜も安眠できるようになったが、これが自分のたった一つの心構えとでも申すものでありましょうか、と言ったのだ。すると傍にひかえていた武蔵が言葉を添えて、これが武道の極意でございます、と言ったという話である。

都甲太兵衛はその後重く用いられて江戸詰の家老になったが、このとき不思議な手柄をあらわした。丁度《ちょうど》藩邸が普請中《ふしんちゅう》で、建物は出来たがまだ庭が出来ていなかった。ところが殿様が登城して外《ほか》の殿様と話のうちに、庭ぐらい一晩で出来る、とウッカリ口をすべらして威張ってしまった。苦労を知らない殿様同志だから、人の揚足をとったとなるともう放さぬ。それでは今晩一晩で庭を作って見せて下さい。ああ宜《よろ》しいとも。キッとですね。ということになって、殿様は蒼白《そうはく》になって藩邸へ帰ってきた。すぐさま都甲太兵衛を召寄せて、今晩一晩でぜひとも庭を造ってくれ。宜しゅうございます、太兵衛はハッキリとうけあったものである。一晩数千の人夫が出入した。そして翌朝になると、一夜にして鬱蒼《うっそう》たる森が出来上っていたのであった。尤も、この森は三日ぐらいしか持たない森で、どの木にも根がついていなかったのだ。宮本武蔵の高弟はこういう才能をもっていた。都甲家は今も熊本につづいているという話である。

宮本武蔵に「十智」という書があって、その中に「変」ということを説いているそうだ。つまり、智慧《ちえ》のある者は一から二へ変化する。ところが智慧のないものは、一は常に一だと思い込んでいるから、智慧が一から二へ変化すると嘘《うそ》だと言い、約束が違ったと言って怒る。然しながら場に応じて身を変え心を変えることは兵法の大切な極意なのだ、と述べているそうだ。

宮本武蔵は剣に生き、剣に死んだ男であった。どうしたら人に勝てるか。自分よりも修業をつみ、術に於いてまさっているかも知れぬ相手に、どうしたら勝てるか。そのことばかり考えていた。

武蔵は都甲太兵衛の「いつ殺されてもいい」という覚悟を、これが剣法の極意でございますと、言っているけれども、然し、武蔵自身の歩いた道は決してそれではなかったのである。彼はもっと凡夫の弱点のみ多く持った度し難いほど鋭角の多い男であった。彼には、いつ死んでもいい、という覚悟がどうしても据わらなかったので、そこに彼の独自な剣法が発案された。つまり彼の剣法は凡人凡夫の剣法だ。覚悟定まらざる凡夫が敵に勝つにはどうすべきか。それが彼の剣法だった。

松平出雲守《まつだいらいずものかみ》は彼自身柳生流《やぎゅうりゅう》の使い手だったから、その家臣には武術の達人が多かったが、武蔵は出雲守の面前で家中随一の使い手と手合せすることになった。

選ばれた相手は棒使いで、八尺余の八角棒を持って庭に現れて控えていた。武蔵が書院から木刀ぶらさげて降りてくると、相手は書院の降り口の横にただ控えて武蔵の降りてくるのを待っている。無論、構えてはいないのである。

武蔵は相手に用意のないのを見ると、まだ階段を降りきらぬうちに、いきなり相手の顔をついた。試合の挨拶も交さぬうちに突いてくるとは無法な話だから、大いに怒って棒を取り直そうとするところを、武蔵は二刀でバタバタと敵の両腕を打ち、次に頭上を打ち下して倒してしまった。

武蔵の考えによれば、試合の場にいながら用意を忘れているのがいけないのだと言うのである。何でも構わぬ。敵の隙《すき》につけこむのが剣術なのだ。敵に勝つのが剣術だ。勝つためには利用の出来るものは何でも利用する。剣だけが武器ではない。心理でも油断でも、又どんな弱点でも、利用し得るものをみんな利用して勝つというのが武蔵の編みだした剣術だった。

僕は先日、吉田《よしだ》精顕《せいけん》氏の「宮本武蔵の戦法」という文章を読んで、目の覚めるような面白さを覚えた。吉田氏は武徳会の教師で氏自身二刀流の達人だということであるが、武術専門家の筆になった武蔵の試合ぶりというものは甚だ独特で、小説などで表わす以上に、光彩陸離たる個性を表わしているのである。以下、吉田氏の受売りをして、すこしばかり武蔵の戦法をお話してみたいと思う。ただ、僕流にゆがめてあるのは、これは僕の考えだから仕方がない。

武蔵が吉岡清十郎と試合したのは二十一の秋で、父の無二斎《むにさい》が吉岡憲法《よしおかけんぽう》に勝っているので、父の武術にあきたらなかった武蔵は、自分の剣法をためすために、先ず父の勝った吉岡に自分も勝たねばならなかった。

武蔵は約束の場所へ時間におくれて出掛けて行った。待ち疲れていた清十郎は武蔵を見ると直ちに大刀の鞘《さや》を払った。ところが武蔵は右手に木刀をぶらさげている。敵が刀を抜くのを見ても一向に立止って身構えを直したりせず、今迄歩いてきた同じ速度と同じ構えで木刀をぶらさげたまま近づいてくるのである。試合の気配りがなくただ近づいてくるので清十郎はその不用意に呆れながら見ていると、武蔵の速度は意外に早くもう剣尖《けんさき》のとどく所まで来ていた。猶予《ゆうよ》すべきではないので、清十郎はいきなり打ちだそうとしたが、一瞬先に武蔵の木刀が上へ突きあげてきた。さては突きだと思って避けようとしたとき、武蔵は突かず、ふりかぶって一撃のもとに打ち下して倒してしまった。清十郎は死ななかったが、不具者になった。

清十郎の弟、伝七郎が復讐《ふくしゅう》の試合を申込んできた。伝七郎は大力な男で兄以上の使い手だという話なのである。武蔵は又約束に時間におくれて行った。今度の試合は復讐戦だから真剣勝負だろうと思って武蔵は木刀を持たずに行ったが、行ってみると驚いた。伝七郎は五尺何寸もある木刀を持っていて、遠方に武蔵の姿を見かけるともう身構えているのである。武蔵は瞬間ためらったが直《す》ぐ決心して刀を抜かず素手のまま今迄通りの足並で近づいて行った。伝七郎は油断なく身構えていたが、いつ真剣を抜くだろうかということを考えていたので、気がついた時には、五尺の木刀が長すぎるほど武蔵が近づいていたのである。そのとき刀を抜けば武蔵は打たれたかも知れぬが、突然とびかかって、伝七郎の木刀を奪いとった。そうして一撃の下に打ち殺してしまったのである。

吉岡の門弟百余名が清十郎の一子又七郎という子供をかこんで武蔵に果合《はたしあ》いを申込んだ。敵は多勢である。今度は約束の時間よりも遥かに早く出向いて木の陰に隠れていた。そこへ吉岡勢がやってきて、武蔵は又おくれてくるだろうなどと噂《うわさ》しているのが聞える。武蔵は大小を抜いて両手に持っていきなり飛びだして又七郎の首をはね、切って逃げ、逃げながら切った。敵が全滅したとき、武蔵がふと気がつくと、袖《そで》に弓の矢が刺さっていたが、傷は一ケ所も受けていなかった。

宍戸《ししど》梅軒《ばいけん》というクサリ鎌の達人と試合をしたことがある。クサリ鎌というものは大体に於て鎌の刃渡りが一尺三寸ぐらい。柄《え》が一尺二寸ぐらい。この柄からクサリがつづいていて、クサリの先に分銅がつけてある。之を使う時には、左手に鎌を持ち、右手でクサリのほぼ中程を持ち、右手でクサリの分銅を廻転《かいてん》させる。講談によると、分銅と鎌とで交互に攻撃してくるように言うけれども、これは不可能で、離れている間は分銅はいつ飛んでくるか分らぬが、鎌の方は接近するまで役に立たない。だから離れている時は、分銅にだけ注意すれば良いのである。又、クサリ鎌の特色の中で忘れてはならぬことはクサリの用法で、これを引っぱると棒になるから、之で太刀《たち》を受けたり摺《す》り外《はず》したり出来るのだそうだ。講談によると、クサリを太刀にまきつけたらもうしめたもので、クサリ鎌使いの方は落着いてジリジリ敵を引寄せるなどと言うけれども、そんな間抜けなクサリ鎌使いはいないそうで、分銅のまきついた瞬間には鎌の方が斬《き》りこんでいるものだそうだ。

宍戸梅軒は武蔵を見ると分銅を廻転させはじめた。武蔵は五、六十歩離れて右手に大刀をぬいてぶらさげたまま暫く分銅の廻転を見ていたが、右手の大刀を左手に持ち変えた。それから右手に小刀を抜いた。武蔵は左ギッチョではないから(肖像を見ると分る)本来だったら右手に大刀、左手に小刀の筈だけれども、この時は逆になっていることを注意していただきたい。さて武蔵は左右両手ともに上段にふりかぶったのである。そうして、右手の小刀を敵の分銅の廻転に合せて同じ速度で廻しはじめた。こうして廻転の調子を合せながらジリジリと歩み寄って行った。

梅軒は驚いた。分銅で武蔵の顔面を打つには同じ速度で廻転している小刀が邪魔になる。邪魔の小刀に分銅をまきつければ、左の大刀が怖《おそろ》しい。やむなくジリジリ後退すると武蔵はジリジリ追うてくる。と、クサリが下へ廻った瞬間に武蔵の小刀が手を離れて梅軒の胸へとんできた。慌《あわ》てて廻転をみだした時には左手の大刀が延《の》びて梅軒の胸を突きさしていた。梅軒は危く身をそらしたが、次の瞬間には頭上から一刀のもとに斬り伏せられていたのである。この試合には梅軒の弟子が立合っていたが、先生斬らるというので騒ぎかけたとき、武蔵はすでに両刀を持ち直して弟子の中へ斬りこんでいたのであった。

剣法には固定した型というものはない、というのが武蔵の考えであった。相手に応じて常に変化するというのが武蔵の考えで、だから武蔵は型にとらわれた柳生流を非難していた。柳生流には大小六十二種の太刀数があって、変に応じたあらゆる太刀をあらかじめ学ばせようというのだが、武蔵は之を否定して、変化は無限だからいくら型を覚えても駄目であらゆる変化に応じ得る根幹だけが大事だと言って、その形式主義を非難したのである。

これとほぼ同じ見解の相違が、佐々木小次郎と武蔵の間にも見ることが出来る。

小次郎は元来富田《とみた》勢源《せいげん》の高弟で、勢源門下に及ぶ者がなくなり、勢源の弟の次郎左衛門にも勝ったので、大いに自信を得て「巌流《がんりゅう》」という一派をひらいた男である。元々富田流は剣の速捷《そくしょう》を尊ぶ流派だから、小次郎も亦《また》速技を愛する剣法だった。彼は橋の下をくぐる燕《つばめ》を斬って速技を会得したというが、小次郎の見解によれば、要するに燕を斬るには初太刀をかわして燕が身をひるがえす時、その身をひるがえす速力よりも早い速力で斬ればいいという相対的な速力に関する考えだった。

ところが武蔵によれば、相対的な速力それ自身には限度がある。つまり変化に応じてあらかじめ型をつくることと同じで、燕の速力に応じる速力を用意しても燕以上の速力のものには用をなさぬ。だから、一番大切なのは敵の速力に対するこちらの観察力で、如何なる速力にも応じ得る眼をつくることが肝心だという考えだった。

小次郎は燕から会得した速剣を「虎切剣《こせつけん》」と名付けて諸国を試合して廻り一度も負けたことがなく、小倉《こくら》の細川家に迎えられて、剣名大いに高かった。その頃京都にいた武蔵は小次郎の隆々たる剣名を耳にして、その速剣と試合《しあ》ってみたいと思ったのだ。速剣それ自身は剣法の本義でないという彼の見解から、当然のことであった。

彼は小倉へ下って細川家へ試合を願い出で、許されて、船島で試合を行うことになった。武蔵は家老の長岡佐渡《ながおかさど》の家に泊ることになり、翌朝舟で船島へ送られる筈であったが、彼自身の考えがあって、ひそかに行方《ゆくえ》をくらまし、下関《しものせき》の廻船問屋《かいせんどんや》小林太郎左衛門の家へ泊った。

翌日になって、もう小次郎が船島へついたという知らせが来たとき、ようやく彼は寝床から起きた。それから食事をすませ、主人を呼んで櫓《ろ》をもらい受けて、大工道具を借り受け、木刀を作りはじめた。何べんも渡航を催促する飛脚が来たが、彼は耳をかさず丹念に木刀をきざんだ。四尺一寸八分の木刀を作ったのである。

元来、小次郎は三尺余寸の「物干竿《ものほしざお》」とよばれた大刀を使い、それが甚だ有名であった。武蔵も三尺八分の例外的な大刀を帯びてはいたが、物干竿の長さには及ばぬ。のみならず小次郎は速剣で、この長い刀を振り下すと同時に返して打つ。この返しが小次郎独特の虎切剣であった。これに応ずるには、虎切剣のとどかぬ処《ところ》から、片手打に手を延ばして打つ、これが武蔵の戦法で、特殊な木刀を作ったのもそのためだった。

武蔵は三時間おくれて船島へついた。遠浅だったので武蔵は水中へ降りた。小次郎は待ち疲れて大いに苛立《いらだ》っており、武蔵の降りるのを見ると憤然《ふんぜん》波打際まで走ってきた。

「時間に遅れるとは何事だ。気おくれがしたのか」

小次郎は怒鳴ったが、武蔵は答えない。黙って小次郎の顔を見ている。武蔵の予期の通り小次郎益々《ますます》怒った。大剣を抜き払うと同時に鞘を海中に投げすてて構えた。

「小次郎の負けだ」武蔵が静かに言った。

「なぜ、俺の負けだ」

「勝つつもりなら、鞘を水中へ捨てる筈はなかろう」

　この問答は武蔵一生の圧巻だと僕は思う。武蔵はとにかく一個の天才だと僕は思わずにいられない。ただ彼は努力型の天才だ。堂々と独自の剣法を築いてきたが、それはまさに彼の個性があって初めて成立つ剣法であった。彼の剣法は常に敵に応じる「変」の剣法であるが、この最後の場へ来て、鞘を海中へ投げすてた敵の行為を反射的に利用し得たのは、彼の冷静とか修練というものも有るかも知れぬが、元来がそういう男であったのだ、と僕は思う。特に冷静というのではなく、ドタン場に於いても藁《わら》をつかむ男で、その個性を生かして大成したのが彼の剣法であったのだ。溺れる時にも藁をつかんで生きようとする、トコトンまで足場足場にあるものを手当り次第利用して最後の活へこぎつけようとする、これが彼の本来の個性であると同時に、彼の剣法なのである。個性を生かし、個性の上へ築き上げたという点で、彼の剣法はいわば彼の芸術品と同じようなものだ。彼は絵や彫刻が巧みで、絵の道も剣の道も同じだと言っているが、至極当然だと僕は思うものである。

　僕は船島のこの問答を、武蔵という男の作った非常にきわどいが然しそれ故《ゆえ》見事な芸術品だと思っている。

実際試合は危なかった。間一髪《かんいっぱつ》のところで勝ったのである。

小次郎は激怒して大刀をふりかぶった。問答に対する答えとしての激怒をこめて振りかぶった刀なのだ。この機会を逃してならぬことを武蔵は心得ていた。なぜなら、小次郎に時間を許せば、彼も手練《てだれ》の剣客だから、振りかぶった剣形の中から冷静をとりもどしてくるからである。

武蔵は急速に近づいて行った。大胆なほど間《ま》をつめた。小次郎は斬り下した。だが、小次郎の速剣は初太刀よりもその返しが更に怖しい。もとより武蔵は前進をとめることを忘れてはいない。間一髪のところで剣尖をそらして、前進中に振り上げた木刀を片手打ちに延ばして打ち下した。小次郎は倒れたが、同時に武蔵の鉢巻が二つに切れて下へ落ちた。

小次郎は倒れたが、まだ生気があった。武蔵が誘うて近づくと果して大刀を横に斬り払ったが、武蔵は用意していたので巧みに退き袴《はかま》の裾《すそ》を三寸程切られただけであった。然しその瞬間木刀を打ち下して小次郎の胸に一撃を加えていた。小次郎の口と鼻から血が流れて、彼は即死をとげてしまった。

武蔵は都甲太兵衛の「いつ殺されてもいい」覚悟を剣法の極意だと言っているが、彼自身の剣法はそういう悟道の上へ築かれたものではなかった。晩年の著「五輪書」がつまらないのも、このギャップがあるからで、彼の剣法は悟道の上にはなく、個性の上にあるのに、悟道的な統一で剣法を論じているからである。

武蔵の剣法というものは、敵の気おくれを利用するばかりでなく、自分自身の気おくれまで利用して、逆に之を武器に用いる剣法である。溺れる者藁もつかむ、というさもしい弱点を逆に武器にまで高めて、之を利用して勝つ剣法なのだ。

之が本当の剣術だと僕は思う。なぜなら、負ければ自分が死ぬからだ。どうしても勝たねばならぬ。妥協の余地がないのである。こういう最後の場では、勝って生きる者に全部のものがあり、正義も自ら勝った方にあるのだから、是が非でも勝つことだ。我々の現下の戦争も亦然《しか》り。どうしても勝たねばならぬ。

ところが甚だ気の毒なことには、武蔵の剣法は当時の社会には容れられなかった。形式主義の柳生流が全盛で、武蔵のような勝負第一主義は激しすぎて通用の余地がなかったのだ。

武蔵の剣法も亦、いわば一つの淪落の世界だと僕は思う。世に容れられなかったから淪落の世界だと言うのではないが、然し、世に容れられなかった理由の一つは、たしかにその淪落の性格のためだとは言えるであろう。

一か八かであるが、しかも額面通りではなく、実力をはみだしたところで勝敗を決し、最後の活を得ようとする。伝七郎との試合では相手が大きな木刀を持参したのに驚いた時に逆にそれを利用して素手で近づくという方法をあみだしていた。小次郎の試合では、相手が鞘を投げすてるのを逃さなかったし、松平出雲守の御前試合では相手の油断に目をとめると挨拶の前に相手を打ち倒してしまった。

武蔵は試合に先立って常に細心の用意をしている。時間をおくらせて、じらしたり、逆をついて先廻りしたり、試合に当って心理的なイニシアチヴをとることを常に忘れることがなく、自分の木刀を自分でけずるというような堅実な心構えも失わないし、クサリ鎌に応じては二刀をふりかぶるという特殊な用意も怠らない。試合に当って常に綿密な計算を立てていながら、然し、愈々《いよいよ》試合にのぞむと、更に計算をはみだしたところに最後の活をもとめているのだ。このような即興性というものは如何程《いかほど》深い意味があってもオルソドックスには成り得ぬもので、一つごとに一つの奇蹟を賭けている。自分の理念を離れた場所へ自分を突き放して、そこで賭博《とばく》をしているのである。その賭博には万全の用意があり、又、自信があったのかも知れぬが、然し、賭博であることには変りがない。

「小次郎の負けだ」

めざとくも利用して武蔵はそう言ったが、然し、そこに余裕などがあるものか。武蔵はただ必死であり、必死の凝った一念が、溺れる者の激しさで藁の奇蹟を追うているだけの話だ。余裕というものの一切ない無意識の中の白熱の術策だから、凄《すさ》まじいほど美しいと僕は言う。万全の計算をつくし、一生の修業を賭けた上で、尚、計算や修業をはみだしてしまう必死の術策だから美しい。彼はどうしても死にたくなかった。是が非でも生きたかった。その執着の一念が悪相の限りを凝らして彼の剣に凝っており、縋《すが》り得るあらゆる物に縋りついて血路をひらこうとしているだけだ。最後の場にのぞんだ時に、意識せずしてこの術策を弄《ろう》してしまう武蔵であった。救われがたい未練千万な性格を、逆に武器に駆り立てて利用している武蔵であった。

然しながら、武蔵には、いわば悪党の凄味《すごみ》というものがないのである、松平出雲の面前で相手の油断を認めると挨拶前に打ち倒してしまったりして、卑怯といえば卑怯だが、然し悪党の凄味ではなく、むしろ、ボンクラな田舎者《いなかもの》の一念凝らした馬鹿正直というようなものだ。彼はとにかく馬鹿正直に一念凝らして勝つことばかり狙《ねら》っていた。所詮は一個の剣術使いで、一王国の主たるべき悪党ぶりには縁がなかった。

いつでも死ねる、という偉丈夫の覚悟が彼にはなかったのだ。その覚悟がなかったために編みだすことの出来た独特無比の剣法ではあったけれども、それ故また、剣を棄《す》てて他に道をひらくだけの芸がなく、生活の振幅がなかった。都甲太兵衛は家老になって、一夜に庭をつくる放《はな》れ業《わざ》を演じているが、武蔵は二十八で試合をやめて花々しい青春の幕をとじた後でも一生碌々《ろくろく》たる剣術使いで自分の編みだした剣法が世に容れられぬことを憤《いきどお》るだけのことにすぎない。六十の時「五輪書」を書いたけれども、個性の上に不抜な術を築きあげた天才剣の光輝はすでになく、率直に自己の剣を説くだけの自信と力がなく、徒《いたず》らに極意書風のもったいぶった言辞を弄して、地水火風空の物々しい五巻に分けたり、深遠を衒《てら》って俗に堕し、ボンクラの本性を暴露しているに過ぎないのである。

剣術は所詮「青春」のものだ。特に武蔵の剣術は青春そのものの剣術であった。一か八かの絶体面で賭博している淪落の術であり、奇蹟の術であったのだ。武蔵自身がそのことに気付かず、オルソドックスを信じていたのが間違いのもとで、元来世に容れられざる性格をもっていたのである。

武蔵は二十八の年に試合をやめた。その時まで試合うこと六十余度、一度も負けたことがなかったのだが、この激しさを一生涯持続することができたら、まさに驚嘆すべき超人と言わざるを得ぬ。けれども、それを要求するのは余りに苛酷《かこく》なことであり、血気にはやり名誉に燃える彼とは云え、その一々の試合の薄氷を踏むが如く、細心周到万全を期したが上にも全霊をあげた必死の一念を見れば、僕も亦《また》思うて慄然《りつぜん》たらざるを得ず、同情の涙を禁じ得ないものがある。然しながら、どうせここまでやりかけたなら、一生涯やり通してくれれば良かったに。そのうちに誰かに負けて、殺されてしまっても仕方がない。そうすれば彼も救われたし、それ以外に救われようのない武蔵であったように僕は思う。鋭気衰えて「五輪書」などは下の下である。

まったくもって、剣術というものを、一番剣術本来の面目の上に確立していながら、あまりにも剣術の本来の精神を生かしすぎるが故に却《かえ》って世に容れられず、又自らはその真相を悟り得ずに不満の一生を終った武蔵という人は、悲劇的な人でもあるし、戯画的な滑稽さを感じさせる人でもある。彼は世の大人たちに負けてしまった。柳生派の大人たちに負け、もっとつまらぬ武芸のあらゆる大人たちに負けてしまった。彼自身が大人になろうとしなければ、負けることはなかったのだ。

武蔵は柳生兵庫《やぎゅうひょうご》のもとに長く滞在していたことがあったという。兵庫は柳生派随一の使い手と言われた人だそうで、兵庫は武蔵を高く評価していたし、武蔵も亦《また》兵庫を高く評価していた。二人は毎日酒をくんだり碁を打ったりして談笑し、結局試合をせずに別れてしまった。心法に甲乙なきことを各々認め合っていたので試合までには及ばなかったのだという話で、なるほどあり得ることだと頷《うなず》けることではあるが、然し僕は武蔵のために甚だ之をとらないものだ。試合をしなければ武蔵の負けだ。試合の中にだけしか武蔵の剣はあり得ず、又、試合を外《ほか》に武蔵という男も有り得ない。試合は武蔵にとっては彼の創作の芸術品で、試合がなければ彼自身が存在していないのだ。談笑の中に敵の心法の甲乙なきを見て笑って別れるような一人前らしい生き方を覚えては、もう、武蔵という作品は死滅してしまったのだ。

何事も勝負に生き、勝負に徹するということは辛《つら》いものだ。僕は時々日本棋院《にほんきいん》の大手合を見物するが、手合が終ると、必ず今の盤面を並べ直して、この時にこう、あの時にはあの方がというような感想を述べて研究し合うものである。ところが、勝った方は談論風発、感想を述べては石を並べその楽しそうな有様お話にならないのに、負けた方ときたら石のように沈んでしまって、まさに永遠の恨みを結ぶかの如く、釈然としないこと甚だしい。僕でも碁を打って負けた時には口惜しいけれども、その道の商売人の恨みきった形相は質的に比較にならないものがある。いのちを籠《こ》めた勝負だから当然の話だけれども、負けた人のいつまでも釈然としない顔付というものは、眺めて決して悪い感じのものではない。中途半パなところがないからである。テレ隠しに笑うような、そんなところが全然ないのだ。

将棋《しょうぎ》の木村名人は不世出の名人と言われ、生きながらにしてこういう評価を持つことは凡そあらゆる芸界に於いて極めて稀れなことであるが、全く彼は心身あげて盤上にのたくり廻るという毒々しいまでに驚くべき闘志をもった男である。碁打の方には、この闘志の片鱗《へんりん》だに比肩すべき人がない。相撲取《すもうとり》にも全然おらぬ。

けれども、木村名人も、もう何度負けたか知れないのだ。これに比べれば武蔵の道は陰惨だ。負けた時には命がない。佐々木小次郎は一生に一度負けて命を失い、武蔵はともかく負けずに済んで、畳の上で往生を遂げたが、全く命に関係のない碁打や将棋指《しょうぎさし》ですら五十ぐらいの齢になると勝負の激しさに堪えられない等と言いだすのが普通だから、武蔵の剣を一貫させるということは正《まさ》に尋常一様のことではなかった。僕がそれを望むことは無理難題には相違ないが、然しながら武蔵が試合をやめた時には、武蔵は死んでしまったのだ。武蔵の剣は負けたのである。

勝つのが全然嬉《うれ》しくもなく面白くもなく何の張合いにもならなくなってしまったとか、生きることにもウンザリしてしまったとか、何か、こう魔にみいられたような空虚を知って試合をやめてしまったというわけでもない。それは「五輪書」という平凡な本を読んでみれば分ることだ。ただ、だらだらと生きのびて「五輪書」を書き、その本のおかげをもって今日も尚その盛名を伝えているというわけだが、然し、このような盛名が果して何物であろうか。

四、再びわが青春

淪落の青春などと言って、まるで僕の青春という意味はヤケとかデカダンという意味のように思われるかも知れないけれども、そういうものを指しているわけでは毛頭ない。

そうかと云って、僕自身の生活に何かハッキリした青春の自覚とか讃歌というものが有るわけでもないことは先刻白状に及んだ通りで、僕なんかは、一生ただ暗夜をさまよっているようなものだ。けれども、こういうさまよいの中にも、僕には僕なりの一条の灯の目当ぐらいはあるもので、茫漠《ぼうばく》たる中にも、なにか手探りにして探すものはあるのである。

非常に当然な話だけれども、信念というようなものがなくて生きているのは、あんまり意味のないことである。けれども、信念というものは、そう軽々に持ちうるものではなくて、お前の信念は何だ、などと言われると、僕などまっさきに返答が出来なくなってしまうのである。それに、信念などというものがなくとも人は生きていることに不自由はしないし、結構幸福だ、ということになってくると、信念などというものは単に愚か者のオモチャであるかも知れないのだ。

実際、信念というものは、死することによって初めて生きることが出来るような、常に死と結ぶ直線の上を貫いていて、これも亦ひとつの淪落であり、青春そのものに外ならないと言えるであろう。

けれども、盲目的な信念というものは、それが如何ほど激しく生と死を一貫して貫いても、さまで立派だとは言えないし、却って、そのヒステリイ的な過剰な情熱に濁りを感じ、不快を覚えるものである。

僕は天草四郎《あまくさしろう》という日本に於ける空前の少年選手が大好きで、この少年の大きな野心とその見事な構成に就て、もう三年越し小説に書こうと努めている。そのために、切支丹《キリシタン》の文献をかなり読まねばならなかったけれども、熱狂的な信仰をもって次から次へ堂々と死んで行った日本の夥《おびただ》しい殉教者達が、然し、僕は時に無益なヒステリイ的な饒舌《じょうぜつ》のみを感じ、不快を覚えることがあるのであった。

切支丹は自殺をしてはいけないという戒《いまし》めがあって、当時こういう戒めは甚だ厳格に実行され、ドン・アゴスチノ小西行長《こにしゆきなが》は自害せず刑場に引立てられて武士らしからぬ死を選んだ。又、切支丹は武器をとって抵抗しては殉教と認められない定めがあって、そのために島原《しまばら》の乱の三万七千の戦死者は殉教者とは認められていないのだが、この掟によって、切支丹らしい捕われ方をするために、捕吏に取囲まれたとき、わざわざ腰の刀を鞘ぐるみ抜きとって遠方へ投げすてて縄を受けたなどという御念の入った武士もあったし、そうかと思うと、主《しゅ》のために殉教し得る光栄を与えてもらえたと言って、首斬りの役人に感謝の辞と祈りをささげて死んだバテレンがあったりした。当時は殉教の心得に関する印刷物が配布されていて、信徒達はみんな切支丹の死に方というものを勉強していたらしく、全くもって当時教会の指導者達というものは、恰《あたか》も刑死を奨励するかのような驚くべきヒステリイにおちいっていたのである。無数の彼等の流血は凄惨《せいさん》眼を掩《おお》わしめるものがあるけれども、人々を単に死に急がせるかのようなヒステリイ的性格には時に大いなる怒りを感じ、その愚かさに歯がみを覚えずにいられぬ時もあったのだ。

いのちにだって取引というものがある筈だ。いのちの代償が計算外れの安値では信念に死んでも馬鹿な話で、人々は十銭の茄子《なす》を値切るのにヒステリイは起さないのに、いのちの取引に限ってヒステリイを起してわけもなく破産を急ぐというのは決して立派なことではない。

宮本武蔵は吉岡一門百余名を相手に血闘の朝、一乗寺下り松《いちじょうじさがりまつ》の果し場へ先廻りして急ぐ途中、たまたま八幡様《はちまんさま》の前を通りかかって、ふと、必勝を祈願せずにいられない気持になり、まさに神前に額《ぬか》ずこうとして、思いとどまった。自力で勝ち抜かねばならないという勇猛心を駆り起したのである。

僕はこの武蔵を非常にいとしいと思うけれども、これはただこれだけの話で、この出来事を彼の一生に結びつけて大きな意味をもたせることには同感しない。武蔵のみではないのだ。如何なる神の前であれ、神の前に立ったとき何人《なんぴと》が晏如《あんじょ》たり得ようか。神域とかお寺の境内《けいだい》というものは閑静だから、僕は時々そこを選んで散歩に行くが、一片の信仰もない僕だけれども、本殿とか本堂の前というものは、いつによらず心を騒がせられるものである。祈願せずにいられぬような切ない思いを駆り立てられる。さればといって本当に額ずくだけのひたむきな思いにもなりきれないけれども、こんなに煮えきらないのは怪しからぬことだから、今度から思いきって額ずくことにしようと思って、或日決心して氏神様《うじがみさま》へでかけて行った。愈々となってお辞儀だけは済ましたけれども、同時に突然僕の身体に起ったギコチのなさにビックリして、やっぱり僕のような奴は、心にどんな切ない祈願の思いが起っても、それはただ心の綾なのだから、実際に頭を下げたりしてはいけないのだと諦めた。

自殺した牧野信一はハイカラな人で、人の前で泥くさい自分をさらけだすことを最も怖れ慎んでいた人だったのに、神前や仏前というと、どうしても素通りの出来ない人で、この時ばかりは僕の目をはばからず、必ずお賽銭《さいせん》をあげて丁寧に拝む人であった。その素直さが非常に羨ましいと思ったけれども、僕はどうしても一緒に並んで拝む勇気が起らず、離れた場所で鳩《はと》の豆を蹴《け》とばしたりしていた。

数年前、菱山修三が外国へ出帆《しゅっぱん》する一週間ぐらい前に階段から落ちて喀血《かっけつ》し、生存を絶望とされたことがあった。僕も、もう、菱山は死ぬものとばかり思っていたのに、一年半ぐらいで恢復《かいふく》してしまった。菱山の話によると、肺病というものは、病気を治すことを人生の目的とする覚悟が出来さえすれば必ず治るものだ、と言うのであった。他の人生の目的を一切断念して、病気を治すことだけを人生の目的とするのである。そうして、絶対安静を守るのだそうだ。

その後、僕が小田原の松林の中に住むようになったら、近所合壁《きんじょかっぺき》みんな肺病患者で、悲しい哉《かな》、彼等の大部分の人達は他の一切を放擲して治病を以て人生の目的とする覚悟がなく、何かしら普通人の生活がぬけきれなくて中途半パな闘病生活をしていることが直ぐ分った。菱山よりも遥かに軽症と思われた人達が、読書に耽《ふけ》ったり散歩に出歩いたりしているうちに忽ちバタバタ死んで行った。治病を以て人生の目的とするというのも相当の大事業で、肺病を治すには、かなり高度の教養を必要とするということをさとらざるを得なかったのだ。

死ぬことは簡単だが、生きることは難事業である。僕のような空虚な生活を送り、一時間一時間に実のない生活を送っていても、この感慨は痛烈に身にさしせまって感じられる。こんなに空虚な実のない生活をしていながら、それでいて生きているのが勢一杯で、祈りもしたい、酔いもしたい、忘れもしたい、叫びもしたい、走りもしたい。僕には余裕がないのである。生きることが、ただ、全部なのだ。

そういう僕にとっては、青春ということは、要するに、生きることのシノニイムで、年齢もなければ、又、終りというものもなさそうである。

僕が小説を書くのも、何か自分以上の奇蹟を行わずにはいられなくなるためで、全くそれ以外には大した動機がないのである。人に笑われるかも知れないけれども、実際その通りなのだから仕方がない。いわば、僕の小説それ自身、僕の淪落のシムボルで、僕は自分の現実をそのまま奇蹟に合一せしめるということを、唯一の情熱とする以外に外《ほか》の生き方を知らなくなってしまったのだ。

これは甚だ自信たっぷりのようでいて、実は之ぐらい自信の欠けた生き方もなかろう。常に奇蹟を追いもとめるということは、気がつくたびに落胆するということの裏と表で、自分の実際の力量をハッキリ知るということぐらい悲しむべきことはないのだ。

だが然し、持って生れた力量というものは、今更悔いても及ぶ筈のものではないから、僕に許された道というのは、とにかく前進するだけだ。

僕の友達に長島萃《ながしまあつむ》という男があって、八年前に発狂して死んでしまったけれども、この男の父親は長島隆二という往昔《おうせき》名高い陰謀政治家であった。この政治家は子供に向って、まともに仕事をするな、山師になれ、ということを常々説いていたそうで、株屋か小説家になれ、と言ったそうだ。

この話をその頃僕の好きだった女の人に話したら、その人はキッと顔をあげて、小説家は山師ですかと言った。

その当時は僕も閉口して、イエ、小説家は山師の仕事ではありません、と言ったかも知れないが(良く覚えていないのだ)今になって考えると、流石《さすが》に陰謀政治家は巧《うま》いことを言ったものだ。尤も彼は山師の意味を僕とは違った風に用いているのかも知れないが、僕は全く小説は山師の仕事だと考えている。金《きん》が出るか、ニッケルが出るか、ただの山だか、掘り当ててみるまでは見当がつかなくて、とにかく自分の力量以上を賭けていることが確かなのだから。もっと普通の意味に於ても、小説家はやっぱり山師だと僕は考えている。山師でなければ賭博師だ。すくなくとも僕に関する限りは。

こういう僕にとっては、所詮一生が毒々しい青春であるのはやむを得ぬ。僕はそれにヒケ目を感じること無きにしもあらずという自信のない有様を白状せずにもいられないが、時には誇りを持つこともあるのだ。そうして「淪落に殉ず」というような一行を墓に刻んで、サヨナラだという魂胆をもっている。

要するに、生きることが全部だというより外に仕方がない。

咢堂小論

毎日新聞所載、尾崎咢堂《おざきがくどう》の世界浪人論は終戦後現れた異色ある読物の一つであったに相違ない。言論の自由などと称しても人間の頭の方が限定されているのであるから、俄《にわか》に新鮮な言論が現れてくる筈《はず》もなく、之《これ》を日本文化の低さと見るのも当らない。あらゆる自由が許された時に、人は始めて自らの限定とその不自由さに気付くであろう。とはいえ、ともかく新鮮な読物の極めて稀《まれ》な一つが八十を過ぎた老人によって為《な》されたことは日本文化の貧困を物語ることでもあるかも知れぬ。

咢堂の世界浪人論によれば、明治維新前の日本はまだ日本ではなく、各藩であり、藩民であって、各藩毎《ごと》に対立し、思考も拘束されていた。日本及び日本人という意識は少なかったのである。この藩民の対立感情が失われ、藩浪人若《も》しくは非藩民となったとき日本人が誕生したのであって、現在は日本人であり他国に対する対立感情をもっているが、要するに対立感情は文化の低さに由来し、部落の対立、藩の対立、国家の対立、対立に変りはない。今後の日本人は世界浪人となり、非国民とならなければならぬのだが、非国民とは名誉の言葉で高度の文化を意味している。日本人だの外国人だのと狭い量見で考えずに、世界を一つの国と見て考えるべしと言うのであった。即《すなわ》ち彼の世界聯邦論《せかいれんぽうろん》の根柢《こんてい》である。

その一週間ほど前の朝日新聞には志賀直哉《しがなおや》の特攻隊員を再教育せよという一文が載っていた。死をみること帰するが如《ごと》く教えられ、基地に於《おい》て酒と女と死ぬことと三つだけを習得した特攻隊員が終戦後野放しになり、この生きにくい時節に死をみること帰するが如く暴れられては困るから、彼らを集めて再教育せよという議論である。彼は世人に文学の神様などと称せられているのであるが、このピントの狂った心配に呆気《あっけ》にとられたのは私一人ではなかったであろう。

死を見ること帰するが如しなどと看板を掲げて教育を施して易々と註文《ちゅうもん》通りの人間が造れるものなら、第一に日本は負けていない。かかる教育の結果生れた人格の代表が東条であり真崎であり、軍人精神の内容の惨《みじ》めさは敗戦日本に暴露せられたカラクリのうちで最も悲痛なる真実ではないか。日本上空の敵機は全部体当りして一機も生還せしめないと豪語した結果の惨状は御覧の如くであり、飛行機のことは俺《おれ》にまかせて国民などは引込んでおれと怒鳴り立てた遠藤という中将が、撃墜せられたB29搭乗員の慰霊の会を発起して物笑いを招いているなど、職業軍人のだらしなさは敗戦日本の肺腑《はいふ》を抉《えぐ》る悲惨事である。軍人精神には文化の根柢がないから、崩れると惨めである。浮足立って逃げ始めると大将も足軽も人格の区別がなくなり一様に精神的に匪賊化《ひぞくか》して教養の欠如を暴露する。死生の覚悟などというものは常に白刃の下にある武芸者だの軍人などには却《かえ》って縁の遠いもので、文化的教養の高いところに自ら結実する。問題は文化、教養の高低であって、特攻隊員の死をみること帰するが如しなどという教育などは取るに足らない。

「文芸」九・十月号に志賀直哉は原子爆弾の残虐さに就《つい》て憤《いきどお》りをもらしているが、この人道ぶりも低俗きわまるものである。原子爆弾を一足先に発明した国にこの戦争の軍配が上るであろうことは戦時国民の常識であって、その期待を恃《たの》みにしていた国民にとって、十万円の研究費すら投じなかったという軍部の低脳ぶりは国民を驚倒せしめたものである。憤るべきはこの軍人の低脳ぶりだ。残虐なのは戦争自体であって、原子爆弾には限らない。戦争と切り離して原子爆弾一つの残虐性を云々《うんぬん》するのが不思議な話ではないか。志賀直哉の人道だの人間愛というものはこの程度のものであり、貴族院議員が貴族院の議席から日本を眺めているのと全く同じものである。特攻隊員を再教育せよなどという心配も、単に昔ながらの小さな平穏を欲しているからの心情であり、日本がそのあらゆる欠点を暴露した敗戦泥濘《でいねい》のさなかに於て、彼の人生の問題がこんなところに限定されているということが、文学の名に於てあまりにも悲惨である。戦争、そして、敗北。国家の総力を傾け、その総力がすべて崩れてあらゆる物が裸体となった今日の日本に於て、その人の眼が何物を見つめ、狙《ねら》い、何物を摑《つか》みだすか、ということは、興味ある問題だ。その人の内容だけの物しか狙い又摑みだすことができず、平時に瞞着《まんちゃく》し得た外見も、ここに至ってその真実を暴露せずにはいられない。志賀直哉の眼が特攻隊員の再教育などということに向けられ、ただ一身の安穏を欲するだけの小さな心情を暴露したということは、暴露せられた軍人精神の悲惨なる実体と同じ程度に文学の神様の悲痛極まる正体であった。

之《これ》に比べれば咢堂の眼は衆議院の議席からも国民の常識からもハミだしており、思考の根が人性そのものに根ざしていることを認めざるを得ぬ。彼は政治の神様と言われているが、文学の神様よりはよほど人間的であり、いわば文学的であったのである。

文化の低いほど人は狭い垣を持つ。国民は国民同志対立し、より文化の低い藩民は藩民同志対立し、もっと文化が低くなると部落と部落が対立すると咢堂は言う。かかる対立感情が文化の低さのみを原因とするかどうかは問題だが、之は咢堂の肉体的な言葉であり、いわば自らを投げだして対立をもとめている文学的な一態度だ。日本人だのアメリカ人だのと区別を立てる必要もなく、誰の血だなどと言う必要もない。まもるに値いする血など有る筈がないのだ、と放言する咢堂に至っては、いささか悪魔の門を潜ってきた凄味《すごみ》を漂わしているのであるが、僕の記憶に間違いがなければ、咢堂夫人はイギリス人であった筈で、こうなると意味が違う。なぜなら純粋に日本人であり、日本人の女房をもち、日本人の娘があるとなかなかこうは言えないものだ。理論よりも本能の方が一応は強力だからである。この本能を潰《つぶ》して正論を摑みだすには確かに悪魔的な眼が必要で、女房や娘を人身御供《ひとみごくう》にあげるくらいの決意がないと言いきれない。咢堂は悪魔の助力なしに之を言いきれる立場にいるのであるが、それにしても、この言葉が人間の一大弱点を道破しており、日本将来の一大問題を提出しているものであることは争えない。共産主義者などは徒《いたず》らに枝葉の空論をふりまく前に、先《ま》ずこの人性の根本的な実相に就て問題を展開する必要があった筈だ。咢堂の世界聯邦論がこの根柢から発展していることは、一つの思想の重量であって、日本の政治家にこれだけの重量ある思想の持主はまずないだろう。この重量は人間性に就ての洞察探求から生れるもので、彼の思想が文学的であるのも、この為《ため》だ。

けれども、ここに問題は、部落的、藩民的、国民的限定を難じ血の一様性を説く咢堂の眼が、更により通俗的な小限定、即ち「家庭」の限定に差向けられていないのは何故《なにゆえ》であろうか。

家庭は人間生活の永遠絶対の様式であるか。男女は夫婦でなければならぬか。国家や部落の対立感情が文化の低さを意味するならば、家庭の構成や家庭的感情も文化の低さを意味しないか。咢堂はこれらのことに就てはふれていない。そして僕の考えによれば、人間の家庭性とか個性というものに就て否定にせよ肯定にせよ誠実なる考察と結論を欠き、いきなり血の一様性や世界聯邦論へ構想を進めることは一種の暴挙であることを附《ふ》言《げん》しなければならぬ。

部落的、藩民的、国家的な対立感情を取除くことによって全ての対立感情が失われるかといえば、決してそうは参らぬ。ここに個人的対立感情があって、この感情は文化の低さに由来するどころか、むしろ文化の高さと共に激化せられる如き性質を示している。即ち、原始社会に於てはむしろ個人的対立感情は低いもので、男女関係はルーズであり、夫婦とか家庭というものもハッキリしておらず、嫉妬《しっと》なども明確ではない。文化の高まるにつれて、家庭の姿は明確となり、嫉妬だの対立競争意識というものは次第にむしろ尖鋭の度を示しているのである。

我々小説家が千年一日の如く男女関係に就て筆を弄《ろう》し、軍人だの道学先生から柔弱男子などと罵《ののし》られているのも、人生の問題は根本に於て個人に帰し、個人的対立の解決なくして人生の解決は有り得ないという厳たる人生の実相から眼を転ずることが出来ないからに外《ほか》ならぬ。

社会主義でも共産主義でも世界聯邦論でも何でも構わぬ。社会機構の革命は一日にして行われるが、人間の変革はそうは行かない。遠くギリシャに於て確立の一歩を踏みだした人間性というものが今日も尚殆《なお》ど変革を示しておらず、進歩の跡も見られない。社会組織の革命によって我々がどういう制服を着るにしても、人間性は変化せず、人間性に於て変りのない限り、人生の真実の幸福は決して社会組織や制服から生みだされるものではないのである。自由といっても惚《ほ》れる自由もあれば、それを拒否する自由もある。平等などと一口に言うが、個という最後の垣に於て人は絶対に平等たり得ぬものである。賢愚、美醜、壮健な肉体もあれば病弱もあり、強情な性癖もあれば触れれば傷つく精神もあるのだ。憎しみもあれば怒りもある。軽蔑もあれば嫉妬もある。人間というものを机上《きじょう》にのせて、如何《いか》なる方程式だの公理によって加減乗除してみても、計算によって答がでてくるシロモノではないのだ。しかも人生の日常の喜怒哀楽というものは此処《ここ》に存しているのであって、社会機構というものは仮の棲家《すみか》にすぎず、ふるさとは人間性の中にある。之なくして人間に生活はない。

ひところ友愛結婚などということが言われて、夫婦が恋人に、恋人が複数の友達に変化するような一部の流行があったけれども、為政家《いせいか》が人間性というものに誠実な考察を払うなら、これらのことは社会制度の根柢に於て考慮せらるべき重要な問題となるであろう。なぜなら人の真実の生活や幸福がそこに存しているからである。為政家が社会制度のみを考えて人間性を忘れるなら、制度は必ず人間によって復讐《ふくしゅう》せられ、欠点を暴露する。

　咢堂の世界聯邦論は人間の対立感情に就ての歴史的考察によって基礎づけられて一応はかなりの重量を示しているが、個の対立に就てなんら着目するところがないのは彼が尚《なお》相当誠意ある人間通でありながら、真に誠実なる人生の求道家ではなかったことを示しているものであろう。

　彼は人の虚飾を憎み、真実なる内容のみを尊重する人の如くでありながら、実は好んで大言壮語し、自らの実力の限定に就て誠意ある内省をもっていない。彼は政治の理論家であるが、実務家ではないのであって、彼は大臣になっても決して立派な成績を上げることはできない。彼が今総理大臣になったところで食糧問題が好転する筈もなく、他の総理大臣よりもましである見込みもない。之を文学にたとえれば、文学理論家であって、小説の書けない男であり、小説が書けないという意味は芸術的な筆力がないというだけでなく、一応の理論はあるが究極的な自我省察が欠けているという意味でもある。日本に於ては異色ある人間的政治家であったけれども、しかも尚《なお》中途半端な思索家だった。

彼が政治家として残した業績の最大なものは彼の反骨で、彼は常に政府の敵で、常により高い真実と道義と理想に燃えていた。之は又、政治家の魂であるよりも、むしろ文学者の魂であったと僕は思う。

文学というものは常に現実に満足せざるところから出発し、いわば現実と常識に対する反骨をもって柱とし、より高き理想をもって屋根とする。政治と妥協する文学は一応は有り得ても、その政治が実現したとき、文学は更にその政治の敵となって前進すべきものである。より高きもの、より美しきもの、文学は光をもとめて永遠に暗夜をすすむ流浪者だ。定住すべき家はない。政治の敵であることによって、政治の真実の友となるのであって、政治は文学によってその欠点を内省すべきものである。なぜなら社会制度によって割りきれない人間性を文学はみつめ、いわば制度の穴の中に文学の問題があるからだ。政治が民衆を扱うとすれば文学は人間を扱う。そして政治、つまりは現実と常識に対する反骨が文学の精神であり、咢堂の精神は概《おおむ》ねかくの如きものであったと僕は思う。

彼は大臣にもなったけれども実務家として無能であって、彼の政治行動は一貫した反骨精神の中に存していた。そしてこの反骨と理想と理論は、議会の議席の中にあって始めて意義を生ずるかといえば、必ずしもそうではない。筆陣を張っても不可はない性質のもので、必ずしも議席を占める意味のない性質のものであった。なるほど政党に所属していたこともあるが、多くは中立であり、中立などというものは議会政治の邪魔者にすぎない。なぜなら、議会政治は現実に即した漸進的《ぜんしんてき》なものであって、直接民衆の福利に即し実務的な効果を以《もっ》て本質とする。漸進的な段階を飛びこした革命的な政治理論は議会とは別のところに存在する。蓋《けだ》し直接民衆の福利に即した政治家は地味であり、大風呂敷《おおぶろしき》の咢堂はそういう辛抱もできないばかりか、その実際の才能もなかった。いわば彼の役割は筆陣だけで充分だったに拘《かかわ》らず、代議士だの大臣などになり、大臣などでは無能でしかなかったにも拘らず、そういうことが忘れられて、政治の神様などと言われているところに、大きな間違いがある。こんな政治の神様がいては困りもので、実際の政治というものは社会主義とかニュー・ディールとか実際に即した福利民福の施策を称するものである。彼にはそういう施策はない。政治家としての実質的な内容に於て、実はゼロであった。つまりは政治理論家にすぎず、理論家としては決して高度の理論の所有者でもなかった。

要するに、咢堂は文学的な精神をもった男であり、「文学の神様」志賀直哉よりは文学的な、人間的な深さをもっているけれども、文学自体の深さにくらべれば低俗な思索家で、真に誠実な人間的懊悩《おうのう》というものは少い。政治家としては最も傍系的人物であるに拘らず、今日の如くジャーナリズムが彼を政治の主流的存在の如く扱うことは甚だ危険であることを忘れてはならぬ。

党派性を難ず

明治維新の大業が藩閥《はんばつ》とか政党閥によって歪《ゆが》められ、あげくの果が軍閥の暴挙となって今日の事態をまねくに至った。閥とか党派根性というものは日本人の弱点であって、それによって日本の生長発展が妨げられてきたことは痛感せられているに拘らず、敗戦後、政治に目覚めよといえば再び党閥に拡《ひろが》る形勢を生じ、正しい批判と内容の目を見失おうとしている。

民衆は先ず「生活」すべきものであって、決して党派人たることを要しない。政友会だから民政党の嫁は貰《もら》わないというのは田舎《いなか》の実話であるよりも笑話であるが、今日でも同じことで、近頃の激化した党派性では、あいつは共産党だから嫁にやらぬとか、あいつはブルジョアの娘だからどうだとか、結局再び同じ笑い話が笑われもせず堂々と横行しはじめる形勢にある。

人間は先ず生活すべきものであり、生活は常により高い理想に向って進むべきものであって、固定してはならないものだ。民衆が政治をもとめ、よりよき政党を欲するのは、自らの生活を高めるための手段としてで、政治家は民衆の公僕だとはその意味だ。先ず民衆の生活があり、その生活によって政党が批判選択せらるべきで、民衆が党派人となることは不要であり、むしろ有害だ。

政治は実際の福利に即して漸進すべきものであり、完璧とか絶対とか永遠性というものはない。政党はその時の状態や条件に応じて民衆の批判を受け、民衆はその都度《つど》事態に適合した政策をもつ政党を選ぶのが良い。明日の政治に社会主義が最適ならばその党を選ぶべく、然《しか》しその党に固定し、又、束縛せられる必要は毫《ごう》もない。ところが日本人は党閥に走りがちで、自ら固定し、束縛せられて、生長とか発展とか、正当な変化や広い視野を好んで限定してしまう。その結果は再び議会政治の正しい運用を忘れ、党派による独裁政治に走ることとなって、国運の不幸を招く結果となり、民衆の生活を不当に歪める事態を生ずるに相違ない。

何故にかかる愚が幾度も繰返さるるかと云えば、先ず「人間は生活すべし」という根本の生活意識、態度が確立せられておらぬからだ。政党などに走る前に、先ず生活し、自我というものを見つめ、自分が何を欲し、何を愛し、何を悲しむか、よく見究めることが必要だ。政治は生活の道具にすぎないので、古い道具はいつでも取変え、より良い道具を選ぶことが必要なだけである。政治の主体はただ自らの生活あるのみ。自らの生活は宇宙の主体でもあって、自我が確立せられてのみ国家も亦《また》確立せられるだろう。

日本に必要なのは制度や政治の確立よりも先ず自我の確立だ。本当に愛したり欲したり悲《かなし》んだり憎んだり、自分自身の偽らぬ本心を見つめ、魂の慟哭《どうこく》によく耳を傾けることが必要なだけだ。自我の確立のないところに、真実の道義や義務や責任の自覚は生れない。近頃の流行によれば学徒や復員軍人が「魂のよりどころを見失って」政党運動に走っているというのであるが、之は筋違いで、政治は人間生活の表皮的な面を改造し得るけれども、真実の生活は人間そのものに拠《よ》る以外に法はない。自我の確立、人間の確立なくして、生活の確立は有り得ない。

堕落論

半年のうちに世相は変った。醜《しこ》の御楯《みたて》といでたつ我は。大君《おおきみ》のへにこそ死なめかへりみはせじ。若者達は花と散ったが、同じ彼等が生き残って闇屋《やみや》となる。ももとせの命ねがはじいつの日か御楯とゆかん君とちぎりて。けなげな心情で男を送った女達も半年の月日のうちに夫君の位牌《いはい》にぬかずくことも事務的になるばかりであろうし、やがて新たな面影を胸に宿すのも遠い日のことではない。人間が変ったのではない。人間は元来そういうものであり、変ったのは世相の上皮《うわかわ》だけのことだ。

昔、四十七士の助命を排して処刑を断行した理由の一つは、彼等が生きながらえて生き恥をさらし折角の名を汚《けが》す者が現れてはいけないという老婆心《ろうばしん》であったそうな。現代の法律にこんな人情は存在しない。けれども人の心情には多分にこの傾向が残っており、美しいものを美しいままで終らせたいということは一般的な心情の一つのようだ。十数年前だかに童貞処女のまま愛の一生を終らせようと大磯《おおいそ》のどこかで心中した学生と娘があったが世人の同情は大きかったし、私自身も、数年前に私と極めて親しかった姪《めい》の一人が二十一の年に自殺したとき、美しいうちに死んでくれて良かったような気がした。一見清楚《せいそ》な娘であったが、壊れそうな危なさがあり真逆様《まっさかさま》に地獄へ堕《お》ちる不安を感じさせるところがあって、その一生を正視するに堪《た》えないような気がしていたからであった。

この戦争中、文士は未亡人の恋愛を書くことを禁じられていた。戦争未亡人を挑発堕落させてはいけないという軍人政治家の魂胆で彼女達に使徒の余生を送らせようと欲していたのであろう。軍人達の悪徳に対する理解力は敏感であって、彼等は女心の変り易さを知らなかったわけではなく、知りすぎていたので、こういう禁止項目を案出に及んだまでであった。

いったいが日本の武人は古来婦女子の心情を知らないと言われているが、之《これ》は皮相の見解で、彼等の案出した武士道という武骨千万な法則は人間の弱点に対する防壁がその最大の意味であった。

武士は仇討《あだうち》のために草の根を分け乞食《こじき》となっても足跡を追いまくらねばならないというのであるが、真に復讐《ふくしゅう》の情熱をもって仇敵《きゅうてき》の足跡を追いつめた忠臣孝子があったであろうか。彼等の知っていたのは仇討の法則と法則に規定された名誉だけで、元来日本人は最も憎悪心の少い又永続しない国民であり、昨日の敵は今日の友という楽天性が実際の偽らぬ心情であろう。昨日の敵と妥協否《いな》肝胆相照すのは日常茶飯事であり、仇敵なるが故に一そう肝胆相照らし、忽ち二君に仕えたがるし、昨日の敵にも仕えたがる。生きて捕虜の恥を受けるべからず、というが、こういう規定がないと日本人を戦闘にかりたてるのは不可能なので、我々は規約に従順であるが、我々の偽らぬ心情は規約と逆なものである。日本戦史は武士道の戦史よりも権謀術数の戦史であり、歴史の証明にまつよりも自我の本心を見つめることによって歴史のカラクリを知り得るであろう。今日の軍人政治家が未亡人の恋愛に就《つ》いて執筆を禁じた如《ごと》く、古《いにしえ》の武人は武士道によって自らの又部下達の弱点を抑える必要があった。

小林秀雄は政治家のタイプを独創をもたずただ管理し支配する人種と称しているが、必ずしもそうではないようだ。政治家の大多数は常にそうであるけれども、少数の天才は管理や支配の方法に独創をもち、それが凡庸《ぼんよう》な政治家の規範となって個々の時代、個々の政治を貫く一つの歴史の形で巨大な生き者の意志を示している。政治の場合に於《おい》て、歴史は個をつなぎ合せたものではなく、個を没入せしめた別個の巨大な生物となって誕生し、歴史の姿に於て政治も亦《また》巨大な独創を行っているのである。この戦争をやった者は誰であるか、東条であり軍部であるか。そうでもあるが、然《しか》し又、日本を貫く巨大な生物、歴史のぬきさしならぬ意志であったに相違ない。日本人は歴史の前ではただ運命に従順な子供であったにすぎない。政治家によし独創はなくとも、政治は歴史の姿に於て独創をもち、意慾《いよく》をもち、やむべからざる歩調をもって大海の波の如くに歩いて行く。何人《なんぴと》が武士道を案出したか。之も亦《また》歴史の独創、又は嗅覚《きゅうかく》であったであろう。歴史は常に人間を嗅《か》ぎだしている。そして武士道は人性や本能に対する禁止条項である為《ため》に非人間的、反人性的なものであるが、その人性や本能に対する洞察の結果である点に於ては全く人間的なものである。

私は天皇制に就いても、極めて日本的な(従って或いは独創的な)政治的作品を見るのである。天皇制は天皇によって生みだされたものではない。天皇は時に自ら陰謀を起したこともあるけれども、概して何もしておらず、その陰謀は常に成功のためしがなく、島流しとなったり、山奥へ逃げたり、そして結局常に政治的理由によってその存立を認められてきた。社会的に忘れた時にすら政治的に担ぎだされてくるのであって、その存立の政治的理由はいわば政治家達の嗅覚によるもので、彼等は日本人の性癖を洞察し、その性癖の中に天皇制を発見していた。それは天皇家に限るものではない。代り得るものならば、孔子《こうし》家でも釈迦《しゃか》家でもレーニン家でも構わなかった。ただ代り得なかっただけである。

すくなくとも日本の政治家達(貴族や武士)は自己の永遠の隆盛(それは永遠ではなかったが、彼等は永遠を夢みたであろう)を約束する手段として絶対君主の必要を嗅ぎつけていた。平安時代の藤原氏《ふじわら》は天皇の擁立《ようりつ》を自分勝手にやりながら、自分が天皇の下位であるのを疑《うたぐ》りもしなかったし、迷惑にも思っていなかった。天皇の存在によって御家騒動の処理をやり、弟は兄をやりこめ、兄は父をやっつける。彼等は本能的な実質主義者であり、自分の一生が愉《たの》しければ良かったし、そのくせ朝儀を盛大にして天皇を拝賀する奇妙な形式が大好きで、満足していた。天皇を拝むことが、自分自身の威厳を示し、又、自ら威厳を感じる手段でもあったのである。

我々にとっては実際馬鹿げたことだ。我々は靖国神社《やすくにじんじゃ》の下を電車が曲るたびに頭を下げさせられる馬鹿らしさには閉口したが、或種の人々にとっては、そうすることによってしか自分を感じることが出来ないので、我々は靖国神社に就いてはその馬鹿らしさを笑うけれども、外《ほか》の事柄に就いて、同じような馬鹿げたことを自分自身でやっている。そして自分の馬鹿らしさには気づかないだけのことだ。宮本武蔵《みやもとむさし》は一乗寺下り松《いちじょうじさがりまつ》の果し場へ急ぐ途中、八幡様《はちまんさま》の前を通りかかって思わず拝みかけて思いとどまったというが、吾《われ》神仏をたのまずという彼の教訓は、この自らの性癖に発し又向けられた悔恨深い言葉であり、我々は自発的にはずいぶん馬鹿げたものを拝み、ただそれを意識しないというだけのことだ。道学先生は教壇で先ず書物をおしいただくが、彼はそのことに自分の威厳と自分自身の存在すらも感じているのであろう。そして我々も何かにつけて似たことをやっている。

日本人の如く権謀術数を事とする国民には権謀術数のためにも大義名分のためにも天皇が必要で、個々の政治家は必ずしもその必要を感じていなくとも、歴史的な嗅覚に於て彼等はその必要を感じるよりも自らの居る現実を疑ることがなかったのだ。秀吉は聚楽《じゅらく》に行幸を仰いで自ら盛儀に泣いていたが、自分の威厳をそれによって感じると同時に、宇宙の神をそこに見ていた。これは秀吉の場合であって、他の政治家の場合ではないが、権謀術数がたとえば悪魔の手段にしても、悪魔が幼児の如くに神を拝むことも必ずしも不思議ではない。どのような矛盾も有り得るのである。

要するに天皇制というものも武士道と同種のもので、女心は変り易いから「節婦は二夫に見《まみ》えず」という、禁止自体は非人間的、反人性的であるけれども、洞察の真理に於て人間的であることと同様に、天皇制自体は真理ではなく、又、自然でもないが、そこに至る歴史的な発見や洞察に於て軽々しく否定しがたい深刻な意味を含んでおり、ただ表面的な真理や自然法則だけでは割り切れない。

まったく美しいものを美しいままで終らせたいなどと希《ねが》うことは小さな人情で、私の姪の場合にしたところで、自殺などせず生きぬきそして地獄に堕ちて暗黒の曠野《こうや》をさまようことを希うべきであるかも知れぬ。現に私自身が自分に課した文学の道とはかかる曠野の流浪であるが、それにも拘《かかわ》らず美しいものを美しいままで終らせたいという小さな希いを消し去るわけにも行かぬ。未完の美は美ではない。その当然堕ちるべき地獄での遍歴に淪落《りんらく》自体が美でありうる時に始めて美とよびうるのかも知れないが、二十の処女をわざわざ六十の老醜の姿の上で常に見つめなければならぬのか。これは私には分らない。私は二十の美女を好む。死んでしまえば身も蓋《ふた》もないというが、果してどういうものであろうか。敗戦して、結局気の毒なのは戦歿《せんぼつ》した英霊達だ、という考え方も私は素直に肯定することができない。けれども、六十すぎた将軍達が尚《なお》生に恋々《れんれん》として法廷にひかれることを思うと、何が人生の魅力であるか、私には皆目分らず、然し恐らく私自身も、もしも私が六十の将軍であったなら矢張り生に恋々として法廷にひかれるであろうと想像せざるを得ないので、私は生という奇怪な力にただ茫然たるばかりである。私は二十の美女を好むが老将軍も亦《また》二十の美女を好んでいるのか。そして戦歿の英霊が気の毒なのも二十の美女を好む意味に於てであるか。そのように姿の明確なものなら、私は安心することもできるし、そこから一途《いちず》に二十の美女を追っかける信念すらも持ちうるのだが、生きることは、もっとわけの分らぬものだ。

私は血を見ることが非常に嫌いで、いつか私の眼前で自動車が衝突したとき、私はクルリと振向いて逃げだしていた。けれども私は偉大な破壊が好きであった。私は爆弾や焼夷弾《しょういだん》に戦《おのの》きながら、狂暴な破壊に劇《はげ》しく亢奮《こうふん》していたが、それにも拘らず、このときほど人間を愛しなつかしんでいた時はないような思いがする。

私は疎開をすすめ又すすんで田舎の住宅を提供しようと申出てくれた数人の親切をしりぞけて東京にふみとどまっていた。大井広介《おおいひろすけ》の焼跡の防空壕《ぼうくうごう》を最後の拠点にするつもりで、そして九州へ疎開する大井広介と別れたときは東京からあらゆる友達を失った時でもあったが、やがて敵が上陸し四辺に重砲弾の炸裂《さくれつ》するさなかにその防空壕に息をひそめている私自身を想像して、私はその運命を甘受し待ち構える気持になっていたのである。私は死ぬかも知れぬと思っていたが、より多く生きることを確信していたに相違ない。然し廃墟《はいきょ》に生き残り、何か抱負を持っていたかと云《い》えば、私はただ生き残ること以外の何の目算もなかったのだ。予想し得ぬ新世界への不思議な再生。その好奇心は私の一生の最も新鮮なものであり、その奇怪な鮮度に対する代償としても東京にとどまることを賭《か》ける必要があるという奇妙な呪文《じゅもん》に憑《つ》かれていたというだけであった。そのくせ私は臆病で、昭和二十年の四月四日という日、私は始めて四周に二時間にわたる爆撃を経験したのだが、頭上の照明弾で昼のように明るくなった、そのとき丁度《ちょうど》上京していた次兄が防空壕の中から焼夷弾かと訊《き》いた、いや照明弾が落ちてくるのだと答えようとした私は一応腹に力を入れた上でないと声が全然でないという状態を知った。又、当時日本映画社の嘱託《しょくたく》だった私は銀座が爆撃された直後、編隊の来襲を銀座の日映の屋上で迎えたが、五階の建物の上に塔があり、この上に三台のカメラが据えてある。空襲警報になると路上、窓、屋上、銀座からあらゆる人の姿が消え、屋上の高射砲陣地すらも掩《えん》壕《ごう》に隠れて人影はなく、ただ天地に露出する人の姿は日映屋上の十名程の一団のみであった。先ず石川島に焼夷弾の雨がふり、次の編隊が真上へくる。私は足の力が抜け去ることを意識した。煙草《たばこ》をくわえてカメラを編隊に向けている憎々しいほど落着いたカメラマンの姿に驚嘆したのであった。

けれども私は偉大な破壊を愛していた。運命に従順な人間の姿は奇妙に美しいものである。麹町《こうじまち》のあらゆる大邸宅が嘘《うそ》のように消《き》え失《う》せて余燼《よじん》をたてており、上品な父と娘がたった一つの赤皮のトランクをはさんで濠端《ほりばた》の緑草の上に坐っている。片側に余燼をあげる茫々《ぼうぼう》たる廃墟がなければ、平和なピクニックと全く変るところがない。ここも消え失せて茫々ただ余燼をたてている道玄坂では、坂の中途にどうやら爆撃のものではなく自動車にひき殺されたと思われる死体が倒れており、一枚のトタンがかぶせてある。かたわらに銃剣の兵隊が立っていた。行く者、帰る者、罹《り》災者《さいしゃ》達の蜿蜒《えんえん》たる流れがまことにただ無心の流れの如くに死体をすりぬけて行き交い、路上の鮮血にも気づく者すら居らず、たまさか気づく者があっても、捨てられた紙屑《かみくず》を見るほどの関心しか示さない。

米人達は終戦直後の日本人は虚脱し放心していると言ったが、爆撃直後の罹災者達の行進は虚脱や放心と種類の違った驚くべき充満と重量をもつ無心であり、素直な運命の子供であった。笑っているのは常に十五、六、十六、七の娘達であった。彼女等の笑顔は爽《さわ》やかだった。焼跡をほじくりかえして焼けたバケツへ掘りだした瀬戸物を入れていたり、わずかばかりの荷物の張番をして路上に日向《ひなた》ぼっこをしていたり、この年頃の娘達は未来の夢でいっぱいで現実などは苦にならないのであろうか、それとも高い虚栄心のためであろうか。私は焼野原に娘達の笑顔を探すのがたのしみであった。

あの偉大な破壊の下では、運命はあったが、堕落はなかった。無心であったが、充満していた。猛火をくぐって逃げのびてきた人達は燃えかけている家のそばに群がって寒さの暖をとっており、同じ火に必死に消火につとめている人々から一尺離れているだけで全然別の世界にいるのであった。偉大な破壊、その驚くべき愛情。偉大な運命、その驚くべき愛情。それに比べれば、敗戦の表情はただの堕落にすぎない。

だが、堕落ということの驚くべき平凡さや平凡な当然さに比べると、あのすさまじい偉大な破壊の愛情や運命に従順な人間達の美しさも、泡沫《ほうまつ》のような虚《むな》しい幻影にすぎないという気持がする。

徳川幕府の思想は四十七士を殺すことによって永遠の義士たらしめようとしたのだが、

四十七名の堕落のみは防ぎ得たにしたところで、人間自体が常に義士から凡俗へ又地獄へ転落しつづけていることを防ぎうるよしもない。節婦は二夫に見えず、忠臣は二君に仕えず、と規約を制定してみても人間の転落は防ぎ得ず、よしんば処女を刺し殺してその純潔を保たしめることに成功しても、堕落の平凡な跫音《あしおと》、ただ打ちよせる波のようなその当然な跫音に気づくとき、人為の卑小さ、人為によって保ち得た処女の純潔の卑小さなどは泡沫の如き虚しい幻像にすぎないことを見出さずにいられない。

特攻隊の勇士はただ幻影であるにすぎず、人間の歴史は闇屋となるところから始《はじま》るのではないのか。未亡人が使徒たることも幻影にすぎず、新たな面影を宿すところから人間の歴史が始まるのではないのか。そして或いは天皇もただ幻影であるにすぎず、ただの人間になるところから真実の天皇の歴史が始まるのかも知れない。

歴史という生き物の巨大さと同様に人間自体も驚くほど巨大だ。生きるということは実に唯一の不思議である。六十七十の将軍達が切腹もせず轡《くつわ》を並べて法廷にひかれるなどとは終戦によって発見された壮観な人間図であり、日本は負け、そして武士道は亡《ほろ》びたが、堕落という真実の母胎によって始めて人間が誕生したのだ。生きよ堕ちよ、その正当な手順の外《ほか》に、真に人間を救い得る便利な近道が有りうるだろうか。私はハラキリを好まない。昔、松永弾正《まつながだんじょう》という老獪陰鬱《ろうかいいんうつ》な陰謀家は信長に追いつめられて仕方なく城を枕に討死《うちじに》したが、死ぬ直前に毎日の習慣通り延命の灸《きゅう》をすえ、それから鉄砲を顔に押し当て顔を打ち砕いて死んだ。そのときは七十をすぎていたが、人前で平気で女と戯《たわむ》れる悪どい男であった。この男の死に方には同感するが、私はハラキリは好きではない。

私は戦きながら、然し、惚れ惚れとその美しさに見とれていたのだ。私は考える必要がなかった。そこには美しいものがあるばかりで、人間がなかったからだ。実際、泥棒すらもいなかった。近頃の東京は暗いというが、戦争中は真の闇で、そのくせどんな深夜でもオイハギなどの心配はなく、暗闇の深夜を歩き、戸締《とじまり》なしで眠っていたのだ。戦争中の日本は嘘のような理想郷で、ただ虚しい美しさが咲きあふれていた。それは人間の真実の美しさではない。そしてもし我々が考えることを忘れるなら、これほど気楽なそして壮観な見世物はないだろう。たとえ爆弾の絶えざる恐怖があるにしても、考えることがない限り、人は常に気楽であり、ただ惚れ惚れと見とれていれば良かったのだ。私は一人の馬鹿であった。最も無邪気に戦争と遊び戯れていた。

終戦後、我々はあらゆる自由を許されたが、人はあらゆる自由を許されたとき、自らの不可解な限定とその不自由さに気づくであろう。人間は永遠に自由では有り得ない。なぜなら人間は生きており、又、死なねばならず、そして人間は考えるからだ。政治上の改革は一日にして行われるが、人間の変化はそうは行かない。遠くギリシャに発見され確立の一歩を踏みだした人性が、今日、どれほどの変化を示しているであろうか。

人間。戦争がどんなすさまじい破壊と運命をもって向うにしても人間自体をどう為《な》しうるものでもない。戦争は終った。特攻隊の勇士はすでに闇屋となり、未亡人はすでに新たな面影によって胸をふくらませているではないか。人間は変りはしない。ただ人間へ戻ってきたのだ。人間は堕落する。義士も聖女も堕落する。それを防ぐことはできないし、防ぐことによって人を救うことはできない。人間は生き、人間は堕ちる。そのこと以外の中に人間を救う便利な近道はない。

戦争に負けたから堕ちるのではないのだ。人間だから堕ちるのであり、生きているから堕ちるだけだ。だが人間は永遠に堕ちぬくことはできないだろう。なぜなら人間の心は苦難に対して鋼鉄の如くでは有り得ない。人間は可憐《かれん》であり脆弱《ぜいじゃく》であり、それ故《ゆえ》愚かなものであるが、堕ちぬくためには弱すぎる。人間は結局処女を刺殺せずにはいられず、武士道をあみださずにはいられず、天皇を担ぎださずにはいられなくなるであろう。だが他人の処女でなしに自分自身の処女を刺殺し、自分自身の武士道、自分自身の天皇をあみだすためには、人は正しく堕ちる道を堕ちきることが必要なのだ。そして人の如くに日本も亦《また》堕ちることが必要であろう。堕ちる道を堕ちきることによって、自分自身を発見し、救わなければならない。政治による救いなどは上皮だけの愚にもつかない物である。

堕落論〔続堕落論〕

敗戦後国民の道義頽廃《たいはい》せりというのだが、然《しか》らば戦前の「健全」なる道義に復することが望ましきことなりや、賀すべきことなりや、私は最も然らずと思う。

私の生れ育った新潟市は石油の産地であり、したがって石油成金の産地でもあるが、私が小学校のころ、中野貫一という成金の一人が産をなして後も大いに倹約であり、停車場から人力車に乗ると値がなにがしか高いので万代橋《ばんだいばし》という橋の袂《たもと》まで歩いてきてそこで安い車を拾うという話を校長先生の訓辞に於《おい》て幾度となくきかされたものであった。ところが先日郷里の人がきての話に、この話が今日では新津某という新しい石油成金の逸話に変り、現に尚《なお》新潟市民の日常の教訓となり、生活の規範となっていることを知った。

百万長者が五十銭の車代を三十銭にねぎることが美徳なりや。我等の日常お手本とすべき生活であるか。この話一つに就《つい》ての問題ではない。問題はかかる話の底をつらぬく精神であり、生活のありかたである。

戦争中私は日本映画社というところで嘱託《しょくたく》をしていた。そのとき、やっぱり嘱託の一人にSという新聞聯合《しんぶんれんごう》の理事だか何かをしている威勢のいい男がいて、談論風発、吉川英治と佐藤紅緑《さとうこうろく》が日本で偉い文学者だとか、そういう大先生であるが、会議の席でこういう映画を作ったらよかろうと言って意見をのべた。その映画というのは老いたる農夫のゴツゴツ節くれた手だとかツギハギの着物だとか、父から子へ子から孫へ伝えられる忍苦と耐乏の魂の象徴を綴《つづ》り合せ映せという、なぜなら日本文化は農村文化でなければならず、農村文化から都会文化に移ったところに日本の堕落があり、今日の悲劇があるからだ、というのであった。

この話は会議の席では大いに反響をよんだもので専務(事実上の社長)などは大感服、僕をかえりみて、君あれを脚本にしないかなどと言われて、私は御辞退申上げるのに苦労したものであるが、この話とてもこの場かぎりの戦時中の一場の悪夢ではないだろう。戦争中は農村文化へかえれ、農村の魂へかえれ、ということが絶叫しつづけられていたのであるが、それは一時の流行の思想であるとともに、日本大衆の精神でもあった。

一口に農村文化というけれども、そもそも農村に文化があるか。盆踊りだのお祭礼風俗だの、耐乏精神だの本能的な貯蓄精神はあるかも知れぬが、文化の本質は進歩ということで、農村には進歩に関する毛一筋の影だにない。あるものは排他精神と、他へ対する不信、疑ぐり深い魂だけで、損得の執拗《しつよう》な計算が発達しているだけである。農村は淳《じゅん》朴《ぼく》だという奇妙な言葉が無反省に使用せられてきたものだが、元来農村はその成立の始めから淳朴などという性格はなかった。

大化改新以来、農村精神とは脱税を案出する不撓《ふとう》不屈《ふくつ》の精神で、浮浪人となって脱税し、戸籍をごまかして脱税し、そして彼等農民達の小さな個々の悪戦苦闘の脱税行為が実は日本経済の結び目であり、それによって荘園が起り、荘園が栄え、荘園が衰え、貴族が亡《ほろ》びて武士が興《おこ》った。農民達の税との戦い、その不撓不屈の脱税行為によって日本の政治が変動し、日本の歴史が移り変っている。人を見たら泥棒と思えというのが王朝の農村精神であり、事実群盗横行し、地頭はころんだときでも何か摑《つか》んで起き上るという達人であるから、他への不信、排他精神というものは農村の魂であった。彼等は常に受身である。自分の方からこうしたいとは言わず、又、言い得ない。その代り押しつけられた事柄を彼等独特のずるさによって処理しておるので、そしてその受身のずるさが、孜々《しし》として、日本の歴史を動かしてきたのであった。

日本の農村は今日に於ても尚奈《なお》良朝の農村である。今日諸方の農村に於《お》ける相似た民事裁判の例、境界のウネを五寸三寸ずつ動かして隣人を裏切り、証文なしで田を借りて返さず親友を裏切る、彼等は親友隣人を執拗に裏切りつづけているではないか。損得という利害の打算が生活の根柢《こんてい》で、より高い精神への渇望、自我の内省と他の発見は農村の精神に見出すことができない。他の発見のないところに真実の文化が有りうべき筈《はず》はない。自我の省察のないところに文化の有りうべき筈はない。

農村の美徳は耐乏、忍苦の精神だという。乏しきに耐える精神などがなんで美徳であるものか。必要は発明の母と言う。乏しきに耐えず、不便に耐え得ず、必要を求めるところに発明が起り、文化が起り、進歩というものが行われてくるのである。日本の兵隊は耐乏の兵隊で、便利の機械は渇望されず、肉体の酷使耐乏が謳歌《おうか》せられて、兵器は発達せず、根柢的に作戦の基礎が欠けてしまって、今日の無残極まる大敗北となっている。あに兵隊のみならんや。日本の精神そのものが耐乏の精神であり、変化を欲せず、進歩を欲せず、憧憬讃美が過去へむけられ、たまさかに現れいでる進歩的精神はこの耐乏的反動精神の一撃を受けて常に過去へ引き戻されてしまうのである。

必要は発明の母という。その必要をもとめる精神を日本ではナマクラの精神などと云《い》い、耐乏を美徳と称す。一里二里は歩けという。五階六階へエレベータアなどとはナマクラ千万の根性だという。機械に頼って勤労精神を忘れるのは亡国のもとだという。すべてがあべこべなのだ。真理は偽らぬものである。即《すなわ》ち真理によって復讐《ふくしゅう》せられ、肉体の勤労にたより、耐乏の精神にたよって今日亡国の悲運をまねいたではないか。

ボタン一つ押し、ハンドルを廻《まわ》すだけですむことを、一日中エイエイ苦労して、汗の結晶だの勤労のよろこびなどと、馬鹿げた話である。しかも日本全体が、日本の根柢そのものが、かくの如《ごと》く馬鹿げきっているのだ。

いまだに代議士諸公は天皇制について皇室の尊厳などと馬鹿げきったことを言い、大騒ぎをしている。天皇制というものは日本歴史を貫く一つの制度ではあったけれども、天皇の尊厳というものは常に利用者の道具にすぎず、真に実在したためしはなかった。

藤原《ふじわら》氏や将軍家にとって何がために天皇制が必要であったか。何が故《ゆえ》に彼等自身が最高の主権を握らなかったか。それは彼等が自ら主権を握るよりも、天皇制が都合がよかったからで、彼らは自分自身が天下に号令するよりも、天皇に号令させ、自分がまっさきにその号令に服従してみせることによって号令が更によく行きわたることを心得ていた。その天皇の号令とは天皇自身の意志ではなく、実は彼等の号令であり、彼等は自分の欲するところを天皇の名に於て行い、自分が先《ま》ずまっさきにその号令に服してみせる、自分が天皇に服す範を人民に押しつけることによって、自分の号令を押しつけるのである。

自分自らを神と称し絶対の尊厳を人民に要求することは不可能だ。だが、自分が天皇にぬかずくことによって天皇を神たらしめ、それを人民に押しつけることは可能なのである。そこで彼等は天皇の擁立《ようりつ》を自分勝手にやりながら、天皇の前にぬかずき、自分がぬかずくことによって天皇の尊厳を人民に強要し、その尊厳を利用して号令していた。

それは遠い歴史の藤原氏や武家のみの物語ではないのだ。見給え。この戦争がそうではないか。実際天皇は知らないのだ。命令してはいないのだ。ただ軍人の意志である。満洲《まんしゅう》の一角で事変の火の手があがったという。北支の一角で火の手が切られたという。甚《はなはだ》しい哉《かな》、総理大臣までその実相を告げ知らされていない。何たる軍部の専断横行であるか。しかもその軍人たるや、かくの如くに天皇をないがしろにし、根柢的に天皇を冒瀆《ぼうとく》しながら、盲目的に天皇を崇拝《すうはい》しているのである。ナンセンス！　ああナンセンス極まれり。しかもこれが日本歴史を一貫する天皇制真実の相であり、日本史の偽らざる実体なのである。

藤原氏の昔から、最も天皇を冒瀆する者が最も天皇を崇拝していた。彼等は真に骨の髄《ずい》から盲目的に崇拝し、同時に天皇をもてあそび、我が身の便利の道具とし、冒瀆の限りをつくしていた。現代に至るまで、そして、現在も尚、代議士諸公は天皇の尊厳を云々《うんぬん》し、国民は又、概《おおむ》ねそれを支持している。

昨年八月十五日、天皇の名によって終戦となり、天皇によって救われたと人々は言うけれども、日本歴史の証するところを見れば、常に天皇とはかかる非常の処理に対して日本歴史のあみだした独創的な作品であり方策であり、奥の手であり、軍部はこの奥の手を本能的に知っており、我々国民又この奥の手を本能的に待ちかまえており、かくて軍部日本人合作の大詰《おおづめ》の一幕が八月十五日となった。

たえがたきを忍び、忍びがたきを忍んで、朕《ちん》の命令に服してくれという。すると国民は泣いて、外《ほか》ならぬ陛下の命令だから、忍びがたいけれども忍んで負けよう、と言う。嘘をつけ！　嘘をつけ！　嘘をつけ！

我等国民は戦争をやめたくて仕方がなかったのではないか。竹槍《たけやり》をしごいて戦車に立ちむかい土人形の如くにバタバタ死ぬのが厭《いや》でたまらなかったのではないか。戦争の終ることを最も切に欲していた。そのくせ、それが言えないのだ。そして大義名分と云い、又、天皇の命令という。忍びがたきを忍ぶという。何というカラクリだろう。惨《みじ》めとも又なさけない歴史的大偽瞞《だいぎまん》ではないか。しかも我等はその偽瞞を知らぬ。天皇の停戦命令がなければ、実際戦車に体当りをし、厭々ながら勇壮に土人形となってバタバタ死んだのだ。最も天皇を冒瀆する軍人が天皇を崇拝するが如くに、我々国民はさのみ天皇を崇拝しないが、天皇を利用することには狎《な》れており、その自らの狡猾《こうかつ》さ、大義名分というずるい看板をさとらずに、天皇の尊厳の御利益《ごりやく》を謳歌している。何たるカラクリ、又、狡猾さであろうか。我々はこの歴史的カラクリに憑《つ》かれ、そして、人間の、人性の、正しい姿を失ったのである。

人間の、又人性の正しい姿とは何ぞや。欲するところを素直に欲し、厭な物を厭だと言う、要はただそれだけのことだ。好きなものを好きだという、好きな女を好きだという、大義名分だの、不義は御法度《ごはっと》だの、義理人情というニセの着物をぬぎさり、赤裸々《せきらら》な心になろう、この赤裸々な姿を突きとめ見つめることが先ず人間の復活の第一条件だ。そこから自我と、そして人性の、真実の誕生と、その発足が始められる。

日本国民諸君、私は諸君に日本人、及び日本自体の堕落を叫ぶ。日本及び日本人は堕落しなければならぬと叫ぶ。

天皇制が存続し、かかる歴史的カラクリが日本の観念にからみ残って作用する限り、日本に人間の、人性の正しい開花はのぞむことができないのだ。人間の正しい光は永遠にとざされ、真の人間的幸福も、人間的苦悩も、すべて人間の真実なる姿は日本を訪れる時がないだろう。私は日本は堕落せよと叫んでいるが、実際の意味はあべこべであり、現在の日本が、そして日本的思考が、現に大いなる堕落に沈淪《ちんりん》しているのであって、我々はかかる封建遺制のカラクリにみちた「健全なる道義」から転落し、裸となって真実の大地へ降り立たなければならない。我々は「健全なる道義」から堕落することによって、真実の人間へ復帰しなければならない。

天皇制だの武士道だの、耐乏の精神だの、五十銭を三十銭にねぎる美徳だの、かかる諸々《もろもろ》のニセの着物をはぎとり、裸となり、ともかく人間となって出発し直す必要がある。さもなければ、我々は再び昔日の偽瞞の国へ逆戻りするばかりではないか。先ず裸となり、とらわれたるタブーをすて、己れの真実の声をもとめよ。未亡人は恋愛し地獄へ落ちよ。復員軍人は闇屋となれ。堕落自体は悪いことにきまっているが、モトデをかけずにホンモノをつかみだすことはできない。表面の綺麗《きれい》ごとで真実の代償を求めることは無理であり、血を賭《か》け、肉を賭け、真実の悲鳴を賭けねばならぬ。堕落すべき時には、まっとうに、まっさかさまに堕《お》ちねばならぬ。道義頽廃、混乱せよ。血を流し、毒にまみれよ。先ず地獄の門をくぐって天国へよじ登らねばならない。手と足の二十本の爪《つめ》を血ににじませ、はぎ落して、じりじりと天国へ近づく以外に道があろうか。

堕落自体は常につまらぬものであり、悪であるにすぎないけれども、堕落のもつ性格の一つには孤独という偉大なる人間の実相が厳として存している。即ち堕落は常に孤独なものであり、他の人々に見すてられ、父母にまで見すてられ、ただ自らに頼る以外に術《すべ》のない宿命を帯びている。

善人は気楽なもので、父母兄弟、人間共の虚しい義理や約束の上に安眠し、社会制度というものに全身を投げかけて平然として死んで行く。だが堕落者は常にそこからハミだして、ただ一人曠野《こうや》を歩いて行くのである。悪徳はつまらぬものであるけれども、孤独という通路は神に通じる道であり、善人なほもて往生をとぐ、いはんや悪人をや、とはこの道だ。キリストが淫売婦《いんばいふ》にぬかずくのもこの曠野のひとり行く道に対してであり、この道だけが天国に通じているのだ。何万、何億の堕落者は常に天国に至り得ず、むなしく地獄をひとりさまようにしても、この道が天国に通じているということに変りはない。

悲しい哉、人間の実相はここにある。然り、実に悲しい哉、人間の実相はここにある。この実相は社会制度により、政治によって、永遠に救い得べきものではない。

尾崎咢堂《おざきがくどう》は政治の神様だというのであるが、終戦後、世界聯邦論《せかいれんぽうろん》ということを唱えはじめた。彼によると、原始的な人間は部落と部落で対立していた。明治までの日本には、まだ日本という観念がなく、藩と藩とで対立しており、日本人ではなく、藩人であった。そこで非藩人というものが現れ、藩の対立意識を打破することによって日本人が誕生したのである。現在の日本人は日本国人で、国によって対立しているが、明治に於ける非藩人の如く、非国民となり、国家意識を破ることによって国際人となることが必要で、非国民とは大いに名誉な言葉であると称している。これが彼の世界聯邦論の根柢で、日本人だの米国人だの支那人だのと区別するのは尚《なお》原始的思想の残りに憑かれてのことであり、世界人となり、万民国籍の区別など失うのが正しいという論である。一応傾聴すべき論であり、日本人の血などと称して後生大事にまもるべき血などある筈がない、と放言するあたり、いささか鬼気を感ぜしむる凄味《すごみ》があるのだが、私の記憶に誤りがなければ彼の夫人はフランス人の筈であり、日本人の女房があり、日本人の娘があると、却々《なかなか》こうは言いきれない。

だが、私は敢《あえ》て咢堂に問う。咢堂曰《いわ》く、原始人は部落と部落で対立し、少し進んで藩と藩で対立し、国と国とで対立し、所詮《しょせん》対立は文化の低いせいだというが、果して然りや。咢堂は人間という大事なことを忘れているのだ。

対立感情は文化の低いせいだというが、国と国の対立がなくなっても、人間同志、一人と一人の対立は永遠になくならぬ。むしろ、文化の進むにつれて、この対立は激しくなるばかりなのである。

原始人の生活に於ては、家庭というものは確立しておらず、多夫多妻野合であり、嫉《しっ》妬《と》もすくなく、個の対立というものは極めて稀薄《きはく》だ。文化の進むにつれて家庭の姿は明確となり、個の対立は激化し、尖鋭化する一方なのである。

この人間の対立、この基本的な、最大の深淵を忘れて対立感情を論じ、世界聯邦論を唱え、人間の幸福を論じて、それが何のマジナイになるというのか。家庭の対立、個人の対立、これを忘れて人間の幸福を論ずるなどとは馬鹿げきった話であり、然《しか》して、政治というものは、元来こういうものなのである。

共産主義も要するに世界聯邦論の一つであるが、彼等も人間の対立に就て、人間に就て、人性に就て、咢堂と大同小異の不用意を暴露している。蓋《けだ》し、政治は、人間に、又、人性にふれることは不可能なのだ。

政治、そして社会制度は目のあらい網であり、人間は永遠に網にかからぬ魚である。天皇制というカラクリを打破して新たな制度をつくっても、それも所詮カラクリの一つの進化にすぎないこともまぬかれがたい運命なのだ。人間は常に網からこぼれ、堕落し、そして制度は人間によって復讐される。

私は元来世界聯邦も大いに結構だと思っており、咢堂の説く如く、まもるに価する日本人の血など有りはしないと思っているが、然《しか》しそれによって人間が幸福になりうるか、人の幸福はそういうところには存在しない。人の真実の生活は左様《さよう》なところには存在しない。日本人が世界人になることは不可能ではなく、実は案外簡単になりうるものであるのだが、人間と人間、個の対立というものは永遠に失わるべきものではなく、しかして、人間の真実の生活とは、常にただこの個の対立の生活の中に存しておる。この生活は世界聯邦論だの共産主義などというものが如何《いか》ように逆立ちしても、どう為《な》し得るものでもない。しかして、この個の生活により、その魂の声を吐くものを文学という。文学は常に制度の、又、政治への反逆であり、人間の制度に対する復讐であり、しかして、その反逆と復讐によって政治に協力しているのだ。反逆自体が協力なのだ。愛情なのだ。これは文学の宿命であり、文学と政治との絶対不変の関係なのである。

人間の一生ははかないものだが、又、然し、人間というものはベラボーなオプチミストでトンチンカンなわけの分らぬオッチョコチョイの存在で、あの戦争の最中に、東京の人達の大半は家をやかれ、壕《ごう》にすみ、雨にぬれ、行きたくても行き場がないとこぼしていたが、そういう人もいたかも知れぬが、然し、あの生活に妙な落付《おちつき》と訣別《けつべつ》しがたい愛情を感じだしていた人間も少くなかった筈で、雨にはぬれ、爆撃にはビクビクしながら、その毎日を結構たのしみはじめていたオプチミストが少くなかった。私の近所のオカミサンは爆撃のない日は退屈ねと井戸端会議でふともらして皆に笑われてごまかしたが、笑った方も案外本音はそうなのだと私は思った。闇《やみ》の女は社会制度の欠陥だと言うが、本人達の多くは徴用されて機械にからみついていた時より面白いと思っているかも知れず、女に制服をきせて号令かけて働かせて、その生活が健全だと断定は為しうべきものではない。

生々流転、無限なる人間の永遠の未来に対して、我々の一生などは露の命であるにすぎず、その我々が絶対不変の制度だの永遠の幸福を云々《うんぬん》し未来に対して約束するなどチョコザイ千万なナンセンスにすぎない。無限又永遠の時間に対して、その人間の進化に対して、恐るべき冒瀆ではないか。我々の為しうることは、ただ、少しずつ良くなれ、ということで、人間の堕落の限界も、実は案外、その程度でしか有り得ない。人は無限に堕ちきれるほど堅牢《けんろう》な精神にめぐまれていない。何物かカラクリにたよって落下をくいとめずにいられなくなるであろう。そのカラクリを、つくり、そのカラクリをくずし、そして人間はすすむ。堕落は制度の母胎であり、そのせつない人間の実相を我々は先ず最もきびしく見つめることが必要なだけだ。

武者ぶるい論

妖雲《ようウん》天地にたちこめ、円盤空をとび、巷《ちまた》の天文家は戦争近しと睨《にら》んだ形跡であるが、こと私自身に関しては、戦争になっても余り困らない人間だ。どうなろうと運命だから仕方がないという考えは私の持病なのだから。もっとも、運命とみて仕方がねえやと言うだけで、火の子だの地震だの戦争に追いまくられるのが好きな性分ではない。

強いて闘争を好まず、ただ運命に対処する、という心掛けは、平穏温和の精萃《せいすい》、抜群の平和主義者というべきかも知れない。だから私のような人間はバカげた思想を好む。

黄河《こうが》という河はふだんは水がないが、大雨がくると黄土の泥流《でいりゅう》あふれたって一年に何メートルも河底に泥が堆積《たいせき》する。あげくに河床が平地よりも高くなって二、三十年目には必ず大洪水を起すという因果な河だ。この川が洪水を起すと、昨日まで利根川《とねがわ》を流れていた筈《はず》の黄河が、今日は天龍川上流辺からドッとあふれて名古屋の海へ流れこみ、その中間の何百方里が湖水になるという大変動をやらかす。五千年前から黄河治水を専門の学者政治家が散々《さんざん》智恵をしぼっても、今日に至るまで、全然五千年間定期洪水の起るがままである。

そこで今から二千年ほども昔に、水と地を争うべからず、という名論をだした黄河学者がいたのである。勝手に洪水と張り合って生きるのはムリだというのだ。防ぎようがないのだから、勝手に洪水を起させておくに限る。その代り、洪水地帯の住民をそっくり洪水のない地方へ移住させてしまえば、洪水がなくなったと同じことだ。こういう名論である。もうちょッとデカダンの学者は、黄河の洪水を天命と見て、だいたい支那というところは百姓どもが人間を生みすぎて困る国だ。洪水のたびに五十万ぐらいずつ死んでしまうのは人口調節の天命であるから、天命に逆らわん方がよろしい、という説を唱えた。唱えた当人は太平楽かも知れないが、天命によって調節される五十万人の一人に選ばれるコッちの方は助からないから、同じ運命論でも、水と地を争わず、洪水は洪水の勝手にまかせ、人間はさッさと逃げてよそへ住みつけという穏やかな方が好ましい。しかし聖賢はこれを巧言令色《こうげんれいしょく》というね。逃げた土地の先住民は大迷惑であるし、洪水にまかせる大沃野《だいよくや》は実利の大損だ。学者は利巧そうな勝手なことを言うが、住民は洪水を承知で実利の方へ戻ってくるに極《きま》っているものだ。

こういう怪物の対策には中間がない。運命にまかせるか、完全にねじふせるか、である。完全にねじふせるのは大変だ。万里《ばんり》の長城の比ではない。近代科学の精萃とマジノラインの何千万倍ぐらいのコンクリートを使用しなければならないだろう。それだけの大資本や科学陣がともなわぬうちは、運命にまかせるよりほかに仕方がないのである。中途半端なアシライよりは逃げるに如《し》かずということが五千年の悪戦苦闘でハッキリしているのだから。

私は戦争というと黄河を思いだして仕様がない。同じぐらいの怪物だ。そして、黄河学者の名論や遺訓が大そうふさわしく役に立つ。水と地を争わず。これを戦争の場合は水を火の字に置きかえればよい。この火を防ぐのはムリであるから、サッさと逃げる。さもなければ、手をあげる。抵抗したってムダである。

人口調節の天命とみるデカダン派は将軍の思想で、東条流。人口調節は戦争よりもコンドームの方が穏当だ。けれども避妊薬《ひにんやく》を国禁しても、戦争を国禁したがらない政治家や軍人が多いから、庶民どもは助からない。東条流という奴は、将軍自体にとっては太平楽なものだ。自分自身だけは人口調節の天命によって指定された一員に数えていないのだから。ＭＰが迎えに来て逃れぬ運命が分るまでは、人口調節に服さないツモリなのである。人口調節に服す身の切なさが分っていれば、戦争なぞやれないはずだ。これを聖賢の言葉では、自分の欲しないものを人に施すな、と言うのである。

しかし兵隊になりたがる奴がいるからいいじゃないか、というのは、水と地を争わずの逆なのである。実利があれば洪水を承知でも住みつく。食えない人間は兵隊になる。洪水が好きだというのはウナギかナマズで、人間ではなかろう。人殺しが好きだったり、威張るのが好きだったり、それで兵隊になった、という特別な人種は本来聖賢の言葉に無縁のケダモノなのだから、ジャングルへ移住して勝手なことをやってくれると助かるのだが、そうはいかないところに、火と地を争うべからず、つまり戦争になったら、手をあげたり、逃げたり、決してムリに逆らわないことにしましょう、という思想の卓抜な所以《ゆえん》が分るのである。

もっとも、運命主義者というものは運命に逆らわぬだけが能ではない。逆らってもムダという理を会得するに至って逆わないのであるから、逆らえばもッと巧《うま》くいくという理が算定できれば逆《さか》らうのである。狂犬に出会ったら逆らわず、嚙《か》まれなければならないという定式が、あるわけではないのである。大資本と現代科学の萃を集めれば黄河をねじふせることはできるかも知れないが、貧乏ではとてもやれない。それで逆らわないだけである。

戦争も同じことだ。戦争などというものは無い方がいいにきまっているが、さしあたって無くする方策は見当らないし、まして日本のように自分の主張が何一つ通らぬ国の人間のことだから、大それたことを企《たく》むイワレは一つもない。ただもう運命にこれ従い、ただちに手をあげ、ただちに逃げれば足りる。

戦争という一向に実利のない仕事にどうして多くの国々が精を入れるのだか、私は頭が悪いから、どうにも理解がつかなくて仕様がない。軍備などという反生産的な物をそっくり生産面にふりむけ、トーチカや軍艦をつくる代りにアパートだの病院でも造った方が、悪い筈はなかろうと思うが、そうでもないのかな。

然《しか》し、戦争来《きた》れ、と待ちこがれている日本人が、老若男女《ろうにゃくなんにょ》シコタマいるのには驚くのである。私の言うのは軍国主義者、右翼浪人のことではなくて、百姓だの小学校の先生だの坊主だの女給だのパンパンだの商人だの、つまりあまねく庶民に於《おい》てのことなのである。

しかし、彼らの論理は無邪気である。この前の戦争で狡《ずる》い奴らに先を越されて損をしたが、今度はチャンと要領を覚えたから、今度戦争になってみろ、買い溜《だ》め、売り惜しみ、闇屋《やみや》、持ち逃げタダ拾い(戦争中は泥棒なんて言葉はないや。持ち走り、先き拾い。所有権なんて在《あ》りゃしねえぞ。それをチャンと心得たんだ)モウケ放題にモウケてやるから覚《おぼえ》てやがれ。こういって、坊主も、先生も、女給も、妾《めかけ》も腕を撫《ぶ》しているのである。

百姓とくると、もっと猛烈である。都会の商人も会社員も職工も家をやかれ着のみ着のまま命からがらの戦火に煽《あお》られた敗残者であるが、百姓は高見の見物だもの。燈火管制とは何だ？　ナニ、飛行機がくる？　くるが、どうした。オレの頭の上もいっぺん飛んだが、なんでもねえや。なんでもないに極ってらア。案山子《かかし》の同族野郎め。

戦争がくると、ふだん威張ってやがる都会の野郎が泣きついてきて、ペコペコ、着物を身ぐるみぬいで、段々ウス汚い女中みたいな女ばかりになりやがって、コッちじゃア自然に着物がふえるんだナ。モーニングまで貯《たま》りやがったよ。シルクハットだけ、なかったなア。背広だのネクタイだの腐るほど集《あつま》りやがるもんで、ワイシャツの着方てえものを覚えなきゃアならねえな。戦争は文明なものだ。銀座なんてえものは戦争がくると奥州蛇谷村字安達ケ原へ集るね。戦争が済んで二、三年も、まだ文明だね。戦争ぐらい文明平和なものはねえな。戦争が済んでから四年目ぐらいにダンダン世の中が悪くなるらしい。都会の奴がゼイタクを覚えるとロクなことは有りゃしねえ。どうも世直しに戦争が始《はじま》らねえと、もう日本はダメになるぜ。今度の戦争が始ってみやがれ。ボリ放題にボッてやるから。ギャバジンの三《み》ツ揃《ぞろ》いぐらいじゃア、めったなことで米の一升も売ってやらねえから覚えてやがれ。

虎視《こし》タンタン、戦争をはるかに望んで武者ぶるいしている老若男女が数知れないのである。しかし、やっぱりダメだろうね。戦争の要領を覚えたツモリでも、新手を打つのを天才といって、生兵法《なまびょうほう》は大怪我《おおけが》の元という通りだ。習い覚えた要領も、次の戦争のドサクサには役に立ちそうもないらしいや。

私がこういっていさめると、彼や彼女はフンと笑って、コイツ戦争に自信がないな、次代の斜陽族か、とお考えになるのである。

人生に夢は大切だ。然し、戦争の味を覚えた、という虎視タンタンの武者ぶるいは、夢というには、あまりに悲しい。今や日本に底流をなして重くうごめいている潮の流れは、これを野武士の夢、野武士の精神というのである。

空にB36が、どこかに原子バクダンがバクハツしていても、生きている人間は野武士にすぎないのだ。何百年、否《いな》、千年前の群盗にすぎないのである。それが千九百六十年になっても二千年になっても、常に戦争というものの姿だ。原始のままなること黄河に溢《あふ》れる泥の流れの如《ごと》く素朴な原人の姿にすぎないのである。

戦争の正体とは、かくの如きものだ。今度戦争になろうが、その又次に戦争になろうが、庶民の生活は破れて、人口調節に服して死ぬか、野武士になるか、その本態に変りのある筈はない。戦争に変《かわ》り栄《ば》えがあったら、お目にかかりたいものだが、しかし拙者は変り栄えがないと会得しているから、戦争来たれなどと武者ぶるいはしない。しかし戦火と地を争う愚はしないだけのことだ。

デカダン文学論

極意だの免許皆伝などというのは茶とか活花《いけばな》とか忍術とか剣術の話かと思っていたら、関孝和《せきたかかず》の算術などでも斎戒沐浴《さいかいもくよく》して血判を捺《お》し自分の子供と二人の弟子以外には伝えないなどとやっている。尤《もっと》も西洋でも昔は最高の数理を秘伝視して門外不出の例はあるそうだが、日本は特別で、なんでも極意書ときて次に斎戒沐浴、曰《いわ》く言い難しとくる。私はタバコが配給になって生れて始めてキザミを吸ったが、昔の人間だって三服四服はつづけさまに吸った筈《はず》で、さすればガン首の大きいパイプを発明するのが当然の筈であるのに、そういう便利な実質的な進歩発明という算段は浮かばずに、タバコは一服吸ってポンと叩《たた》くところがよいなどというフザけた通が生れ育ち、現実に停止して進化が失われ、その停止を弄《もてあそ》んでフザけた通や極意や奥義書が生れて、実質的な進歩、ガン首を大きくしろというような当然な欲求は下品なもの、通ならざる俗なものと考えられてしまうのである。キセルの羅宇《ラオ》は仏印ラオス産の竹、羅宇竹から来た名であるが、キセルは羅宇竹に限るなどと称して通は益々《ますます》実質を離れて枝葉に走る。フォークをひっくりかえして無理にむつかしく御飯をのせて変てこな手つきで口へ運んで、それが礼儀上品なるものと考えられて疑《うたぐ》られもしない奇妙奇天烈《きてれつ》な日本であった。実質的な便利な欲求を下品と見る考えは随所に様々な形でひそんでいるのである。

この歪《ゆが》められた妖怪的《ようかいてき》な日本的思考法の結び目に当る伏魔殿が家庭感情という奴で、日本式建築や生活様式に規定された種々雑多な歪みはとにかくとして、平野謙《ひらのけん》などという良く考える批評家まで、特攻隊は女房があっては出来ないね、などとフザけたことを鵜呑《うの》みにして疑ることとすらないのである。女房と女と、どこが違うのだろう。女房と愛する人と、どこに違いがあるというのか。誰か愛する人なき者ありや。鐘の音がボーンと鳴ってその余韻の中に千万無量の思いがこもっていたり、その音に耳をすまして二十秒ばかりで浮世の垢《あか》を流したり、海苔《のり》の裏だか表だかのどっちか側から一方的にあぶらないと味がどうだとか、フザけたことにかかずらって何百何千語の註釈《ちゅうしゃく》をつけたり、果ては奥義書や秘伝を書くのが日本的思考の在《あ》り方で、近頃は女房の眉《まゆ》を落させたりオハグロをぬらせることは無くなったが、刺青《いれずみ》と大して異ならないかかる野蛮な風習でもそれが今日残存して現実の風習であるなら、それを疑るよりも、奥義書を書いて無理矢理に美を見出し、疑る者を俗なる者、野卑にして素朴なる者ときめつけるのが日本であった。女房のオハグロは無くなったが、オハグロ的マジナイは女房の全身、全心、魂の奥底にまで絡《から》みついて生きており、それが先《ま》ず日本の幽霊の親分で、平野謙のように私などよりも考える時間が余程多いらしい人ですら、人間の姿を諸々《もろもろ》の幽霊から本当に絶縁しようという大事な根本的な態度を忘れ、多くは枝葉に就《つい》て考える時間が多いのではないかと思う。彼は人の小説を厭《いや》になるほどたくさん読むが、僕が三行読んで投げ出すものを彼は三千万語の終りまで無理に読み、無理に幽霊をでっちあげ、そして自分の本当の心と真に争う、自分の幽霊と命を賭《と》しても争うという大事なたった一つのことが忘れられているのだ。

日本的家庭感情の奇怪な歪みは浮世に於《お》いては人情義理という怪物となり、離俗の世界に於てはサビだの幽玄だのモノノアワレなどという神秘の扉の奥に隠れて曰く言い難きものとなる。ポンと両手を打ち鳴らして、右が鳴ったか左が鳴ったかなどと云って、人生の大真理がそんな所に転がっていると思い、大将軍大政治家大富豪ともならん者はそういう悟りをひらかなければならないなどと、こういうフザけたことが日本文化の第一線に堂々通用しているのである。西洋流の学問をして実証精神の型が分るとこういう一見フザけたことはすぐ気がつくが、つけ焼刃で、根柢的《こんていてき》に日本の幽霊を退治したわけではなく、むしろ年と共に反動的な大幽霊と自ら化して、サビだの幽玄だの益々執念を深めてしまう。学問の型を形の如《ごと》くに勉強するが、自分自身というものに就て真実突きとめて生きなければならないという唯一のものが欠けているのだ。

毎々平野謙を引合いにして恐縮だが、先頃彼の労作二百余枚の「島崎藤村《しまざきとうそん》の『新生』に就て」を読んだからで、他の批評家先生は駄文ばかりで、いかさま私が馬鹿げたヒマ人でも駄文を相手にするわけには行かない。

「新生」の中で主人公が自分の手をためつすかしつ眺めて、この手だな、とか思い入れよろしくわが身の罪の深さを思うところが人生の深処にふれているとか、鬼気せまるものがあるとか、平野君、フザけたもうな。人生の深処がそんなアンドンの灯の翳《かげ》みたいなボヤけたところにころがっていて、たまるものか。そんなところは藤村の人を甘く見たゴマ化し技法で、一番よくないところだ。むしろ最も軽蔑すべきところである。こんな風に書けば人が感心してくれると思って書いたに相違ないところで、第一、平野君、自分の手をつくづく眺めてわが身の罪の深さを考える、具体的事実として、それが一体、何物です。

自分の罪を考える、それが文学の中で本当の意味を持つのは、具体的な行為として倫理的に発展して表われるところにあるので、手をひっくり返して眺めて鬼気迫るなどとは、ボーンという千万無量の鐘の思いと同じこと、海苔をひっくり返して焼いて、味がどうだというような日本の幽霊の一匹にすぎないのである。

島崎藤村は誠実な作家だというけれども、実際は大いに不誠実な作家で、それは藤村自身と彼の文章（小説）との距離というものを見れば分る。藤村と小説とは距《へだた》りがあって、彼の分りにくい文章というものはこの距離をごまかすための小手先の悪戦苦闘で魂の悪戦苦闘というものではない。

これと全く同じ意味の空虚な悪戦苦闘をしている人に横光利一《よこみつりいち》があり、彼の文学的懊悩《おうのう》だの知性だのというものは、距離をごまかす苦悩であり、もしくは距離の空虚が描きだす幻影的自我の苦悩であって、彼には小説と重なり合った自我がなく、従って真実の自我の血肉のこもった苦悩がない。

このように、作家と作品に距離があるということは、その作家が処世的に如何《いか》ほど糞《くそ》マジメで謹厳誠実であっても、根柢的に魂の不誠実を意味している。作家と作品との間に内容的には空白な夾雑物《きょうざつぶつ》があって、その空白な夾雑物が思考し、作品をあやつり、あまつさえ作家自体、人間すらもあやつっているのだ。平野謙にはこの距離が分らぬばかりでなく、この距離自体が思考する最も軽薄なヤリクリ算段が外形的に深刻真摯《しんし》であるのを、文学の深さだとか、人間の複雑さだとか、藤村文学の貴族性だとか、又は悲痛なる弱さだとか、たとえばそのように考えているのである。

藤村は世間的処世に於ては糞マジメな人であったが、文学的には不誠実な人であった。

したがって彼の誠実謹厳な生活自体が不健全、不道徳、贋物《にせもの》であったと私は思う。

彼は世間を怖《おそ》れていたが、文学を甘くみくびっていた。そして彼は処世的なマジメさによって、真実の文学的懊悩、人間的懊悩を文章的に処理しようとし、処理し得るものとタカをくくっていた。したがって彼は真実の人間的懊悩を真に悩み又は突きとめようとはせずに、ただ処世の便法によって処理し、終生自らの肉体的な論理によって真実を探求する真の自己破壊というものを凡《およ》そ影すらも行いはしなかった。

距離とは、人間と作品の間につまるこの空白をさすのであり、肉体的な論理によって血肉の真実が突きとめられ語られていないことを意味している。こう書けば、こう読み、こう感心するだろうぐらいに、批評家先生などは最も舐《な》められていたのである。批評家をだますぐらいわけのないことはない。批評家は作家と作品の間の距離などは分らず、当人自身の書くものが距離だらけで、距離をごまかすためのヤリクリが文学のむつかしい所だぐらいに考えており、藤村ほどの不器用な人でも批評家とはケタの違う年期のはいった筆力があるから、批評家をごまかすぐらいはわけがない。問題は如何《いか》に生くべきか、であり、然《しか》して如何に真実に生きているか、文章に隠すべからざる距離によって作家は秘密の真相を常に暴露しているのである。

★

藤村も横光利一も糞マジメで凡そ誠実に生き、かりそめにも遊んでいないような生活態度に見受けられる。世間的、又、態度的には遊んでいないが、文学的には全く遊んでいるのである。

文学的に遊んでいる、とは、彼等にとって倫理は自ら行うことではなく、論理的に弄ばれているにすぎないということで、要するに彼等はある型によって思考しており、肉体的な論理によって思考してはいないことを意味している。彼等の論理の主点はそれ自らの合理性ということで、理論自体が自己破壊を行うことも、盲目的な自己展開を行うことも有り得ないのである。

かかる論理の定型性というものは、一般世間の道徳とか正しい生活などと称せられるものの基本をなす贋物の生命力であって、すべて世の謹厳なる道徳家だの健全なる思想家などというものは例外なしに贋物と信じて差支えはない。本当の倫理は健全ではないものだ。そこには必ず倫理自体の自己破壊が行われており、現実に対する反逆が精神の基調をなしているからである。

藤村の「新生」の問題、叔父《おじ》と姪《めい》との関係は問題自体は不健全だが、小説自体は馬鹿馬鹿しく健全だ。この健全とは合理的だということで、自己破壊がなく、肉体的な論理の思考がない代りに、型の論理が巧みに健康に思考しているという意味なのである。

藤村が真実怖れ悩んでいることは小説には表われていない。それに又、彼が真実怖れ悩んでいることは決して文学自体の自己探求による悩みではなく、単に世間ということであり、対世間、対名誉、それだけの「健康」なものだった。彼はちょうど、例えば全軍の先頭に死なざるを得なかった将軍の場合と同じように(この将軍が本当は死を怖れていることは敗戦後我々は多すぎる実例を見せられてきた)藤村も勇をふるって己れと姪との関係を新聞に発表した。けれども将軍の遺書が尽忠報国の架空《かくう》の美文でうめられているに同様に、彼の小説は型の論理で距離の空白をうめているにすぎない。

何故《なにゆえ》彼は「新生」を書いたか。新《あた》らしい生の発見探求のためであるには余りにも距離がひどすぎる。彼はそれを意識していなかったかも知れぬ。そして彼は自分では真実「新生」の発見探求を賭《か》けているつもりであったかも知れないのだが、如何《いかん》せん、彼の態度は彼自身をすらあざむいており、彼が最も多く争ったのは文学のための欲求ではなく、彼は名誉と争い、彼自らをも世間と同時にあざむくために文学を利用したのだと私は思う。私がこれを語っているのではなく、「新生」の文章の距離自体がこれを語っているのである。彼は告白することによって苦悩が軽減し得ると信じ、苦悩を軽減し得る自己救済の文章を工夫した。作中の自己を苦しめる場合でも、自分を助ける手段でしかなかった。彼は真に我が生き方の何物なりやを求めていたのではなく、ただ世間の道徳の型の中で、世間を相手に、ツジツマの合った空論を弄《ろう》して大小説らしき外見の物を書いてみせただけである。これも彼の文章の距離自体が語っているのである。

彼がどうして姪という肉親の小娘と情慾《じょうよく》を結ぶに至るかというと、彼みたいに心にもない取澄し方をしていると、知らない女の人を口説《くど》く手掛りがつかめなくなる。彼が取澄せば女の方はよけい取澄して応じるものであるから、彼は自分のポーズを突きぬけて失敗するかも知れぬ口説《くどき》にのりだすだけの勇気がないのだ。肉親の女にはその障壁がないので、藤村はポーズを崩す怖れなしにかなり自由に又自然にポーズから情慾へ移行することが出来易かったのだと思う。

彼は姪と関係してその処理に苦しむことよりも、ポーズを破って知らない女を口説く方がもっと出来にくかったのだ。それほども彼はポーズに憑《つ》かれており、彼は外形的に如何《いか》にも新らしい道徳を探しもとめているようでいながら、芸者を芸者とよばないで何だか妙な言い方で呼んでいるというだけの、全く外形的な、内実ではより多くの例の「健全なる」道徳に呪縛《じゅばく》せられて、自我の本性をポーズの奥に突きとめようとする欲求の片鱗《へんりん》すらも感じてはいない。真実愛する女をなぜ口説くことが出来ないのか。姪と関係を結んで心ならずも身にふりかかった処世的な苦悩に対して死物ぐるいで処理始末のできる執拗《しつよう》な男でいながら、身にふりかかった苦悩には執拗に堪《た》え抵抗し得ても、自らの本当に欲する本心を見定めて苦悩にとびこみ、自己破壊を行うという健全なる魂、執拗なる自己探求というものはなかったのである。

彼は現世に縛られ、通用の倫理に縛られ、現世的に堕落ができなかった。文学の本来の道である自己破壊、通用の倫理に対する反逆は、彼にとっては堕落であった。私は然《しか》し彼が真実欲する女を口説き得ず姪と関係を結ぶに至ったことを非難しているのではない。人各々の個性による如何なる生き方も在りうるので、真実愛する人を口説き得ぬのも仕方がないが、なぜ藤村が自らの小さな真実の秘密を自覚せず、その悲劇を書き得ずに、空虚な大小説を書いたかを咎《とが》めているだけのことである。芥川《あくたがわ》が彼を評して老獪《ろうかい》と言ったのは当然で、彼の道徳性、謹厳誠実な生き方は、文学の世界に於ては欺瞞《ぎまん》であるにすぎない。

藤村は人生と四ツに組んでいるとか、最も大きな問題に取組んでいるとか、欺瞞にみちた魂が何者と四ツに組んでも、それはただ常に贋物であるにすぎない。バルザックが大文学でモオパッサンが小文学だという作品の大小論はフザけた話である。藤村は文学を甘く見ていたから、こういう空虚軽薄な形だけの大長篇をオカユをすすって書いていられたので、贋物には楽天性というものはない。常にホンモノよりも深刻でマジメな顔をしているものなのである。いつか銀座裏の酒場に坂口安吾のニセモノが女を口説いて成功して、他日無能なるホンモノが現れたところ、女共は疑わしげに私を眺めて、あなたがホンモノなのかしら。ニセモノはもっとマジメな深刻な人だったわよ、と言った。

★

私は世のいわゆる健全なる美徳、清貧だの倹約の精神だの、困苦欠乏に耐える美徳だの、謙譲の美徳などというものはみんな嫌いで、美徳ではなく、悪徳だと思っている。困苦欠乏に耐える日本の兵隊が困苦欠乏に耐え得ぬアメリカの兵隊に負けたのは当然で、耐乏の美徳という日本精神自体が敗北したのである。人間は足があるからエレベーターでたった五階六階まで登るなどとは不健全であり堕落だという。機械にたよって肉体労働の美徳を忘れるのは堕落だという。こういうフザけた退化精神が日本の今日の見事な敗北をまねいたのである。こういう馬鹿げた精神が美徳だなどと疑られもしなかった日本は、どうしても敗《ま》け破れ破滅する必要があったのである。

然《しか》り、働くことは常に美徳だ。できるだけ楽に便利に能率的に働くことが必要なだけだ。ガン首の大きなパイプを発明するだけの実質的な便利な進化を考え得ず、一服吸ってポンと叩く心境のサビだの美だのと下らぬことに奥義書を書いていた日本の精神はどうしても破滅する必要があったのだ。

美しいもの、楽しいことを愛すのは人間の自然であり、ゼイタクや豪奢《ごうしゃ》を愛し、成金は俗悪な大邸宅をつくって大いに成金趣味を発揮するが、それが万人の本性であって、毫《ごう》も軽蔑すべきところはない。そして人間は、美しいもの、楽しいこと、ゼイタクを愛するように、正しいことをも愛するのである。人間が正しいもの、正義を愛す、ということは、同時にそれが美しいもの楽しいものゼイタクを愛し、男が美女を愛し、女が美男を愛することなどと並立して存する故《ゆえ》に意味があるので、悪いことをも欲する心と並び存する故に意味があるので、人間の倫理の根元はここにあるのだ、と私は思う。

人間が好むものを欲しもとめ、男が好きな女を口説くことは自然であり、当然ではないか。それに対してイエスとノーのハッキリした自覚があればそれで良い。この自覚が確立せられず、自分の好悪、イエスとノーもハッキリ言えないような子供の育て方の不健全さというものは言語道断だ。

処女の純潔などというけれども、一向に実用的なものではないので、失敗は成功の母と言い、失敗は進歩の階段であるから、処女を失うぐらい必ずしも咎むべきではなかろう。純潔を失うなどと云って、ひどい堕落のように思いこませるから罪悪感によって本格的に堕落の路《みち》を辿《たど》るようになるので、これを進歩の段階と見、より良きものを求める為《ため》の尊い捨石であるような考え方生き方を与える方が本当だ。より良きものへの希求が人間に高さと品位を与えるのだ。単なる処女の如き何物でもないではないか。尤も無理にすて去る必要はない。要は、魂の純潔が必要なだけである。

失敗せざる魂、苦悩せざる魂、そしてより良きものを求めざる魂に真実の魅力はすくない。日本の家庭というものは、魂を昏酔《こんすい》させる不健康な寝床で、純潔と不変という意外千万な大看板をかかげて、男と女が下落し得る最低位まで下落してそれが他人でない証拠なのだと思っている。家庭が娼婦の世界によって簡単に破壊せられるのは当然で、娼婦の世界の健康さと、家庭の不健康さに就て、人間性に根ざした究明が又文学の変らざる問題の一つが常にこのことに向って行われる必要があった筈だと私は思う。娼婦の世界に単純明快な真理がある。男と女の真実の生活があるのである。だましあい、より美しくより愛らしく見せようとし、実質的に自分の魅力のなかで相手を生活させようとする。

別な女に、別な男に、いつ愛情がうつるかも知れぬという事の中には人間自体の発育があり、その関係は元来健康な筈なのである。然しなるべく永遠であろうとすることも同じように健康だ。そして男女の価値の上に、肉体から精神へ、又、精神から肉体へ価値の変化や進化が起る。価値の発見も行われる。そして生活自体が発見されているのである。

問題は単に「家庭」ではなしに、人間の自覚で、日本の家庭はその本質に於て人間が欠けており、生殖生活と巣を営む本能が基礎になっているだけだ。そして日本の生活感情の主要な多くは、この家庭生活の陰鬱《いんうつ》さを正義化するために無数のタブーをつくっており、それが又思惟《しい》や思想の根元となって、サビだの幽玄だの人間よりも風景を愛し、庭や草花を愛させる。けれども、そういう思想が贋物にすぎないことは彼等自身が常に風景を裏切っており、日本三景などというが、私は天《あま》の橋立《はしだて》というところへ行ったが、遊覧客の主要な目的はミヤジマの遊びであったし、伊勢大神宮《いせだいじんぐう》参拝の講中が狙《ねら》っているのも遊び場で、伊勢の遊び場は日本に於て最も淫靡《いんび》な遊び場である。尤も日本の家庭が下等愚劣なものであると同様に、これらの遊び場にもただ女の下等な肉体がころがっているにすぎないのである。

夏目漱石《なつめそうせき》という人は、彼のあらゆる知と理を傾けて、こういう家庭の陰鬱さを合理化しようと不思議な努力をした人で、そして彼はただ一つ、その本来の不合理を疑ることを忘れていた。つまり彼は人間を忘れていたのである。かゆい所に手がとどくとは漱石の知と理のことで、よくもまアこんなことまで一々気がつくものだと思うばかり、家庭の封建的習性というもののあらゆる枝葉末節のつながりへ万べんなく思惟がのびて行く。だが習性の中にも在る筈の肉体などは一顧も与えられておらず、何よりも、本来の人間の自由な本姿が不問に附《ふ》されているのである。人間本来の欲求などは始めから彼の文学の問題ではなかった。彼の作中人物は学生時代のつまらぬことに自責して、二、三十年後になって自殺する。奇想天外なことをやる。そのくせ彼の大概の小説の人物は家庭的習性というものにギリギリのところまで追いつめられているけれども、離婚しようという実質的な生活の生長について考えを起した者すらないのである。彼の知と理は奇妙な習性の中で合理化という遊戯にふけっているだけで、真実の人間、自我の探求というものは行われていない。自殺などというものは悔恨の手段としてはナンセンスで、三文《さんもん》の値打もないものだ。より良く生きぬくために現実の習性的道徳からふみ外《はず》れる方が遥《はる》かに誠実なものであるのに、彼は自殺という不誠実なものを誠意あるものと思い、離婚という誠意ある行為を不誠実と思い、このナンセンスな錯覚を全然疑ることがなかった。そして悩んで禅の門を叩く。別に悟りらしいものもないので、そんなら仕方がないと諦《あきら》める。物それ自体の実質に就てギリギリのところまで突きとめはせず、宗教の方へでかけて、そっちに悟りがないというので、物それ自体の方も諦めるのである。こういう馬鹿げたことが悩む人間の誠実な態度だと考えて疑ることがないのである。日本一般の生活態度が元来こういうフザけたもので、漱石はただその中で衒学的《げんがくてき》な形ばかりの知と理を働かせてかゆいところを掻《か》いてみただけで、自我の誠実な追求はなかった。

元より人間は思い通りに生活できるものではない。愛する人には愛されず、欲する物は我が手に入らず、手の中の玉は逃げだし、希望の多くは仇夢《あだゆめ》で、人間の現実は概ねかくの如き卑小きわまるものである。けれども、ともかく、希求の実現に努力するところに人間の生活があるのであり、夢は常にくずれるけれども、諦めや慟哭《どうこく》は、くずれ行く夢自体の事実の上に在り得るので、思惟として独立に存するものではない。人間は先ず何よりも生活しなければならないもので、生活自体が考えるとき、始めて思想に肉体が宿る。生活自体が考えて、常に新たな発見と、それ自体の展開をもたらしてくれる。この誠実な苦悩と展開が常識的に悪であり堕落であっても、それを意とするには及ばない。

私はデカダンス自体を文学の目的とするものではない。私はただ人間、そして人間性というものの必然の生き方をもとめ、自我自らを欺《あざむ》くことなく生きたい、というだけである。私が憎むのは「健全なる」現実の贋道徳で、そこから誠実なる堕落を怖れないことが必要であり、人間自体の偽らざる欲求に復帰することが必要だというだけである。人間は諸々の欲望と共に正義への欲望がある。私はそれを信じ得るだけで、その欲望の必然的な展開に就ては全く予測することができない。

日本文学は風景の美にあこがれる。然し、人間にとって、人間ほど美しいものがある筈はなく、人間にとっては人間が全部のものだ。そして、人間の美は肉体の美で、キモノだの装飾品の美ではない。人間の肉体には精神が宿り、本能が宿り、この肉体と精神が織りだす独得の絢《あや》は、一般的な解説によって理解し得るものではなく、常に各人各様の発見が行われる永遠に独自なる世界である。これを個性と云い、そして生活は個性によるものであり、元来独自なものである。一般的な生活はあり得ない。めいめいが各自の独自なそして誠実な生活をもとめることが人生の目的でなくて、他の何物が人生の目的だろうか。

私はただ、私自身として、生きたいだけだ。

私は風景の中で安息したいとは思わない。又、安息し得ない人間である。私はただ人間を愛す。私を愛す。私の愛するものを愛す。徹頭徹尾、愛す。そして、私は私自身を発見しなければならないように、私の愛するものを発見しなければならないので、私は堕《お》ちつづけ、そして、私は書きつづけるであろう。神よ。わが青春を愛する心の死に至るまで衰えざらんことを。

インチキ文学ボクメツ雑談

本日(一九四六年七月七日・日曜)朝食の折から一通の速達が舞いこんできた。差出人は白鷗社・雑談会・立野智子女史とあり、曰《いわ》く、インチキ文学撲滅論《ぼくめつろん》(枚数十五枚)を書くべし云々《うんぬん》とある。直ちに(と申しては失礼だが)御辞退の御返事を差上げようと思ったのだが、さて、どういうわけだか、突然笑いがこみあげて、これが却々《なかなか》とまらない。ようやく笑いをボクメツして食事にとりかかると、又、こみあげてくる。閉口した。

日本国の始まりはアマテラス大神《おおみかみ》で、下って卑弥呼《ひみこ》という女の王様が九州で幅をきかせていた由《よし》であり、当今デモクラシーの新日本となって忽《たちま》ち三十何人だかの婦人代議士が現れ、男の子はダメである。立野智子女史にはお目にかかったこともなく、どういう御方か知らないが、これも相当の人物に相違ない。日本の文化界はだらしがなく、未《いま》だに旧態依然として男の子が編輯《へんしゅう》の席の大半を占めているから、全然ダメである。活気に乏しく、勇壮活潑《ゆうそうかっぱつ》の気風なく、遠慮深くジメジメとして、改新断行突貫撲滅の大精神に欠けている。近頃は僕のところなどへも雑誌社の人、新聞社の人、色々と訪問にあずかるけれども、みんな男の子だからダメなので、せいぜい「大いに力作をお願い致します」などとはにかんで言うぐらい、日本革新の大気風など微塵《みじん》といえどもないのである。だから今朝《けさ》はからずもインチキ文学撲滅の大命を拝して、僕がすくなからず慌《あわ》てたのも、僕自身男の子だから旧態依然として身を以《もっ》て世の新風を解しておらなかったせいであろうと思う。

それにしても立野女史ともある御方がどう間違えて僕如《ごと》きに向ってインチキ文学撲滅の命令を発したのだか、すでに政界には三十何人かの代議士あり、文学界といえども何々タイ子女史とか何々直子女史とか腕力衆にすぐれ突進又突貫殺人センメツ水もたまらぬ方々があるではないか。

不幸にして三日ほど前、僕は東京新聞のもとめに応じて文芸時評をやった。僕は元来筆不性《ふでぶしょう》以上に読み不性で、日々の雑誌など読むためしがないので、文芸時評はやらないことになっていたが、東京新聞のヨリタカ君は彼が帝大生で碁《ご》の主将をしていた時代、ふと知りあい彼は僕に碁の教授をしてくれた。即《すなわ》ち先生で、男の子はダラシがないもので、外《ほか》ならぬ先生のたのみであるから三度に一度は仕方がなく、ムニャムニャ引受ける。翌日からヨリタカ先生に入れ代って寺田君が連日十冊ぐらいずつ雑誌をとどけて来て之《これ》も読めあれも読めという。因果であった。僕も心中決するところあり、たまには日本中の雑誌をみんな読んでやれ、驚くな、という魂胆になり、みんな読んで、あげくの果《はて》が、永井荷風《ながいかふう》先生、宇野浩二先生、瀧井孝作《たきいこうさく》先生方を始め悪口雑言《あっこうぞうごん》、無礼妄言《ぶれいもうげん》の数々、性来のオッチョコチョイで仕方がない。この文章が立野女史のお目にとまったのであろう。

不幸にして僕にはインチキ文学ボクメツの勇壮遠大な雄図はないので、まして「ボクメツ」の自信はない。のみならず、困ったことには僕自身がインチキ文学の作者であって、正真正銘の文学に縁の遠い筋素生《すじすじょう》の悪さを自覚している次第である。

荷風先生浩二先生孝作先生等々をヤッツケたとて「ボクメツ」しているわけではないので、いわば自戒の一法であり、先生方をボクメツするよりも自らのインチキ性を憎み呪《のろ》い常にボクメツを念じているため、はからずも思いがこもって、人をボクメツするかのようなアラレもない結末となる。なんじょう諸先生方をボクメツし得んや。因果はめぐり、自らをボクメツするのみ、僕のインチキ・ボクメツはただ自戒自戦自闘です。とても何々女史のように一刀両断、バッタバッタと右に左に藁人形《わらにんぎょう》を斬《き》り倒すように行かない。僕はただ自分を断っているだけ、自分のインチキ文学を憎み呪い、悪戦苦闘、あげくの果の狂態、僕はダメです、男の子だから。そして僕はともかく作家だから。僕は自分を知っています。自分のことが全部です。

女史達はサッソウと、勇ましく、前進、ああ、スバラシイなア！　インチキ文学ボクメツと仰有《おっしゃ》る。そう考えていらっしゃる。ボクメツの自信も手腕もおありに相違ない。男が兵隊になって、戦争をするなんて、とんでもない間違いだ。学問だってそうで、プレシュウズというサッソウたる学者団は女史達で、ハムレットは男の子にきまっている。世の中は出直さねばならぬ。根本から。男はボクメツされねばならぬ。女史達とその偉大なる正義によって。新日本万歳！

（七月七日、正午）

戯作者文学論

――平野謙へ・手紙に代えて――

この日記を発表するに就《つい》ては、迷った。書く意味はあったが、発表する意味があるかどうか、疑った。

この日記を書いた理由は日記の中に語ってあるから重複をさけるが、私が「女体」を書きながら、私の小説がどういう風につくられて行くかを意識的にしるした日録なのである。私は今迄《いままで》日記をつけたことがなく、この二十日間ほどの日記の後は再び日記をつけていない。私のようにその日その日でたとこまかせ、気まぐれに、全く無計画に生きている人間は、特別の理由がなければ、とても日記をつける気持にならない。

私はこの日記をつけながら、たしかに平野君を意識していたこともある。平野君は必ず「女体」に就て何かを書き、作者の意図が何物であるかというようなことを論ずるだろうと考えた。それに対して私がこの日記を発表し、平野君の推察と私自身の意図するところと、まるで違っているというようなことは、然《しか》し、どうでもいいことだ。批評も作品なのだから、独自性の中に意味があるので、事実、私が私自身を知っているかどうか、それすらが大いに疑問なのである。

だから、私は、この日記が私の「作品」でない意味から、発表するのを疑ったのだが、然し、考えてみると、特に意識せられた日録なので「作品」でないとも限らない。

そして私がこの日録を発表するのは、批評家の忖度《そんたく》する作家の意図に対して、作家の側から挑戦するというような意味ではないので、挑戦は別の場所で、別の方法でやります。

平野君からの注文は「戯作者文学論《げさくしゃぶんがくろん》」というので、私は常に自ら戯作者を以《もっ》て任じているので、私にとって小説がなぜ戯作であるのか、平野君はそれを知りたかったのではないかと思う。

私が自ら戯作者と称する戯作者は私自身のみの言葉であって、いわゆる戯作者とはいくらか意味が違うかも知れない。然し、そう、大して違わない。私はただの戯作者でもかまわない。私はただの戯作者、物語作者にすぎないのだ。ただ、その戯作に私の生存が賭《か》けられているだけのことで、そういう賭の上で、私は戯作しているだけなのだ。

生存を賭ける、ということも、別段、大したことではない。ただ、生きているだけだ。それだけのことだ。私はそれ以上の説明を好まない。

それで私は、私の小説がどんな風にして出来上るか、事実をお目にかける方が簡単だと思った。ところが、私は、とても厭《いや》だったのは、この「女体」四十二枚に二十日もかかって、厭に馬鹿馬鹿しく苦吟しているということだった。それはこの「女体」が長篇小説の書きだしなので、この長篇小説は「恋を探して」という題にしようと思っており、まだ書きあげてはいないのだが、長篇の書きだしというものには、一応、全部の見透しや計算のようなものが、多少は必要なのである。伏線のようなものが必要なのである。

そんなものの全然必要でないもの、ただ書くことによって発展して行く場合が多く、私は元来そういう主義で、そういう作品が主なのだけれども、この「女体」だけはちょっと違って、私は作品の構成にちょっとばかり捉《とら》われたり頭を悩ましたりした。私はどうもこの日録が、妙に物々しく、苦吟、懊悩《おうのう》しているようなのが、厭なので、私は元来、そんな人間ではない。私はこの小説以外は一日に三十枚、時には四十枚も書くのが普通の例で、尤《もっと》も、考えている時間の方が、書くよりも長い。尤も、書きだすと、考えていたこととまるで違ったものに自然になってしまうのが普通なのである。

それで、どうも、発表するのが厭な気がしたのだけれども、それに私は、この日記に、必ずしも本当のことを語っているとは考えていない。日記などはずいぶん不自由なもので、自分の発見でなしに、自分の解説なのだから、解説というものは、絶対のものではないのだから。

小説家はその作品以外に自己を語りうるものではない。だから私は、この日記が、必ずしも作品でないということを、だから又、作品でもあるかも知れぬということを、一言お断り致しておきます。

七月八日（雨）

佐々木基一《ささききいち》君より来信。「白痴《はくち》」に就ての感想を語ってくれたもの。私が日記をつけてみようと思ったのは、この佐々木君の手紙のせいだ。佐々木君は「白痴」で作者の意図したことを想像しているのだが、実のところは、作者たる私に「白痴」の意図が何であったか、分っていない。書いてしまうと、作品の意図など忘れてしまう。

私はこれから、ある長篇の書きだしを書こうとしている。私がこの小説を考えたのはこの春のことだ。私はこの春、漱石《そうせき》の長篇を一通り読んだ。ちょうど同居している人が漱石全集を持っていたからである。私は漱石の作品が全然肉体を生活していないので驚いた。すべてが男女の人間関係でありながら、肉体というものが全くない。痒《かゆ》いところへ手が届くとは漱石の知と理のことで、人間関係のあらゆる外部の枝葉末節に実にまんべんなく思惟《しい》が行きとどいているのだが、肉体というものだけがないのである。そして、人間関係を人間関係自体に於て解決しようとせずに、自殺をしたり、宗教の門をたたいたりする。そして、宗教の門をたたいても別に悟りらしいものもなかったというので、人間関係自体をそれで有耶無耶《うやむや》にしている。漱石は、自殺だの、宗教の門をたたくことが、苦悩の誠実なる姿だと思いこんでいるのだ。

私はこういう軽薄な知性のイミテーションが深きもの誠実なるものと信ぜられ、第一級の文学と目されて怪しまれぬことに、非常なる憤《いきどお》りをもった。然し、怒ってみても始まらぬ。私自身が書くより外《ほか》に仕方がない。漱石が軽薄な知性のイミテーションにすぎないことを、私自身の作品全体によって証し得ることができなければ、私は駄目な人間なのだ。それで私はある一組の夫婦の心のつながりを、心と肉体とその当然あるべき姿に於て歩ませるような小説を書いてみたいと考えた。たまたま、文藝春秋九月号の小説に、この書きだしを載せてみようと考えていたのである。

私はそれで、この小説を書く私が、日毎日毎《ひごとひごと》に何事を意図し、どんな風に考えたり書いたりするか、日録をつけてみようと思ったのだ。書き終ると、私はいつも意図などは忘れてしまう。つまり、ハッキリした作品全体の意図などは私は持っていないのだ。

午後、尾崎士郎氏より速達、東京新聞の時評の感想。雨のはれまにタバコを買いに駅前へ。歴史の本、読む。

七月九日（曇）

新生社の福島氏来訪。小説三十枚、ひきうける。文芸時評は、ことわる。若園清太郎《わかぞのせいたろう》君来訪、ウイスキー持参す。仕事ができなくなってしまった。タバコを買いに外出。

七月十日（晴）

うちの寒暖計、三十一度。ホープから随想十枚。すでに書いたのがあるから承諾。三枚書いた。思うように筆がのびないから、やめる。私は今、頭に描いていることは、谷村夫妻が現在夫婦である以外に精神につながりが感じられなくなっていること、二人はそれに気付いている。世間的に云《い》えば二人は円満以上にいたわり合っている夫婦だ。そこから、この小説を始めることが分っているだけだ。岡本という人物は、谷村夫妻の心象世界を説くための便宜《べんぎ》なので、今はそれ以上のことを考えていない。

今日はだめだ。あした、又、やり直しだ。私は筋も結末も分らず、喧嘩《けんか》するのだが、いつまでも仲がいいのか、浮気をするのか、恋をするのか、全然先のことは考えていない。作中人物が本当に紙の上に生れて、自然に生活して行く筈なのだが、今日はまだ本当に生きた人間が生れてはくれないから、やめたのだ。

駅の方に火事があって威勢よく燃えているので見物に行った。火事の見物も退屈であった。火事の隣にアメリカの兵隊がローラーで地ならしをしている。隣の火事に目もくれず、進んだり戻ったり、地ならしをしている。二、三十分眺めていたが、火事の方をふりむきもしないのである。この方が珍しかった。アメリカだって弥次馬《やじうま》のいない筈はないだろう。尤も日本人でも、火事などちょっと振り向くだけで、電車に乗りこみ帰宅を急ぐ人も多い。私が性来の弥次馬なのである。歴史の本読む。

七月十一日（晴）

猛暑。うちの寒暖計は三十四度。湿気が多くて、たえがたい。

四枚書いて、又、やめる。午後、又、始めから、やり直し。六枚、書いたが、又、やめる。又、やり直しだ。谷村と、素子が、いくらか、ハッキリしてきた。始め、私は谷村をあたりまえの精神肉体ともに平々凡々たる人物にするつもりだったのに、どうもだめだ。今日は、すこし、病身の男になった。そして私は伊沢君と葛巻《くずまき》君のアイノコみたいな一人の男を考えてしまっているのだ。素子の方は始めからハッキリしている。岡本も、ハッキリしている。

若園清太郎君、夕方、内山書店Ｎ君を伴い来る。ウイスキー持参。Ｎ君は戦闘機隊員、終戦で満洲《まんしゅう》から飛行機で逃げてきた由《よし》。猛暑たえがたし。畳の上へ、ねむる。

七月十二日（晴）

安田屋のオカミサン母の仏前へ花をもってきてくれる。三時に俄雨《にわかあめ》があり、いくらか、涼しくなった。

五枚書いて、又、やめる。谷村が、どうも、駄目なのだ。谷村の顔もからだも心も、本当の肉づきというものが足りない。私の頭の中に、まだ、本当に育っていないのだろう。歴史の本読む。道鏡の年表をつくりかけたが、めんどうくさくなって、やめる。

七月十三日（晴）

ようやく筆が滑りだしたが、谷村はハッキリ病弱な男になってしまった。健康な男では、どうしても、だめだ。私は平々凡々たる男の精神の弱さを書きたいのだが、肉体の弱さと結びついてくれないと、表現できない。私の筆力の不足のため。私の観念に血肉の不足があり、健康な谷村に弱い心を宿らせる手腕がないのだろう。私は谷村を病弱にするのが私の手腕の不足のようで、変にこだわっていたのだが、ハッキリ兜《かぶと》をぬいだら、気が楽になったのだ。十三枚書いた。

どうも、これと云って、とりたてて書いておかねばならぬような意図は何もないようだ。今日書いた十三枚に就ても、これはこれだけという気持であるが、谷村が岡本をやりこめる、その谷村に素子が反撥《はんぱつ》する、私はそこから出発しようとしただけで、素子の反撥の真意が奈辺にあるか、私は漠然予想をもっていたが、書きだすと、書くことによって、新《あらた》に考えられ、つくられて行くだけで、まったく何の目算もない。素子の肉体のもろさが私はひどく気がかりだ。まさかに岡本に乗ぜられ弄《もてあそ》ばれることはないだろうと思うだけだ。こんな風に考えているのは、よくないことかも知れぬ。私はなるべく岡本を手がかりのための手段だけで、主要なものにしたくない。この男にのさばられては、やりきれないような気がするのだが、私は然し、そういう気持があってはいけないと思っており、尤も、書いている最中はそういう気持は浮かばない。

七月十四日（晴）

猛暑。尾崎一雄君より速達、東京新聞の時評を送ってくれ、という。速達で返事を送る。今日は一日六回水風呂《みずぶろ》につかった。関節の力がぬけたような感じがしている。

親類の人の紹介状をもって、浅草向きの軽喜劇の脚本を書きたいから世話をしてくれ、という人がきた。北支から引揚げてきた人だ。全然素人《しろうと》で、浅草の芝居を見て、こんなものなら自分も作れると思ったというのだが、自分で書きたいという脚本の筋をきくと、愚劣千万なもので話にならない。こういう素人は、自分で見てつまらないと思うことと、自分で書くことは別物だということを知らない。つまらないと思ったって、それ以上のものが書ける証拠ではないのだが、怖《おそ》れを知らない。自分を知らない。

夏目漱石を大いにケナして小説を書いている私は、我身のことに思い至って、まことに、暗澹《あんたん》とした。まったく、人を笑うわけに行かないよ。それでも、この人よりマシなのは、私は人の作品を学び、争い、格闘することを多少知っていたが、この人は、そういうことも知らない。何を読んだか、誰の作品に感心したか、ときくと、まだ感心したものはないという。モリエールや、ボンマルシェや、マルセル、アシャアルを読んだかときくと、読んだことがないという。名前すら知らない。無茶な人だ。いつまでたっても帰らず、自分の脚本を朗読と同じように精密に語る。私は全く疲れてしまった。私はまったく、泣きたいような気持になってしまった。それは我身の愚かさ、なんだか常に身の程をかえりみぬような私の鼻息が、せつなくなったせいでもあった。

私は素子の性格を解剖するところへきた。然し、解剖すべからず、具体的な事実によって、しかもその事実が解説のためのものではなく、事件(事実)の展開自体である形に於てなすべし、という考えになる。素子が岡本にすてられた女を如何《いか》に取扱い、何を感じ、何を考えたか、これは重大でありすぎる。私はずいぶん考えた。あれこれと考えた。然し、私が考えているばかりで、素子が感じたり、考えたりしているような気持にならない。私はここのところで、つかえてしまって、今日は一枚半書いただけだ。ここをつきぬけると、ひろびろした海へ出て行かれるような気がするだけで、何も先の目安がない。作品の意図らしい信念とか何かそういう立派らしいものが何もない。涼しくなってくれ。暑い暑い暑い。

この素子に私は、はっきり言ってしまおう、矢田津世子《やだつせこ》を考えていたのだ。この人と私は、恋《こ》いこがれ、愛し合っていたが、とうとう、結婚もせず、肉体の関係もなく、恋いこがれながら、逃げあったり、離れることを急いだり、まあ、いいや。だから、私は矢田津世子の肉体などは知らない。だから、私は、私の知らない矢田津世子を創作しようと考えているのだ。私の知らない矢田津世子、それは私の知らない私自身と同様に大切なのだと思うだけ。私自身の発見と全く同じことだ。私は然し、ひどく不安になっている。どうも荷が重すぎた。私は素子が恋をするような気がするのだが、それを書けるかどうか、私は谷村の方を主人公にして、それですませたい。私は素子がバカな男と恋をするような気がして、どうにも、いやだ。こんなことが気にかかるというのはいけないことだと考えている。

七月十五日（晴）

連日寒暖計は三十八度をさしている。例の如く、水風呂にもぐってはでてきて机に向うが、頭がはっきりしない。新日本社の入江元彦という詩人と自称する二十四、五の青年がきてサロンという雑誌に三十枚の小説を書けという。書くのは厭だと言うのだが、これが又、珍無類の人物で、育ちが良いのかも知れん、大井広介《おおいひろすけ》に似て、より純粋で、珍妙で、底ぬけで、目下稲垣足穂《いながきたるほ》にころがりこまれて、同じ屋根の下にいるそうだが、彼は何一つ持たんです、と云う。大いにガッカリした顔である。フンドシの外《ほか》は何も持たんです、という。彼は戸籍も持たんです、という。稲垣足穂に寝台をとられ、お前は下へねろ、というので、石の上へねたそうだ。しきりに身体をかいているが、虱《しらみ》でもいるのだろう。稲垣足穂に寝台をとりあげられるようでは、虱も仕方がなかろうと、おかしくて仕方がない。一人であれこれ喋《しゃべ》ること喋ること詩を論じ文学を論じ二時間ほど喋りつづけ、あんまりおかしな奴なので私は全く面白くなって原稿を承諾した。いずれ新日本社へ遊びに行き、一緒に菊岡久利《きくおかくり》の銀座の店をひやかす約束をする。そのとき岡本《おかもと》潤《じゅん》に会えるようにしておいてくれと頼む。岡本潤からは三年程前一度会いたいという手紙を貰《もら》ったので、そのうち飲みに誘いに行くからと返事をしたまま、いまだに約束を果さない。当時はちょうど飲む店がなくなったからなのである。半田義之が共産党になって、この青年の顔を見るたびに、お前も共産党になれ、と云って、吃《ども》って、唾《つば》を飛ばしながら勧誘大いにつとめる由だが、共産党は驚かんですが、唾が顔にかかって汚くて困るです、と言う。まったく、大笑いした。

昨日、私は、素子は矢田津世子だと云った。これは言い過ぎのようだ。やっぱり素子は素子なのだ。手を休めるとき、あの人を思いだす、とても苦しい。素子はあんまり女体のもろさ弱さみにくさを知りすぎているので、客間で語る言葉にならないのではないか、と書いた。あの人の死んだ通知の印刷したハガキをもらったとき、まだ、お母さんが生きていられるのが分ったけれども、津世子は「幸うすく」死んだ、という一句が、私はまったく、やるせなくて、参った。お母さんは死んだ娘が幸うすく、と考えるとき、いつも私を考えているに相違ない。私は勿論《もちろん》、葬式にも、おくやみにも、墓参にも、行かなかった。今から十年前、私が三十一のとき、ともかく私達は、たった一度、接吻《せっぷん》ということをした。あなたは死んだ人と同様であった。私も、あなたを抱きしめる力など全くなかった。ただ、遠くから、死んだような頬《ほお》を当てあったようなものだ。毎日毎日、会わない時間、別れたあとが、悶《もだ》えて死にそうな苦しさだったのに、私はあなたと接吻したのは、あなたと恋をしてから五年目だったのだ。その晩、私はあなたに絶縁の手紙を書いた。私はあなたの肉体を考えるのが怖《おそろ》しい、あなたに肉体がなければよいと思われて仕方がない、私の肉体も忘れて欲しい。そして、もう、私はあなたに二度と会いたくない。誰とでも結婚して下さい。私はあなたに疲れた。私は私の中で別のあなたを育てるから。返事も下さるな、さよなら、そのさよならは、ほんとにアデューという意味だった。そして私はそれからあなたに会ったことがない。それからの数年、私は思惟の中で、あなたの肉体は外《ほか》のどの女の肉体よりも、きたなく汚《けが》され、私はあなたの肉体を世界一冒瀆《ぼうとく》し、憎み、私の「吹雪物語」はまるであなたの肉体を汚し苦しめ歪《ゆが》めさいなむ畸形児の小説、まったく実になさけない汚い魂の畸形児の小説だった。あなたは、もしあれを読んだら、どんなに、怒り、憎んだことか、私は愚かですよ、何も分らない、何をしているのだか、今も昔も、まるで、もう、然し、それは、仕方がない。私はあなたが死んだとき、私はやるせなかったが、爽《さわ》やかだった。あなたの肉体が地上にないのだと考えて、青空のような、澄んだ思いも、ありました。

私は今も亦《また》、あなたの肉体を、苦しめ、汚し痛めているのだ。私はあなたの肉体を汚そうと意図しているのではなく、いつも、あなたの肉体や肉慾《にくよく》を、何物よりも清らかなものに書くことができますように、ほんとにそう神様に祈っていますが、書きはじめると、どうしても、汚くしてしまう。私は昔から悪人を書きたくないのです。善《よ》いもの、美しいもの、善良な魂を書きたいのだが、書きだすと、とんでもなく汚い悪い人間、醜悪な魂に、自然にそうなってしまう。自然に、どうしてもそっちの方へどんどん行ってしまう。

私は筆を休めるたび、あなたを思いだすと、とても苦しい。素子の肉体は、どうしても、汚い肉慾の肉体になってしまう。素子は女体の汚さ、もろさ、弱さ、みにくさを知りすぎているので、客間で語る言葉にならないのではないか、と書いて、筆を投げだしたとき、私はあなたの顔をせつなく思いつづけていた。あなたは時々、横を向いて、黙ってしまうことがあった。あのとき、あなたは何を考えていたのですか。

素子は矢田津世子ではいけない。素子は素子でなければいけない。素子は素子だ。どうしても、私は、それを、信じなければならない。私は四枚書いた。筆を投げだしてしまう時間の方が多いのだ。

七月十六日（晴）

酷熱。うちの水銀は、三十五度だ。中央公論の海老原氏から速達。火の会の雑誌に小説かエッセーを書いて、という。これはどうしても承諾してやりたい。ずいぶん無理だと思ったけれども、必ず、書こうと決意する。海老原氏は昔から私の仕事を愛してくれた人なので、私はそういう人のために、仕事をすることを喜びとしているのである。売れそうもない雑誌だと、尚《なお》さら、書いてやりたい。

谷村夫妻はたぶん各々の恋をすることになるだろうと私は考えていた。谷村の方は、もう、肉体のない、魂だけの、燃えただれ死んでしまっていいような、恋をしたいのだ、と告白している。そこで、その恋の相手に、とりあえず、私は信子という名前をだしておいた。けれども、とりあえず、そういう名前だけ出しておいたが、どんな女だか、全然まだ考えていない。谷村自身が、信子がどんな女なのだか、やがてその性格を自然に選ぶだろう。まだ私には、それを考えるひまもなく必要もないのだから。その恋愛が、この小説のテーマになるのだろうか？　そんなことは全然意図していなかったのだ。

どうも素子の方は、だんだん恋ができそうもなくなって行く。だんだん堅くなり、せまく、ヤドカリみたいに殻の中へひっこんで行くので、どうにも意外だ。私は谷村の恋よりも、素子の方が何かケタの外《はず》れた恋をやりだしそうな予感、あるいは予期がないではなかったが、どうも、私は、このへんで、二、三日、書くのをやめて、ボンヤリ、時間を浪費してみる方がいいのではないかと思う。私は二十八枚目まで書いた。思考の振幅が窮屈になりかけたときは、時間でも金でもただ、浪費するのがいいという、これは私が習慣から得た信条で、それに限るようだ。

午後二時頃暑いさかり、雑談会の立野智子氏来訪。これには、ちょっと、こまった。この人は、この日記をつけはじめた前日、即《すなわ》ち七月六日に、速達をよこして、インチキ文学ボクメツ論をやれ、という。先方が女なのだから、インチキ文学というのと、ボクメツというのが、なんとも、時世的に勇ましく、私は笑いがとまらなかった。女の方が勇壮カッパツ、凄《すご》すぎるよ。私はジャーナリズムの厭らしさにウンザリして、拒絶の代りに、勇敢無敵御婦人ジャーナリストをひやかす一文を草して、そくざに送ったのだ。

おとなしそうな娘さんなのだ。けれども、時にチクチク皮肉めき、なにか、素直ということが悪さを意味するとでも思っている様子で、どうも苦しい。痛々しい。インチキ文学ボクメツどころか、坂口安吾などというのが、本当はインチキそのものなので、私が偉そうに、先輩諸先生をヤッツケ放題にヤッツケているのなど、自分自身のインチキ性に対する自戒の意味、その悪戦苦闘だということを御存知ない。誰しも御自身のインチキ性を重々知ることがどんなに大切か、この人に語りたかったが、素直に受けてくれず皮肉られそうだったから、言わなかった。本当は素直な人なのだが、ひねくれることを美徳と思っているような、身構えということが立派だと思っているようだ。善良な弱い気質をゆがめて、わざわざ武装しているような気がする。この暑いのに、何かムリヤリ精一杯、ムリヤリ思いつめているようで、痛々しい思いがした。ひどく同情してしまって、すぐ原稿引受けた。
夜九時頃、涼しくなってから、さっそく雑談の原稿を書いた。中戸川とみゑさんのこと。一度書きたいとこの数年考えていたのだが、こんな風にカンタンに書くつもりはなかったので、いずれ「春日」を読んで、ゆっくりと考えていたのだが、手もとに「春日」がなく、むしろない方が都合がいいさ、「春日」など改めて読んで変に物々しく本格的にやると却《かえ》って書けそうもない面倒な気がして、三時間ぐらいで、あっさり書いてしまった。

七月十七日（晴）

酷熱、又、酷熱。小学館から速達、小説五十枚、とても書けない、ことわる。
道鏡の年表をつくろうとしたら、エミの押勝《おしかつ》になり、諸兄《もろえ》になり、不比等《ふひと》になり、鎌《かま》足《たり》になり、だんだん昔へさかのぼりすぎて、どうも、私は、何をやっても、過ぎたるは及ばず、という自然の結果になってしまう。久米邦武《くめくにたけ》の奈良朝史をノートをとりながら読む。深夜になお酷熱。水風呂にはいり、ようやく睡《ねむ》ることができた。

七月十八日（曇、午後二時頃より晴）

曇っているうちは凌《しの》ぎよかった。日がてりだすと、この二階はムシ風呂だ。私は早朝から、この長篇は、今年中に必ず書けるという妙な自信がわいているのだ。まったく妙な自信だ。全然、筋もプランも目当のつかない空々漠々、何を目安に自信があるのだい。けれども全く自信満々、ふざけた話だ。一昨日、雑談の原稿書き、それから、この小説を忘れたような顔しているのが、よかったようだ。妙に、晴々とした気持になりつつある。力があふれてくるのが分るような気持だ。こういう時は何という愉《たの》しさだろう。だが一年に何日、こんな日があるかと思うと、なさけない。

私はわざと筆をとらない。ふくらみつつある力をはかって、ねころんで本を読んでいる、なんとも壮大で、自分がたのもしい。架空《かくう》の影の虚《むな》しい自信と力なのだが、それを承知で、だまされ、たわいもない話だが、それでほんとに、いい気なのだから笑わせる。

七月十九日（晴）

私は病気になった。下痢《げり》と腹痛、たぶん、水風呂のたたりだろう。夏の悪熱は、私からあらゆる力をはぎ、ものうさと、とがった感情だけを残す。私はうつうつしつつ原子バクダンのバクハツばかり考えている。私自身がバクハツされたいのか、人をバクハツしたいのか、分らない。ただ、全てがとがり、痛み、平和なことが考えられないのだ。

熱のため、外気の暑さがわからない。

七月二十日（晴）

猛烈に暑い。夜になっても、暑い。どうやら熱が下ったので、暑さが分ってきた。もう原子バクダンは考えないが、仕事のことも考えられない。本も読む気にならない。

七月二十一日（晴）

猛烈に暑い。中央公論、小滝氏来訪。今度だす短篇集の話。もし長篇に没頭するなら、生活のことも考えるから、と言ってくれる。これは非常に嬉《うれ》しく、心強く承ったが、私は今、二つの場合を考えている。私は今、書きたいことがいくらでも有るような気がしているので、いったい何をどう書くのか、書けるだけ書き、限度のくるまで、書いてみるか。さもなければ、短篇など書きたいような気持でも書かず、長篇だけ、一つずつ、没頭してみようか。この二つ。私はともかく、一応前者をとることにしようと思った。はっきり、心をきめた。

原稿に向う。岡本の金談のこと。岡本の媚態《びたい》のこと。どうしてこんな風になるのだろう。とても苦しい。岡本の媚態も汚らしく不潔で、なんとも厭だけれども、こんなに汚され、いためつけられ、弄ばれている、素子の肉体が、肉体のもろさが、あんまりだ。どうしてこんなになるのだろうか。まるで、なんだか、ただ、もう、一途《いちず》に、憎しみをこめて、復讐《ふくしゅう》しているような意地の悪さではないか。どうして、こうなるのだ。そんな意図は微塵もないのに、どうしても、こうなる。筆を投げずにいられなくなる。一句書いては、ひっくりかえって目をつぶり、三十分もたって、又一句書くというぐあい。どうにも、書きたくない気持がする。たった一枚半。

七月二十二日（晴）

猛暑。暁鐘の沖塩徹也君来訪。会ったのは始めてだが、私の親しい友人達の同人雑誌にいた人で、名前はよく知っている人。支那で八年も兵隊生活させられたという運の悪い人で、その生活を二時間ばかり語って帰る。九月一杯だったら短篇書く約束する。

私はどうも、書くのが苦しい。私は岡本の卑《いや》しさが厭なのだが、谷村は、その岡本をともかく、芸術家の面白さがあるじゃないかという。谷村の考えは、なんだか、危っかしい。私は今日、藤子のことを書いたとき、谷村は魂の恋などと妙なことを言っているのだけれど、結局、藤子と、その魂の恋とやらをやり、馬脚を現すのではないか、そういう不安がしつづけている。それだったらずいぶん、なさけないことだ。悲しいことだ。

みすぼらしいことだ。私は素子が誰かと恋をして、谷村の変にとりすました気どった悟った一人よがりみたいなものをメチャクチャに破裂させ、逆上混乱させてくれればよいと思うのだが、素子はだんだん恋ができそうもなくなるばかりだ。尤も、素子が恋をして、谷村の足場がくずれて、そんなむつかしい関係をまともに発展させる手腕にめぐまれているかどうか、それが、又、不安なのだ。今から、こんなに苦しくて、この先、どうなるのだろうと、私は私の才能に就て、まったく切ないのだ。

七月二十三日（晴）

猛暑。読書新聞の島瑠璃子氏来訪。荷風《かふう》の問はず語りの書評。私は書けないから、佐々木基一君をわずらわすよう、すすめる。佐々木君は荷風に就ては私と似たような見解を持っていることを先日の手紙で知ったからだ。

新潟の兄、上京。かすかに、雨あり。いささかも涼しくならず、かえって、むしあつい。

素子は岡本の媚態を「みじめ」だという。そして、その媚態が話しかけているのは自分の肉体に対してであることを「今」は気がつかない、と谷村は考える。そして、今は気がつかないということに尚多くの秘密があるように思った、というのだが、素子が果して気がついていないか、谷村はそう思ったにしても、果してそうか、どうか。私はどうも、ここで、素子の肉体に同情しすぎたようだ。私は堪《た》えられなかったのだが、素子は気付かぬ筈はない。谷村が、今は気がついていないと解釈するのは変だ。谷村は気付いていると解釈するのが本当じゃないかと何度も思ったのだが、私はどうも、私が素子の肉体に就て、そうあって欲しいと思うセンチメンタルな希望を、谷村におしつけたような気がする。私はそう考えて、いやだったが、然しそうとも断言ができない。ほんとに素子は今は気がつかないかも知れないのだと、なんとなく言い張りたい気持があるので、まア、いいや、こうやっておけ、あとは野となれ山となれ、こんな小説、どうでもいいや、と筆を投げだしてしまったのだ。

七月二十四日（晴）

同居の大野一家族、一夏の予定で故郷へ。次女の婚礼の支度だ。酷熱。無慙《むざん》な暑さだ。一日ボンヤリしている。どうも書けない。考えることもない。何やかや、ふと小説のこと考えるようだが、とりとめのない影だけで実のあることは考えていない。実にどうも空漠たるものだ。

夜になって、兄、若園清太郎と共に帰ってくる。若園君、炉辺夜話集、探して持ってきてくれる。中央公論からだす短篇集のためのもの。若園君泊《とま》る。私は一夜ねむり得ず、若園君又ねつかれざるものの如し。深夜に至るも全く暑熱が衰えざる為《ため》である。

七月二十五日（晴のち曇）

頭が痛む。読書新聞より、どうしても問はず語り書評を、という重ねての依頼で、本を送ったという。勝手に本を送ったなんて無茶な話だ。夕方から涼しくなる。長野の兄社用で上京、夜益々《ますます》涼しい。久々の涼気。今日はたった一度しか水風呂へはいらなくて済んだ。食事の用意に困却。奇怪な御飯ができあがる。今日は仕事はしなかった。

七月二十六日（晴）

さして暑くない。文藝春秋の大倉氏来訪、原稿はまだできないが、あと四、五枚だから、おそくとも二十九日には私の方からおとどけすると答える。至極マジメな青年。こんな風なジャーナリストは今までは日本になかったタイプのようだが、近頃の若い人には往々こういうマジメ極まる人を見かける。自我を中心に、いかに生くべきか、ということを考えている。特攻隊の死に対しての覚悟の高さを疑《うたぐ》ると云っていた。自分自身の戦争生活の死との格闘からの結論なのである。考え自体でなく、考える態度のマジメさが、私には甚《はなは》だしく快かった。芥川《あくたがわ》ヒロシ氏の友人の由で、明日、芥川家を訪ねると云うから、その節は、葛巻義敏《くずまきよしとし》に呉々《くれぐれ》もよろしく、とたのむ。

若園君、真珠をもってきてくれる。この本は私の発禁になった本。私は自分の本を一冊も持たない。黒谷村が、まだ手にはいらぬ。あの中から「風博士」一つだけ、今度の短篇集へ入れたい。それの入手を若園君にたのむ。安田屋のタカシ青年遊びにくる。近所の罹災者《りさいしゃ》で、戦争中は私の家に住み、この家を火からまもってくれた。私の家の前後左右の隣へ各々五十キロの焼夷弾《しょういだん》が落ちたのをバクハツ直後の猛火の中へ水を冠《かぶ》ってとびこんで前後左右に火を叩《たた》きつけ、まったく物凄い。左官屋のお弟子だが、職人の良心と研究が旺盛《おうせい》で、実に好もしい青年だ。尤も、おかげで、どうも、今日は仕事がしたかったのだが、できなくなった。十時頃、もう、ねる。よく、ねむった。涼しいからだ。

七月二十七日（晴）

どうも、今日は、思いがけないことになった。仁科《にしな》という青年が登場してしまったのだ。私は始めから素子のために一人の青年が必要だと考えていた。素子がだんだん恋をしそうもなくなったので、どうもいけない、岡本の外《ほか》に、若い青年を一人、と考えており、どうも私は、素子の肉体が岡本などに弄れるのが堪えられず、尚更、青年を、と考えていたのだが、私が昨日まで考えていたのは、もっとマジメな相当利巧な青年のつもりであったのに、まったく、あべこべになってしまった。

原稿紙に向うと、まるで気持が違ってしまうので、私が私の好みや感傷から割りだして、予定していたことなど、とるにも足らぬことになり、書いてみると、すぐつまらなさが分り鼻につく。

どうして、青年が仁科でなければならなかったか、どうにも、私は不愉快だ。然し、この青年でなければならなくなったので、仕方がない。どうしても、素子の肉体が弄れる宿命から、私は逃げられないのだろうか。私はこの青年と素子に恋などさせたくない。もし恋をするなら、別のも一人の相当ましな人物を登場させたい。その私の感傷が、果して許され、遂げられるであろうか。そういう私の希望のせいか、素子は、やっぱり、恋のために、動きそうもない。仁科を相手にうごきそうもない。そういう私の希望的態度がいけないと思われたので、私は今日中に書き終る充分な時間があったが、中止して、歴史の本を読むことにした。今日もさして暑くない。春陽堂の高木青年来訪、小説ひきうける。

七月二十八日（晴）

ひどく合理的で、始めから、何かハッキリ割当てられた筋書のように首尾一貫したものができた。谷村は仁科によって蛙《かえる》の正体などというものを発見した。むろん私は蛙の正体が見破られることを予想はしていたが、こんな風に、いやにハッキリと、割り切ったように見破られるとは思わなかったので、私はもっと、すべてを漠然たる不明確な姿で、ぼんやりした姿のまま描いて素知らぬ顔でいたい気持でいたのだ。ボンヤリどころか、いやに明確で、まるで、小説を書きだした時から仁科を予定していたように、いやにハッキリしめくくりがついてしまったのは、どうも変だ。どうも話が巧《うま》くできすぎているので、約束が違うという気がする。約束といっても、別に心当りはないが、強いて云えば、ボンヤリということだ。この明確さは、どこか不自然なような気がするのだが、仕方がない。

谷村は蛙の正体を見ぬいて、素子がひそかに仁科を愛しているにしても、そういう夢は仕方がないと考える。夢のない人間はあり得ず、夢すらも持ち得ぬ人を愛し得る筈もないと考える。

谷村のこういう考え方が、私はどうも不満なのだ。素子に恋をさせ、この気どりをコッパ微塵にしてやりたい。それでもまだ、こんな風に、気取っていられるなら、そのときこそ大いによかろう。そう思う。そのくせ、素子はやっぱり恋をしそうもない。いや、素子がしそうもないのじゃなしに、谷村がそれを巧妙にくいとめているように思われるのだ。素子のひそかな夢を肯定して、夢は仕方がないものだと谷村が思うのは、私の希望がそこに反映しているので、つまり単なるひそかな、夢だけで終らせたいという、それは谷村自身よりも作者の作意であるような気もした。

それで、私は、谷村に素子を憎ませ、その恋心を嫉妬《しっと》させ、衝突させようかと、大いに考えたのだが、どうしても、そうすることが、できない。やる気にならない。その方が却って不自然だ。この儘《まま》の方が自然なので、もういい加減、これで終りにした方がいいと考えられた。いつもだと、もう勝手にするがいいや、どうにとなれ、と筆を投げるのだが、今日は尚あれこれ迷い、迷うと云っても突きつめた思いではなく漫然たる思いなのだが、結局これでいいことに決心するには、三時間ぐらい漫然と迷っていた。

私はもう、素子をこれ以上登場させたくない。仁科とくだらぬ恋をして、ただ肉体の最後の泥沼へ落ちるように思われたり、ともかく、どうも、素子を書く限り、その肉体を汚すこと、弄ぶこと、まるで私はその清純に悪意をこめているとしか、復讐しているとしか思われない。この続篇は谷村に恋をさせるつもりなのだが、素子がそれをどう受けとめるか、私は素子に谷村の恋を知らせたくないような気持なのだ。素子がヤキモチをやいて肉体に焦燥《しょうそう》しだすのが堪えられない気持だから。ともかく、まア、ここまで書いたことに就ては、私は多く苦痛であったが、多少は満足もしている。ともかく精一杯なのだろう。これで駄目なら、私自身が、まだ、駄目なので、出来、不出来のたまたま不出来の方だったという気休めは通用しない。

思索から小説依頼、とても書けない、ことわる。読書新聞から「問はず語り」がとどいたので、読んだ。軽すぎる。重い魂が軽いのじゃない。軽いものが、軽いのだ。

七月二十九日（午後より雨）

文藝春秋へ行き鷲尾洋三氏に原稿渡す。ともかく、精一杯のものです、とだけ言った。まったく、目下はそれが全部の感想なのだ。中央公論社へ行き、小滝氏に原稿をとどける。まだ「風博士」だけが足りない。

たったそれだけ路上を歩いただけで、会った人、東京新聞寺田、改造西田、新聞報柴野、若園君とその友人某君と酒をのむ。久々の酒、嬉しかった。大いに駄ボラを吹く。酔っ払うと、急に、大いに「女体」に自信満々たるように亢奮《こうふん》しだしたから、無茶で、私は酒を飲まないうちは、ともかく精一杯の仕事だった、と、むしろやや悲痛にちかい感慨で、暗く考えていたのであった。酒は無茶だ。不当に気が強くなる。ずいぶん「女体」を威張って、二人のきき手を悩ましたようだ。若園君、私の家へ泊る。むりに引っぱってきたのだ。三、四日分のパンを焼いて貰う魂胆なのだ。一人になったら、実に落付いて気持がいいが、食事だけ困るのだ。

余はベンメイす

先日朝日評論のO氏現れ、開口一番、舟橋聖一のところには日に三人の暴力団が参上する由《よし》だが、こちらはどうですか、と言う。こちらはそんなものが来たことがない。来る筈《はず》もないではありませんか。

東京新聞のY先生(なぜなら彼は僕の碁《ご》の師匠だから)が現れての話でも、世間ではもっぱら情痴《じょうち》作家と云《い》ってますが、御感想いかが、と言う。すると、それから、西海と東海と東京と三つの雑誌と新聞から同じようなことを言ってきて、私の立場に就《つ》いて、弁明しろと言う。弁明など考えたこともないから、しろと云っても、無理だ。

朝日評論のO氏も弁明を書けという。まるでどうも、私が東京裁判情痴部というようなところへ引きだされて目下訊問《じんもん》を受けているようにきめこんでいる様子で、私も恐縮したが、まったく馬鹿げた話である。

こうきめつけられては、てれてニヤニヤする以外に手がなくなって、そうかね、私は情痴作家ですか、などと云うと、知友の筈のY先生まで、舟橋・織田《おだ》も情痴作家とよばれることを厭《いや》がりますね、などと取りすましている。とりつく島がない。

いつだったか新潮社のS青年が現れて、サルトルは社会的責任を負うと声明していますが、あなたは如何という。この方はハッキリしていて気に入ったから、勿論《もちろん》だ、牢屋《ろうや》へでもなんでも這入《はい》る、と威勢のいいところを見せて、ソクラテスを気取ったものだ。じゃ、あなたも声明を書きませんか、ときたから、私も憤然として、そんなこと書くのはヤボというものだ、作家が自分の言葉に責任を負うのは当然ではないですか、決闘して死んだ男もあるですよ(ホントかね)。あんまり見上げたことではないが自殺した先生方も多々あるです。僕など生きることしか手を知らないのだから、酒となり肉体となり、時には荘周先生の如《ごと》く蝶《ちょう》ともなれば、ここに幻術の限りをつくして辛《つら》くも生きているにすぎない。あに牢獄を、絞《しぼ》り首を怖《おそ》れんや。絞り首は恐入《おそれい》るけれども話の景気というもので、ザッとこういうぐあいに御返事申上げた。だいたいサルトルが書いたから私にも書けとは乱暴な。先日酔っ払って意識不明のところを読売新聞の先生方に誤魔化されて読みもしないサルトルにつき一席口上を書いたのが運の尽きで、改造だの青磁社だのまだ出来上らないサルトルの飜訳《ほんやく》のゲラ刷《ずり》だの原稿だの飛び上るような部厚な奴を届けて汝《なんじ》あくまで読めという。これ実に、人泣かせの退屈きわまる本ですよ。街頭で酒店で会う人ごとにサルトルはいかがとくる。まるで私が今サルトルと別れてフランスから帰ったような有様だから、私もつい癪《しゃく》にさわって、うん、シロでサルトルとシャンパンにカレイのヒレを落してオカンをした奴をのんだよ、うまくなかったね、然《しか》し実存主義よりはいくらか清潔な飲み物でした、などと言う。すると中には、へえ、シロってのは何ですか。君シロを知らないですか。プルウスト先生行きつけのパリきっての上品なレストランです。ここでシャンパンを飲んだのは日本人で拙者ぐらいのものですよ、とおどかす。すると、へえ、あなたが、と云って、私の行きつけの怪しき飲み屋の怪しき構えを改めてジロジロ見まわしたり、又は私の怪しき洋服に目をつけたりする。巴里《パリ》へいついらっしゃったんですか、ときくから、君冗談じゃないぜ、僕は日本にいくらもいやしないよ、戦争になって、やむなく交換船で追い返されてきたのだ、実存主義なんて八、九年前に僕がモンマルトルの屋根裏で寝言のつもりで言いだして、今はもう忘れてしまったんだ。執念深く覚えているのはサルトルぐらいのものだぜ、と云って、あとはクダをまいてしまう、というテイタラクである。

作家は弁明を書くべき性質のものではない。書くが如くに行い、行うごとく書き、わが生存、わが生き方がそこに捧げられているのであるから、他の何物を怖れるよりも、自我自らを偽ることを怖れるものであり、すべてが厳たる自我の責任のもとに書き表されていること、元より言うまでもない。社会的責任の如き屁《へ》の河童《かっぱ》ではないですか。論ずるだけがヤボであり、そういう文学以前の問題にかかずらって一席弁じるサルトル先生も情《なさけ》ない先生だが、作家に向い弁明などと注文せられる向きの編輯者《へんしゅうしゃ》諸先生は先ず以《もっ》て三思三省せらるべし。

諸君は各々の家に於《おい》て日常何をしておられるか？　思うに諸君(以下、君の中には女の方も入れてありますから)は、父であり、母であり、子であり、良人《おっと》であり、細君であり、恋人であり、諸君も亦《また》、男女の道を行われること当然ではないか。かかる私事は之《これ》を人前にさらけだすべきものではなく、礼儀に於て、常識に於て、そうである如く、如何《いか》なる破壊混乱の時代に於ても、かかる表出は礼儀化されぬ性質のものであるかも知れない。貝原益軒《かいばらえきけん》先生は只今《ただいま》房事中と来客を断られた由であるが、私はこういう聖人賢者は好きではない。こんなところは何も正直に言うことはないさ。只今所用があるからぐらいで充分で、こういう惨《みじ》めな正直づらは、私はイヤだ。

文学はこういう芸のない正直とは違う。こういう時には嘘《うそ》をつく人生を建前とするのが文学のもとめる真実です。

だが、諸君は各々の私事に於て、正しいこと、自ら省みて正しいと信ずることを行っていられるか。諸君は信じておるかも知れぬ。然し、それが、自ら省みること不足のせいであり、自ら知ること足らざるせいであることを、そうではないと断言し得るや。カトリックに於ては、善人は天国へ、悪人は地獄へ、生れたばかりの赤ん坊は煉獄《れんごく》(ピュルガトワル)へ行きます。日本では普通、煉獄を地獄よりももっと悪い所のように考えているが大間違いで、ピュルガトワルとは天国と地獄の中間、即《すなわ》ち善ならず悪ならず、無の世界で、赤ん坊は善悪に関せざる無だから赴《おもむ》く。私自身の宗教に於ては、赤ん坊だけではない、自ら省みて恥なしなどという健康者はみんな煉獄へ送ってしまう。人間の真似《まね》をしている人形だから。

諸君は夫婦であり、恋人達だ。諸君は男女の道を、恋人の道を行い、満足ですか。不安ではないのですか。平気ですか。幸福ですか。

快楽ほど人を裏切るものはない。なぜなら、快楽ほど空想せられるものはないから。私の魂は快楽によって満たされたことは一度もなかった。私は快楽はキライです。然し私は快楽をもとめずにいられない。考えずにいられない。

諸君は上品です。私事に就ては礼儀をまもって人前で喋《しゃべ》らず、その上品さで、諸君の魂は真実ゆたかなのだろうか、真実高貴なのだろうか。

すべて人間の世界に於ては、物は在《あ》るのではなく、つくるものだ。私はそう信じています。だから私は現実に絶望しても、生きて行くことには絶望しない。本能は悲しいものですよ。どうすることも出来ない物、不変なもの、絶対のもの、身に負うたこの重さ、こんなイヤなものはないよ。だが、モラルも、感情も、これは人工的なものですよ。つくりうるものです。だから、人間の生活は、本能もひっくるめて、つくることが出来ます。

私は童貞のころ、カーマスットラを読み、アナーガランガを読んだ。そこに偉大な真実、現実の哲理が語られているかと思って、何本よりも熱意に燃えて読んだほどだった。私は近頃発禁になったという「猟奇」だの「でかめろん」だの「赤と黒」だの「りべらる」を読む人々が、健全にして上品なる人士よりも猥《わい》セツだとは思わない。私も、もし、カーマスットラを読んだ頃のこの現実に絶望しない童貞の頃だったら、まっさきに、これらの雑誌を読んでみたに相違ない。不幸にして、今はもう読んでみる気にもならないです。私の方が、よっぽど、その道の達人なんだから。すくなくとも、私は退屈しているのです。

春本《しゅんぽん》を読む青年子女が猥セツなのではなく、彼等を猥セツと断じる方が猥セツだ。そんなことは、きまりきっているよ。君達自身、猥セツなことを行っている。自覚しているる。それを夫婦生活の常道だと思って安心しているだけのことさ。夫婦の間では猥セツでないと思っているだけのことですよ。誰がそれを許したのですか。神様ですか。法律ですか。阿呆《あほ》らしい。許し得る人は、ただ一人ですよ。自我！

肉体に目覚めた青年達が肉体に就て考え、知ろうとし、あこがれるのは当然ではないか。隠すことはない。読ませるがよい。人間は肉体だけで生きているのではないのです。肉体に就て知ろうとすると同じように、精神に就て、知ろうとし、求めようとすること、当然ではないですか。

「猟奇」「でかめろん」等々を読ませた方が、そういうものに退屈させる近道だ。読まなければ空想する。そしていつまでも退屈しない。読ませれば、純文学のケチなエロチシズムなどには鼻もひっかけなくなるから、文学は純化され、文学の書き方も、読み方も正しくなり、坂口安吾はエロ作家などという馬鹿げた読み方もしなくなるだろう。舞台でも、そう。露出女優や露出ダンスがハンランすれば、芸術女優の芸術的エロチシズムは純化され、高められる。

露出だの猥本などというものは、忽《たちま》ち、あきてしまうものですよ。禁止するだけ、むしろ人間を、同胞を、侮辱《ぶじょく》しているのです。そういう禁止の中で育てられた諸君こそ、不具者で、薄汚い猥漢で、鼻もちならない聖人なのだ。人間は本来もっと高尚なものだよ。肉体以上に知的なものですよ。露骨なものを勝手に見せ、読ませれば、忽ちあいて、諸君のような猥漢は遠からず地上から跡を絶つ。

肉体なんか退屈ですよ。うんざりする。退屈しないのは、原始人だけ。知識というものがあれば、退屈せざるを得ないものだ。快楽は不安定だというけれども、犬だの野蛮人の快楽は不安定ではないので、知識というものが、不安定なのです。

結婚するなら、肉体に退屈してからやりなさい。否《いな》、結婚ぐらい、なんべんやりなおしてもよいではないですか。退屈するまで、やり直しなさい。最も、やり直すのが面倒くさかったら、ネ。女房を追い出すのは面倒だが、会社へ行くのは面倒ではない、などというのは、インチキですよ。徹底的に面倒くさいという人は、多分、一番偉いんだろう。そのくせ、飯を食うなんて、どうも、イヤだな。

失礼しました。私はまったくダメです。なぜなら、私は教師ではない。私は生徒です。

そのくせ、一場のお説教に及んだ度胸はあさましい。

私は、ただ一個の不安定だ。私はただ探している。女でも、真理でも、なんでも、よろしい。御想像にお任せする。私はただ、たしかに探しているのだ。

然し、真理というものは実在しない。即ち真理は、常にただ探されるものです。人は永遠に真理を探すが、真理は永遠に実在しない。探されることによって実在するけれども、実在することによって実在することのない代物《しろもの》です。真理が地上に実在し、真理が地上に行われる時には、人間はすでに人間ではないですよ。人間は人間の形をした豚ですよ。真理が人間にエサをやり、人間はそれを食べる単なる豚です。

私は日本伝統の精神をヤッツケ、もののあわれ、さび幽玄の精神などを否定した。然《しか》し、私の言っていることは、真理でも何でもない。ただ時代的な意味があるだけだ。ヤッツケた私は、ヤッツケた言葉のために、偽瞞《ぎまん》を見破られ、論破される。私の否定の上に於て、再び、もののあわれは成り立つものです。ベンショウホウなどという必要はない。ただ、あたりまえの話だ。人は死ぬ。物はこわれる。方丈記の先生の仰有《おっしゃ》る通り、こわれない物はない。

もとより、私は、こわれる。私は、ただ、探しているだけ。汝《なんじ》、なぜ、探すか。探さずにいられるほど、偉くないからだよ。面倒くさいと云って飯も食わずに永眠するほど偉くないです。

私は探す。そして、ともかく、つくるのだ。自分の精いっぱいの物を。然し、必ず、こわれるものを。然し、私だけは、私の力ではこわし得ないギリギリの物を。それより外《ほか》に仕方がない。

それが世のジュンプウ良俗に反するカドによって裁かれるなら、私はジュンプウ良俗に裁かれることを意としない。私が、私自身に裁かれさえしなければ。たぶん、「人間」も私を裁くことはないだろう。

★

私はここまで書いてきて、やめるつもりであったが、余《よ》はベンカイしない、などと云って、結構ベンカイに及んだ形であるから、憤然として、ペンを握った。

今はもう、夜が明けるところです。私は目下、長篇小説に没頭しているのだ。だから約束した諸方の原稿を全部お断り願い、延期していただいたという次第なのに、朝日評論のO先生だけ、頑として、実に彼は岩石です。女の子も、これほどツレないものではない。おかげで私はヒロポンをのみ、気息エンエン。氏は実に二日目毎《ごと》に四回麗人の使者を差向け、最後に、遂《つい》に、氏自ら現れて脅迫されるに及んで、私も泣いた。これ実に本日白昼の出来事です。大悲劇です。

私は聖徳太子ではないのだから、頭は一つ、手は一本(ペンを握る手はですよ。両手はきかないよ)昨日は昨日で、東京新聞のタロちゃんなる重役先生が何食わぬ顔をして、余の仕事ぶりを偵察にきて、エヘラエヘラ帰って行った。私も遂に探偵につきまとわれる身となって、近頃は心臓が心細くて仕方がないのだから私はベンカイなどは断じてイヤだと言うのだが、環境の悪化のせいで、ダメでした。

ちょうど一番電車が通ったから、私も一つこのへんから、大攻勢にでてやろう。夜明けはある、私にも。たぶん、アルデショウ。私は希望に生きるですから。

小説を読むなら、勉強して、偉くなってから、読まなければダメですよ。陸軍大将になっても、偉くはない。総理大臣になっても、偉くはないさ。偉くなるということは、人間になるということだ。人形や豚ではないということです。

小説はもともと毒のあるものです。苦悩と悲哀を母胎にしているのだからね。苦悩も悲哀もない人間は、小説を読むと、毒蛇に嚙《か》まれるばかり。読む必要はないし、読んでもムダだ。

小説は劇薬ですよ。魂の病人のサイミン薬です。病気を根治する由もないが、一時的に、なぐさめてくれるオモチャです。健康な豚がのむと、毒薬になる。

私の小説を猥セツ文学と思う人は、二度と読んではいけない。あなたの魂自身が、魂自体のふるさとを探すようになる日まで。

私の小説は、本来オモチャに過ぎないが、君たちのオモチャではないよ。あっちへ行ってくれ。私は、もう、ねむい。

恋愛論

恋愛とはいかなるものか、私はよく知らない。そのいかなるものであるかを、一生の文学に探しつづけているようなものなのだから。

誰しも恋というものに突きあたる。あるいは突きあたらずに結婚する人もあるかもしれない。やがてしかし良人《おっと》を妻を愛す。あるいは生れた子供を愛す。家庭そのものを愛す。金を愛す。着物を愛す。

私はフザけているのではない。

日本語では、恋と、愛という語がある。いくらかニュアンスがちがうようだ。あるいは二つをずいぶん違ったように解したり感じたりしている人もあるだろう。外国では(私の知るヨーロッパの二、三の国では)愛も恋も同じで、人を愛すという同じ言葉で物を愛すという。日本では、人を愛し、人を恋しもするが、通例物を恋すとはいわない。まれに、そういう時は、愛すと違った意味、もう少し強烈な、狂的な力がこめられているような感じである。

もっとも、恋す、という語には、いまだ所有せざるものに思いこがれるようなニュアンスもあり、愛すというと、もっと落ちついて、静かで、澄んでいて、すでに所有したものを、いつくしむような感じもある。だから恋すという語には、もとめるはげしさ、狂的な祈願がこめられているような趣きでもある。私は辞書をしらべたわけではないのだが、しかし、恋と愛の二語に歴史的な、区別され限定された意味、ニュアンスが明確に規定されているようには思われぬ。

昔、切支丹《キリシタン》が初めて日本に渡来したころ、この愛という語で非常に苦労したという話がある。あちらでは愛すは好むで、人を愛す、物を愛す、みな一様に好むという平凡な語が一つあるだけだ。ところが、日本の武士道では、不義はお家の御法度《ごはっと》で、色恋というと、すぐ不義とくる。恋愛はよこしまなものにきめられていて、清純な意味が愛の一字にふくまれておらぬのである。切支丹は愛を説く。神の愛、キリシトの愛、けれども愛は不義につらなるニュアンスが強いのだから、この訳語に困惑したので、苦心のあげくに発明したのが、大切という言葉だ。すなわち「神《デウス》のご大切」「キリシトのご大切」と称し、余《よ》は汝《なんじ》を愛す、というのを、余は汝を大切に思う、と訳したのである。

実際、今日われわれの日常の慣用においても、愛とか恋は何となく板につかない言葉の一つで、僕はあなたを愛します、などというと、舞台の上でウワの空にしゃべっているような、われわれの生活の地盤に密着しない空々《そらぞら》しさが感じられる。愛す、というのは何となくキザだ。そこで、僕はあなたがすきだ、という。この方がホンモノらしい重量があるような気がするから、要するに英語のラヴと同じ結果になるようだが、しかし、日本語のすきだ、だけでは力不足の感があり、チョコレートなみにしかすきでないような物たりなさがあるから、しかたなしに、とてもすきなんだ、と力むことになる。

日本の言葉は明治以来、外来文化に合わせて間に合わせた言葉が多いせいか、言葉の意味と、それがわれわれの日常に慣用される言葉のイノチがまちまちであったり、同義語が多様でその各々に靄《もや》がかかっているような境界線の不明確な言葉が多い。これを称して言葉の国というべきか、われわれの文化がそこから御利益《ごりやく》を受けているか、私は大いに疑っている。

惚《ほ》れたというと下品になる、愛すというといくらか上品な気がする。下品な恋、上品な恋、あるいは実際いろいろの恋があるのだろうから、惚れた、愛した、こう使いわけて、たった一字の動詞で簡単明瞭に区別がついて、日本語は便利のようだが、しかし、私はあべこべの不安を感じる。すなわち、たった一語の使いわけによって、いともあざやかに区別をつけてそれですましてしまうだけ、物自体の深い機微、独特な個性的な諸表象を見のがしてしまう。言葉にたよりすぎ、言葉にまかせすぎ、物自体に即して正確な表現を考え、つまりわれわれの言葉は物自体を知るための道具だという、考え方、観察の本質的な態度をおろそかにしてしまう。要するに、日本語の多様性は雰囲気的でありすぎ、したがって、日本人の心情の訓練をも雰囲気的にしている。われわれの多様な言葉はこれをあやつるにきわめて自在豊饒《ほうじょう》な心情的沃野《よくや》を感じさせてたのもしい限りのようだが、実はわれわれはそのおかげで、わかったようなわからぬような、万事雰囲気ですまして卒業したような気持になっているだけの、原始詩人の言論の自由に恵まれすぎて、原始さながらのコトダマのさきわう国に、文化の借《か》り衣裳《いしょう》をしているようなものだ。

人は恋愛というものに、特別雰囲気を空想しすぎているようだ。しかし、恋愛は、言葉でもなければ、雰囲気でもない。ただ、すきだ、ということの一つなのだろう。すきだ、という心情に無数の差があるかもしれぬ。その差の中に、すき、と、恋との別があるのかもしれないが、差は差であって、雰囲気ではないはずである。

★

恋愛というものは常に一時の幻影で、必ず亡《ほろ》び、さめるものだ、ということを知っている大人の心は不幸なものだ。

若い人たちは同じことを知っていても、情熱の現実の生命力がそれを知らないが、大人はそうではない、情熱自体が知っている、恋は幻だということを。

年齢には年齢の花や果実があるのだから、恋は幻にすぎないという事実については、若い人々は、ただ、承った、ききおく、という程度でよろしいのだと私は思う。

ほんとうのことというものは、ほんとうすぎるから、私はきらいだ。死ねば白骨になるという。死んでしまえばそれまでだという。こういうあたりまえすぎることは、無意味であるにすぎないものだ。

教訓には二つあって、先人がそのために失敗したから後人はそれをしてはならぬ、という意味のものと、先人はそのために失敗し後人も失敗するにきまっているが、さればといって、だからするなとはいえない性質のものと、二つである。

恋愛は後者に属するもので、所詮《しょせん》幻であり、永遠の恋などは嘘《うそ》の骨頂だとわかっていても、それをするな、といい得ない性質のものである。それをしなければ人生自体がなくなるようなものなのだから。つまりは、人間は死ぬ、どうせ死ぬものなら早く死んでしまえということが成り立たないのと同じだ。

私はいったいに万葉集、古今集《こきんしゅう》の恋歌などを、真情が素朴純粋に吐露されているというので、高度の文学のように思う人々、そういう素朴な思想が嫌いである。

極端にいえば、あのような恋歌は、動物の本能の叫び、犬や猫がその愛情によって吠《ほ》え鳴くことと同断で、それが言葉によって表現されているだけのことではないか。

恋をすれば、夜もねむれなくなる。別れたあとには死ぬほど苦しい。手紙を書かずにいられない。その手紙がどんなにうまく書かれたにしても、猫の鳴き声と所詮は同じことなので、以上の恋愛の相は万代不易の真実であるが、真実すぎるから特にいうべき必要はないので、恋をすれば誰でもそうなる。きまりきったことだから、勝手にそうするがいいだけの話だ。

初恋だけがそうなのではなく、何度目の恋でも、恋は常にそういうもので、得恋は失恋と同じこと、眠れなかったり、死ぬほど切なく不安であったりするものだ。そんなことは純情でもなんでもない、一、二年のうちには、また、別の人にそうなるのだから。

私たちが、恋愛について、考えたり小説を書いたりする意味は、こういう原始的な(不変な)心情のあたりまえの姿をつきとめようなどということではない。

人間の生活というものは、めいめいが建設すべきものなのである。めいめいが自分の人生を一生を建設すべきものなので、そういう努力の歴史的な足跡が、文化というものを育ててあげてきた。恋愛とても同じことで、本能の世界から、文化の世界へひきだし、めいめいの手によってこれを作ろうとするところから、問題がはじまるのである。

A君とB子が恋をした。二人は各々ねむられぬ。別れたあとでは死ぬほど苦しい。手紙を書く、泣きぬれる。そこまでは、二人の親もそのまた先祖も、孫も子孫も変りがないから、文句はいらぬ。しかし、これほど恋しあう御両人も、二、三年後には御多分にもれず、つかみあいの喧嘩《けんか》もやるし、別の面影を胸に宿したりするのである。何かよい方法はないものかと考える。

しかし、大概そこまでは考えない。そしてA君とB子は結婚する。はたして、例外なく倦怠《けんたい》し、仇心《あだごころ》も起きてくる。そこで、どうすべきかと考える。

その解答を私にだせといっても、無理だ。私は知らない。私自身が、私自身だけの解答を探しつづけているにすぎないのだから。

★

私は妻ある男が、良人ある女が、恋をしてはいけないなどとは考えていない。

人は捨てられた一方に同情して捨てた一方を憎むけれども、捨てなければ捨てないために、捨てられた方と同価の苦痛を忍ばねばならないので、なべて失恋と得恋は苦痛において同価のものだと私は考えている。

私はいったいに同情はすきではない。同情して恋をあきらめるなどというのは、第一、暗くて、私はいやだ。

私は弱者よりも、強者を選ぶ。積極的な生き方を選ぶ。この道が実際は苦難の道なのである。なぜなら、弱者の道はわかりきっている。暗いけれども、無難で、精神の大きな格闘が不要なのだ。

しかしながら、いかなる正理も決して万人のものではないのである。人はおのおの個性が異なり、その環境、その周囲との関係が常に独自なものなのだから。

私たちの小説が、ギリシャの昔から性懲《しょうこ》りもなく恋愛を堂々めぐりしているのも、個性が個性自身の解決をする以外に手がないからで、何か、万人に適した規則が有って恋愛を割りきることができるなら、小説などは書く要もなく、また、小説の存する意味もないのである。

しかし、恋愛には規則はないとはいうものの、実は、ある種の規則がある。それは常識というものだ。または、因習というものである。この規則によって心のみたされず、その偽りに服しきれない魂が、いわば小説を生む魂でもあるのだから、小説の精神は常に現世に反逆的なものであり、よりよきなにかを探しているものなのである。しかし、それは作家の側からのいい分であり、常識の側からいえば、文学は常に良俗に反するものだ、ということになる。

恋愛は人間永遠の問題だ。人間ある限り、その人生の恐らく最も主要なるものが恋愛なのだろうと私は思う。人間永遠の未来に対して、私が今ここに、恋愛の真相などを語りうるものでもなく、またわれわれが、正しき恋などというものを未来に賭《か》けて断じうるはずもないのである。

ただ、われわれは、めいめいが、めいめいの人生を、せい一ぱいに生きること、それをもって自らだけの真実を悲しく誇り、いたわらねばならないだけだ。

問題は、ただ一つ、みずからの真実とは何か、という基本的なことだけだろう。それについても、また、私は確信をもっていいうる言葉をもたない。ただ、常識、いわゆる醇風《じゅんぷう》良俗なるものは真理でもなく正義でもないということで、醇風良俗によって悪徳とせられること必ずしも悪徳ではなく、醇風良俗によって罰せられるよりも、自我みずからによって罰せられることを怖《おそ》るべきだ、ということだけはいい得るだろう。

★

しかし、人生は由来、あんまり円満多幸なものではない。愛する人は愛してくれず、欲しいものは手に入らず、概してそういう種類のものであるが、それぐらいのことは序の口で、人間には「魂の孤独」という悪魔の国が口をひろげて待っている。強者ほど、大いなる悪魔を見、争わざるを得ないものだ。

人の魂は、何物によっても満たし得ないものである。特に知識は人を悪魔につなぐ糸であり、人生に永遠なるもの、裏切らざる幸福などはあり得ない。限られた一生に、永遠などとはもとより嘘にきまっていて、永遠の恋などと詩人めかしていうのも、単にある主観的イメージュを弄《もてあそ》ぶ言葉の綾《あや》だが、こういう詩的陶酔は決して優美高尚なものでもないのである。

人生においては、詩を愛するよりも、現実を愛することから始めなければならぬ。もとより現実は常に人を裏ぎるものである。しかし、現実の幸福を幸福とし、不幸を不幸とする、即物的な態度はともかく厳粛なものだ。詩的態度は不遜《ふそん》であり、空虚である。物自体が詩であるときに、初めて詩にイノチがありうる。

プラトニック・ラヴと称して、精神的恋愛を高尚だというのも妙だが、肉体は軽蔑しない方がいい。肉体と精神というものは、常に二つが互《たがい》に他を裏切ることが宿命で、われわれの生活は考えること、すなわち精神が主であるから、常に肉体を裏切り、肉体を軽蔑することに馴《な》れているが、精神はまた、肉体に常に裏切られつつあることを忘れるべきではない。どちらも、いい加減なものである。

人は恋愛によっても、みたされることはないのである。何度、恋をしたところで、そのつまらなさが分る外《ほか》には偉くなるということもなさそうだ。むしろその愚劣さによって常に裏切られるばかりであろう。そのくせ、恋なしに、人生は成りたたぬ。所詮人生がバカげたものなのだから、恋愛がバカげていても、恋愛のひけめになるところもない。バカは死なきゃ治らない、というが、われわれの愚かな一生において、バカは最も尊いものであることも、また、銘記しなければならない。

人生において、最も人を慰めるものは何か。苦しみ、悲しみ、せつなさ。さすれば、バカを怖れたもうな。苦しみ、悲しみ、切なさによって、いささか、みたされる時はあるだろう。それにすら、みたされぬ魂があるというのか。ああ、孤独。それをいいたもうなかれ。孤独は、人のふるさとだ。恋愛は、人生の花であります。いかに退屈であろうとも、この外《ほか》に花はない。

悪妻論

悪妻には一般的な型はない。女房と亭主の個性の相対的なものであるから、わが平野《ひらの》謙《けん》の如《ごと》く(彼は僕らの仲間では大愛妻家という定説だ)先日両手をホータイでまき、日本が木綿《もめん》不足で困っているなどとは想像もできない物々しいホータイだ。肉がえぐられる深傷《ふかで》だという無慙《むざん》な話であるけれども、彼の方が女房の横ッ面をヒッパたいたことすらもないという沈着なる性格、深遠なる心境、まさしく愛猫家や愛妻家の心境というものは凡俗には理解のできないものだ。

思うに多情淫奔《いんぽん》な細君は言うまでもなく亭主を困らせる。困らせられるけれども、困らせられる部分で魅力を感じている亭主の方が多いので、浮気な細君と別れた亭主は、浮気な亭主と別れた女房同様に、概《おおむ》ね別れた人にミレンを残しているものだ。

ミレンを残すぐらいなら別れなければ良かろうものを、つまり、彼、彼女らは悪妻とか悪亭主という世の一般の通念や型をまもって、個性的な省察を忘れたのだ。悪妻に一般的な型などあるべきものではなく、否《いな》、男女関係のすべてに於《おい》て型はない。個性と個性の相対的な加減乗除があるだけだ。わが平野謙の如く、戦争をその残酷なる流血の故《ゆえ》に呪《のろ》い憎んでいても、その女房を戦争犯罪人などとは言わず惜しみなくホータイをまいて満足しているから、さすがに文学者、沈着深遠、深く物の実体を究め、かりそめにも世の型の如きもので省察をにぶらせることがない。偉大！　かくあるべし。

然《しか》し、日本の亭主は不幸であった。なぜなら、日本の女は愛妻となる教育を受けないから。彼女らは、姑《しゅうとめ》に仕え、子を育て、主として、男の親に孝に、わが子に忠に、亭主そのものへの愛情に就《つい》てはハレモノにさわるように遠慮深く教育訓練されている。日本の女を女房に、パリジャンヌを妾《めかけ》に、という世界的な説がある由《よし》、然し、悲しい日本の女よ、彼女らは世界一の女房であっても、まさしく男がパリジャンヌを必要とする女房だ。日本人の蓄妾癖《ちくしょうへき》は野蛮人の証拠だなどとはマッカな偽り、日本の女房の型、女大学の猛訓練は要するに亭主をして女房に満足させず、妾をつくらずにいられなくなる性格を与えるためにシシとして勉強しているようなものだ。

武家政治このかた、日本には恋愛というものが封じられ、恋愛は不義で、若気のアヤマチなどと云《い》って、恋愛の心情に対する省察も、若気のアヤマチ以上に深入りして個別的に考えられたこともない。恋愛に対する訓練がミジンもないから、お手々をつないで街を歩くこともできず、それでいきなり夫婦、同衾《どうきん》とくるから、男女関係は同衾だけで、まるでもう動物の訓練を受けているようなもの、日本の女房は、わびしい。暗い。悲しい。

女大学の訓練を受けたモハンの女房が良妻であるか、そして、左様《さよう》な良妻に対比して、日本的な悪妻の型や見本があるなら、私はむしろ悪妻の型の方を良妻也《なり》と断ずる。センタクしたり、掃除《そうじ》をしたり、着物をぬったり、飯を炊いたり、労働こそ神聖也とアッパレ丈夫の心掛け。けれども、遊ぶことの好きな女は、魅力があるにきまってる。多情淫奔ではいささか迷惑するけれども、迷惑、不安、懊悩《おうのう》、大いに苦しめられても、それでも良妻よりはいい。

人はなんでも平和を愛せばいいと思うなら大間違い、平和、平静、平安、私は然し、そんなものは好きではない。不安、苦しみ、悲しみ、そういうものの方が私は好きだ。

私は逆説を弄《ろう》しているわけではない。人生の不幸、悲しみ、苦しみというものは厭悪《えんお》、厭離すべきものときめこんで疑《うたぐ》ることも知らぬ魂の方が不可解だ。悲しみ、苦しみは人生の花だ。悲しみ苦しみを逆に花さかせ、たのしむことの発見、これをあるいは近代の発見と称してもよろしいかも知れぬ。

恋愛というと得恋、メデタシメデタシと考えて、なんでもそうでなければならないものだときめているが、失恋などというものも大いに趣味のあるもので、第一、得恋メデタシメデタシよりも、よっぽど退屈しない。ほんとだ。

先日、本の広告を見ていたら、人妻とある詩人の恋文を、二人が恋しながら、肉体の関係のなかった故に神聖な恋だと書かれていた。おかしな神聖があるものだ。精神の恋が清らかだなどとはインチキで、ゼスス様も仰有《おっしゃ》る通り行きすぎの人妻に目をくれても姦淫《かんいん》に変りはない。人間はみんな姦淫を犯しており、みんなインヘルノへ落ちるものにきまっている。地獄の発見というものもこれ又ひとつの近代の発見、地獄の火を花さかしめよ、地獄に於て人生を生きよ、ここに於て必要なものは、本能よりも知性だ。いわゆる良妻というものは、知性なき存在で、知性あるところ、女は必ず悪妻となる。知性はいわば人間性への省察であるが、かかる省察のあるところ、思いやり、いたわりも大きく又深くなるかも知れぬが、同時に衝突の深度が人間性の底に於て行われ、ぬきさしならぬものとなる。

人間性の省察は、夫婦の関係に於ては、いわば鬼の目の如きもので、夫婦はいわば、弱点、欠点を知りあい、むしろ欠点に於て関係や対立を深めるようなものでもある。その対立はぬきさしならぬものとなり、憎しみは深《ふ》かまり、安き心もない。知性あるところ、夫婦のつながりは、むしろ苦痛が多く、平和は少いものである。然し、かかる苦痛こそ、まことの人生なのである。苦痛をさけるべきではなく、むしろ、苦痛のより大いなる、より鋭くより深いものを求める方が正しい。夫婦は愛し合うと共に憎み合うのが当然であり、かかる憎しみを怖《おそ》れてはならぬ。正しく憎み合うがよく、鋭く対立するがよい。

いわゆる良妻の如く、知性なく、眠れる魂の、良犬の如くに訓練されたドレイのような従順な女が、真実の意味に於て良妻である筈《はず》はない。そしてかかる良妻の附属品《ふぞくひん》たる平和な家庭が、尊ばれるべきものでないのは言うまでもない。男女の関係に平和はない。人間関係には平和は少い。平和をもとめるなら孤独をもとめるに限る。そして坊主になるがよい。出家遁世《しゅっけとんせい》という奴は平安への唯一の道だ。

だいたい恋愛などというものは、偶然なもので、たまたま知り合ったがために恋し合うにすぎず、知らなければそれまで、又、あらゆる人間を知っての上での選択ではなく、少数の周囲の人からの選択であるから、絶対などというものとは違う。その心情の基盤はきわめて薄弱なものだ。年月がすぎれば退屈もするし、欠点が分れば、いやにもなり、外《ほか》に心を惹《ひ》かれる人があれば、顔を見るのもイヤになる。それを押しての夫妻であり、矛盾をはらんでの人間関係であるから、平安よりも、苦痛が多く、愛情よりも憎しみや呪いが多くなり、関係の深かまるにつれて、むしろ、対立がはげしくなり、ぬきさしならぬものとなるのが当然なのである。

夫婦は苦しめ合い、苦しみ合うのが当然だ。慰め、いたわるよりも、むしろ苦しめ合うのがよい。私はそう思う。人間関係は苦痛をもたらす方が当然なのだから。

ゼスス様は姦淫するなかれと仰有るけれども、それは無理ですよ。神様。人の心は姦淫を犯すのが自然で、人の心が思いあたわぬ何物もない。人の心には翼があるのだ。けれども、からだには翼がないから、天を翔《か》けるわけにも行かず、地上に於て巣をいとなみ、夫婦となり、姦淫するなかれ、とくる。それは無理だ。無理だから、苦しむ。あたりまえだ。こういう無理を重ねながら、平安だったら、その平安はニセモノで、間に合わせの安物にきまっているのだ。だから、良妻などというのは、ニセモノ、安物にすぎないのである。

然し、しからば悪妻は良妻なりやといえば、必ずしもそうではない。知性なき悪妻は、これはほんとの悪妻だ。多情淫奔、ただ動物の本能だけの悪妻は始末におえない。然し、それですら、その多情淫奔の性によって魅力でもありうるので、そしてその故にミレンにひかれる人もあり、つまり悪妻というものには一般的な型はない。もしも魅力によって人の心をひくうちは、悪妻ではなく、良妻だ。いかに亭主を苦しめても、魅力によって亭主の心を惹くうちは、良妻なのだろう。

魅力のない女は、これはもう、決定的に悪妻なのである、男女という性の別が存在し、異性への思慕が人生の根幹をなしているのに、異性に与える魅力というものを考えること、創案することを知らない女は、もしもそれが頭の悪さのせいとすれば、この頭の悪さは問題の外《ほか》だ。

才媛というタイプがある。数学ができるのだか、語学ができるのだか、物理学ができるのだか知らないが、人間性というものへの省察に就てはゼロなのだ。つまり学問はあるかも知れぬが、知性がゼロだ。人間性の省察こそ、真実の教養のもとであり、この知性をもたぬ才媛は野蛮人、原始人、非文化人と異《こと》らぬ。

まことの知性あるものに悪妻はない。そして、知性ある女は、悪妻ではないが、常に亭主を苦しめ悩まし憎ませ、めったに平安などは与えることがないだろう。

苦しめ、そして、苦しむのだ。それが人間の当然な生活なのだから。然し、流血の惨は、どうかな？　平野君！　ああ、戦争は野蛮だ！　戦争犯罪人を検索しようよ。平野君！

教祖の文学
――小林秀雄論――

去年、小林秀雄が水道橋《すいどうばし》のプラットホームから墜落して不思議な命を助かったという話をきいた。泥酔《でいすい》して一升ビンをぶらさげて酒ビンと一緒に墜落した由《よし》で、この話をきいた時は私の方が心細くなったものだ。それは私が小林という人物を煮ても焼いても食えないような骨っぽい、そしてチミツな人物と心得、あの男だけは自動車にハネ飛ばされたり川へ落っこったりするようなことがないだろうと思いこんでいたからで、それは又、私という人間が自動車にハネ飛ばされたり川へ落っこったりしすぎるからのアコガレ的な盲信でもあった。思えば然《しか》しこう盲信したのは私の甚《はなは》だしい軽率で、私自身の過去の事実に於《お》いて、最もかく信ずべからざる根拠が与えられていたのである。

十六、七年前のこと、越後の親戚に仏事があり、私はモーニングを着て東京の家をでた。上野駅で偶然小林秀雄と一緒になったが、彼は新潟高校へ講演に行くところで、二人は上越線の食堂車にのりこみ、私の下車する越後川口という小駅まで酒をのみつづけた。私のように胃の弱い者には食堂車ぐらい快適な酒はないので、常に身体がゆれているから消化して胃にもたれることがなく、気持よく酔うことができる。私も酔ったが、小林も酔った。小林は仏頂面に似合わず本心は心のやさしい親切な男だから、私が下車する駅へくると、ああ俺《おれ》が持ってやるよと云《い》って、私の荷物をぶらさげて先に立って歩いた。そこで私は小林がドッコイショと踏段へおいた荷物を、ヤ、ありがとう、とぶらさげて下りて別れたのである。山間の小駅はさすがに人間の乗ったり降りたりしないところだと思って私は感心したが、第一、駅員もいやしない。人ッ子一人いない。これは又徹底的にカンサンな駅があるもので、人間が乗ったり降りたりしないものだから、ホームの幅が何尺もありやしない。背中にすぐ貨物列車がある。そのうちに小林の乗った汽車が通りすぎてしまうと、汽車のなくなった向う側に、私よりも一段高いホンモノのプラットホームが現われた。人間だってたくさんウロウロしていらあ。あのときは呆《あき》れた。私がプラットホームの反対側へ降りたわけではないので、小林秀雄が私を下ろしたのである。

だから私はもう十六、七年前のあのときから、小林秀雄が水道橋から墜落しかねない人物だということを信じてもよい根拠が与えられていたのであったが、私は全然あべこべなことを思いこんでいたのは、私が甚だ軽率な読書家で、小林の文章にだまされて心眼を狂わせていたからに外《ほか》ならない。

思うに小林の文章は心眼を狂わせるに妙を得た文章だ。私は小林と碁《ご》を打ったことがあるが、彼は五目《もく》置いて（ほんとはもっと置く必要があるのだが、五ツ以上は恰好《かっこう》が悪いやと云って置かないのである）けっして喧嘩《けんか》ということをやらぬ。置碁の定石《じょうせき》の御手本通りのやりかたで、地どり専門、横槍《よこやり》を通すような打方はまったくやらぬ。こっちの方がムリヤリいじめに行くのが気の毒なほど公式的そのものの碁を打つ。碁というものは文章以上に性格をいつわることができないもので、文学の小林は独断先生の如《ごと》くだけれども、本当は公式的な正統派なんだと私はその時から思っていた。然し彼の文章の字《じ》面《づら》からくる迫真力というものは、やっぱり私の心眼を狂わせる力があって、それは要するに、彼の文章を彼自身がそう思いこんでいるということ、そして当人が思いこむということがその文学をして実在せしめる根柢的《こんていてき》な力だということを彼が信条とし、信条通りに会得したせいではないかと私は思う。

彼の昔の評論、志賀直哉《しがなおや》論をはじめ他の作家論など、今読み返してみると、ずいぶんいい加減だと思われるものが多い。然し、あのころはあれで役割を果していた。彼が幼稚であったよりも、我々が、日本が、幼稚であったので、日本は小林の方法を学んで小林と一緒に育って、近頃ではあべこべに先生の欠点が鼻につくようになったけれども、実は小林の欠点が分るようになったのも小林の方法を学んだせいだということを、彼の果した文学上の偉大な役割を忘れてはならない。

「それは少しも遠い時代ではない。何故《なぜ》なら僕は殆《ほとん》どそれを信じているから。そして又、僕は、無理な諸観念の跳梁《ちょうりょう》しないそういう時代に、世阿弥《ぜあみ》が美というものをどういう風に考えたかを思い、其処《そこ》に何の疑わしいものがない事を確めた。「物数を極めて、工夫を尽して後、花の失せぬところを知るべし」美しい「花」がある。「花」の美しさという様なものはない。彼の「花」の観念の曖昧《あいまい》さに就《つ》いて頭を悩ます現代の美学者の方が、化《ば》かされているに過ぎない」(当麻)

彼が世阿弥の方法だと言っているところがそっくり彼の方法なのであり、彼が世阿弥に就いて思いこんでいる態度が、つまり彼が自分の文学に就いて読者に要求している態度でもある。

僕がそれを信じているから、とくる。世阿弥の美についての考えに疑わしいものがないから、観念の曖昧自体が実在なんだ、という。美しい「花」がある。「花」の美しさというものはない。

私は然しこういう気の利いたような言い方は好きでない。本当は言葉の遊びじゃないか。私は中学生のとき漢文の試験に「日本に多きは人なり。日本に少きも亦《また》人なり」という文章の解釈をだされて癪《しゃく》にさわったことがあったが、こんな気のきいたような軽口みたいなことを言ってムダな苦労をさせなくっても、日本に人は多いが、本当の人物は少い、とハッキリ言えばいいじゃないか。こういう風に明確に表現する態度を尊重すべきであって日本に人は多いが人は少い、なんて、駄洒落《だじゃれ》にすぎない表現法は抹殺するように心掛けることが大切だ。

美しい「花」がある。「花」の美しさというものはない、という表現は、人は多いが人は少いとは違って、これはこれで意味に即してもいるのだけれども、然し小林に曖昧さを弄《もてあそ》ぶ性癖があり、気のきいた表現に自ら思いこんで取り澄している態度が根柢にある。

彼が世阿弥について、いみじくも、美についての観念の曖昧さも世阿弥には疑わしいものがないのだから、と言っているのが、つまり全く彼の文学上の観念の曖昧さを彼自身それに就いて疑わしいものがないということで支えてきた這般《しゃはん》の奥義《おうぎ》を物語っている。全くこれは小林流の奥義なのである。

あげくの果《はて》に、小林はちかごろ奥義を極めてしまったから、人生よりも一行のお筆先の方が真実なるものとなり、つまり武芸者も奥義に達してしまうともう剣などは握らなくなり、道のまんなかに荒れ馬がつながれていると別の道を廻《まわ》って君子危《あやう》きに近よらず、これが武芸の奥義だという、悟道に達して、何々教の教祖の如きものとなる。小林秀雄も教祖になった。

然し剣術は本来ブンナグル練磨であり、相手にブンナグラレル先に相手をブンナグル術で、悟りをひらく道具ではなかった。けれども小林秀雄のところへ剣術を習いに行くと、剣術など勉強せずに、危きに近よらぬ工夫をしろ、それが剣術だと教えてくれる。これが小林流という文学だ。

「生きている人間なんて仕方のない代物《しろもの》だな。何を考えているのやら、何を言いだすのやら、仕出かすのやら、自分の事にせよ、他人事《ひとごと》にせよ、解《わか》った例《ため》しがあったのか。鑑賞にも観察にも堪《た》えない。其処《そこ》に行くと死んでしまった人間というものは大したものだ。何故ああはっきりとしっかりとしてくるんだろう。まさに人間の形をしているよ。してみると、生きている人間とは、人間になりつつある一種の動物かな」(無常といふこと)とくる。

だから、歴史には死人だけしか現われてこない。だから退《の》ッ引《ぴ》きならぬ人間の相しか現われぬし、動じない美しい形しか現われない、と仰有《おつしや》る。生きている人間を観察したり仮面をはいだり、罰《ばち》が当るばかりだと仰有るのである。だから小林のところへ文学を習いに行くと人生だの文学などは雲隠れして、彼はすでに奥義をきわめ、やんごとない教祖であり、悟道のこもった深遠な一句を与えてくれるというわけだ。

　生きている人間などは何をやりだすやら解ったためしがなく鑑賞にも観察にも堪えない、という小林は、だから死人の国、歴史というものを信用し、「歴史の必然」などということを仰有る。

　「歴史の必然」か。なるほど、歴史は必然であるか。

　西行《さいぎょう》がなぜ出家したか、などいうことをいくら突きとめようたって、謎《なぞ》は謎、そんなところから何も出てきやしない、実朝《さねとも》がなぜ船をつくったか、そんなことはどうでもいい、右大臣であったことも、将軍であったことも、問題ではない、ただ詩人だけを見ればいいのだと仰有る。

　だから坂口安吾という三文文士《さんもんぶんし》が女に惚《ほ》れたり飲んだくれたり時には坊主になろうとしたり五年間思いつめて接吻《せっぷん》したら慌《あわ》ててしまって絶交状をしたためて失恋したり、近頃は又デカダンなどと益々《ますます》もって何をやらかすか分りゃしない。もとより鑑賞に堪えん。第一奴めが何をやりおったにしたところで、そんなことは奴めの何物でもない。こう仰有るにきまっている。奴めが何物であるか、それは奴めの三文小説を読めば分る。教祖にかかっては三文文士の実相の如き手玉にとってチョイと投げすてられ、惨《さん》又惨たるものだ。

ところが三文文士の方では、女に惚れたり飲んだくれたり、専らその方に心掛けがこもっていて、死後の名声の如き、てんで問題にしていない。教祖の師匠筋に当っている、アンリベイル先生の余《よ》の文学は五十年後に理解せられるであろう、とんでもない、私は死後に愛読されたってそれは実にただタヨリない話にすぎないですよ、死ねば私は終る。私と共にわが文学も終る。なぜなら私が終るですから。私はそれだけなんだ。

生きてる奴は何をやりだすか分らんと仰有る。まったく分らないのだ。現在こうだから次にはこうやるだろうという必然の筋道は生きた人間にはない。死んだ人間だって生きてる時はそうだったのだ。人間に必然がない如く、歴史の必然などというものは、どこにもない。人間と歴史は同じものだ。ただ歴史はすでに終っており、歴史の中の人間はもはや何事を行うこともできないだけで、然し彼らがあらゆる可能性と偶然の中を縫っていたのは、彼らが人間であった限り、まちがいはない。

歴史には死人だけしか現われてこない、だから退ッ引きならぬギリギリの人間の相を示し、不動の美しさをあらわす、などとは大嘘《おおうそ》だ。死人の行跡が退ッ引きならぬギリギリなら、生きた人間のしでかすことも退ッ引きならぬギリギリなのだ。もし又生きた人間のしでかすことが退ッ引きならぬギリギリでなければ、死人の足跡も退ッ引きならぬギリギリではなかったまでのこと、生死二者変りのあろう筈《はず》はない。

つまり教祖は独創家、創作家ではないのである。教祖は本質的に鑑定人だ。教祖がちかごろ骨董《こっとう》を愛すというのは無理がないので、すでに私がその碁に於いて看破《かんぱ》した如く彼は天性の公式主義者であり、定石主義者であり、保守家であり、常識家であって、死人はともかく死んでおり、もう足をすべらして墜落することがないから安心だが、生きた奴とくると、何をしでかすか分らず、教祖の如く何をしでかす魂胆がなくとも、足をすべらしてプラットホームから落っこちる、どこに伏兵がひそんでいるか分らない。実にどうも生きるということはヤッカイだ。

だから教祖の流儀には型、つまり公式とか約束というものが必要で、死んだ奴とか歴史はもう足をすべらすことがないので型の中で料理ができるけれども、生きてる奴はいつ約束を破るか見当がつかないので、こういう奴は鑑賞に堪えん。歴史の必然などという妖怪《ようかい》じみた調味料をあみだして、料理の腕をふるう。生きてる奴の料理はいやだ、あんなものは煮ても焼いてもダメ、鑑賞に堪えん。調味料がきかない。

あまり自分勝手だよ、教祖の料理は。おまけにケッタイで、類のないような味だけれども、然し料理の根本は保守的であり、型、公式、常識そのものなのだ。

生きてる人間というものは、(実は死んだ人間でも、だから、つまり)人間というものは、自分でも何をしでかすか分らない、自分とは何物だか、それもてんで知りやしない、人間はせつないものだ、然し、ともかく生きようとする、何とか手探りででも何かましな物を探し縋《すが》りついて生きようという、せっぱつまれば全く何をやらかすか、自分ながらたよりない。疑りもする、信じもする、信じようとし思いこもうとし、体当り、遁走《とんそう》、まったく悪戦苦闘である。こんなにして、なぜ生きるんだ。文学とか哲学とか宗教とか、諸々《もろもろ》の思想というものがそこから生れて育ってきたのだ。それはすべて生きるためのものなのだ。生きることにはあらゆる矛盾があり、不可決、不可解、てんで先が知れないからの悪戦苦闘の武器だかオモチャだか、ともかくそこでフリ廻さずにいられなくなった棒キレみたいなものの一つが文学だ。

人間は何をやりだすか分らんから、文学があるのじゃないか。歴史の必然などという、人間の必然、そんなもので割り切れたり、鑑賞に堪えたりできるものなら、文学などの必要はないのだ。

だから小林はその魂の根本に於いて、文学とは完全に縁が切れている。そのくせ文学の奥義をあみだし、一宗の教祖となる、これ実に邪教である。

西行も実朝も地獄を見た。陰惨な罪業深い地獄、物悲しい優しい美しい地獄。そして西行の一生は「いかにすべき我心」また、孤独という得体の知れぬものについての言葉なき苦吟をやめたことがなかったし、実朝は殺されたが然し実朝の心はこれを自殺と見たかも知れぬ、と言う。まさしく、その通りだ。邪教も亦、真理を説くか。璽光様《じこうさま》が天照大神《あまてらすおおみかみ》の生れ変りの如くに。

「西行はなぜ出家したか、その原因に就いて西行研究家は多忙なのであるが、僕には興味がないことだ。凡《およ》そ詩人を解するには、その努めて現わそうとしたところを極めるがよろしく、努めて忘れようとして隠そうとしたところを詮索《せんさく》したとて、何が得られるものでもない」(西行)

そして近代文学という奴は仮面を脱げ、素面を見せよ、そんなことばかり喚《わめ》いて駈《か》けだして、女々《めめ》しい毒念が方図もなくひろがって、罰が当ってしまったんだ、と仰有る。然《しか》り、詩人を解すには、詩を読むだけで沢山《たくさん》だ。こんなこともした、こんな一面もあった、と詮索して同類発見を喜んだところで詩人を解したわけでもなく、まさしく詩を読むことだけが詩人を解す方法なのだ。小林は詩を解す、という。然り、鑑賞はそれだけでよい。鑑賞家というものは。

然し、ここに作家というものがある。彼の読書は学ぶのだ。学ぶとは争うことだ。そして、作家にとっては、作品は書くのみのものではなく、作品とは又、生きることだ。小林が西行や実朝の詩を読んでいるのも彼等の生きた翳《かげ》であり、彼等が生きることによって見つめねばならなかった地獄を、小林も亦《また》読みとることによって感動しているのだ。

仮面を脱げ、素面を見せよ、ということはそれを作品の上に於いて行ったから罰が当ったただけで、小説という作品の場合に於いては、作家は思想家であると同時に戯作者《げさくしゃ》でなければならぬ。仮面を脱いで素面を見せることは小説ではない。これを小説だと思えば罰が当るのは是非もない。然し作家の私生活に於いて、作家は仮面をぬぎ、とことんまで裸の自分を見つめる生活を知らなければ、その作家の思想や戯作性などタカが知れたもので、鑑賞に堪えうる代物ではないにきまっている。

小説は(芸術は)自我の発見だという。自我の創造だという。作家が自分というものを知ってしまえば、作品はそれによって限定され、定められた通路しか通れなくなる。然し本当の小説というものは、それを書き終るときに常に一つの自我を創造し、自我を発見すべきものだ、と、これは文学技師アンドレ・ジッド氏の御意見だ。ちなみにジッド氏は文学に通暁《つうぎょう》し、あらゆる技法を心得、縦横に知識を用い、術をつくし、ある時は型を破って、小説をつくる技師であるが、本当の小説家だとは私は思っていない。ジッド氏が自身の小説に於いて、自我を創造、発見したか、私は疑問に思っている。

わが教祖、小林氏も芸術は自我の創造発見だと言うのである。紙に向った時には何もない。書くことによって、創造され、見出されて行くものだ、と言うのだ。私も大いに賛成である。

然し、紙に向って何もないということは自分に就いて何も知らないということではない。ある限度までは知っている。自分というものをある限度まで知悉《ちしつ》しない人間が、小説を書ける筈のものではない。一応自分というもの、又、人間というものに通じていなくて、小説の書けるわけはないのだ。尚《なお》、そのうえに発見するのであり、創造するのだ。なぜなら、作家というものは、今ある限度、限定に対して堪え得ないということが、作家活動の原動力でもあるからだ。

モオツァルトの作品は殆どすべて世間の愚劣な偶然な或いは不正な要求に応じてあわただしい心労のうちになったもので、予《あらかじ》め目的を定め計画を案じて作品に熟慮専念するような時間はなかったが、モオツァルトは不平もこぼさず、不正な要求に応じて大芸術を残した。天才は外的偶然を内的必然と観ずる能力が具《そな》わっているものだ、と言う。それはモオツァルトには限らない。チェホフの戯曲も不正な要求に応じて数日にして作られ、近松の戯曲もそうだ。ドストエフスキーも借金に追われて馬車馬の如く書きまくり、読者の嗜好《しこう》に応じてスタヴロオギンの歩き道まで変えて行くという己れを捨てた凝り方だ。いかにも外的偶然を内的必然と化す能力が天才の作品を生かすものだ。

然しながら、作品に就いて目的を定め計画を案じ熟慮専念する時間がなくとも、少くとも小説作者の場合に於いては、一応人間に通じていることは絶対の条件であり、人間通の裏附《うらづけ》は自我の省察で保たれるもの、そして常に一つの作品を書き終ったところから、新《あ》らたに出発するものだ。一つの作品は発見創造と同時に限界をもたらすから、作家はそこにふみとどまってはいられず、不満と自己叛逆《はんぎゃく》を起す。ふみとどまった時には作家活動は終りであり、制作の途中に於いても作家をして没頭せしめる力は限界をふみこし発見に自ら驚くことの新鮮なたのしさによる。

生きた人間を自分の文学から締め出してしまった小林は、文学とは絶縁し、文学から失脚したもので、一つの文学的出家遁世だ。私が彼を教祖というのは思いつきの言葉ではない。

彼はもう文学を鑑賞し詩人を解するだけだ。歴史の必然とか人間の必然という自分勝手な角度によって、彼はもう文学や詩人と争い、格闘することがないのである。争うとか格闘するということは、自分を偶然の方へ賭《か》けることだから、彼はもう偶然などは俺にはいらないという悟りをひらいているのだ。詩人のつとめて隠そうとし忘れようとしたものを暴くのは鑑賞のためや詩人を解するためではなく、自分の仮面をはがそうとする同じ働きが他へ向けられただけのことで、普遍的な真理というようなものを暴くんじゃない。仮面を脱ぐということも真理を暴くというのじゃなくて、ただそうせずにいられぬからだというような罰の当った苦悩格闘、そんなものはもう小林には用はない。

常に物が見えている。人間が見えている。見えすぎている。どんな思想も意見も彼を動かすに足りぬ。そして、見て、書いただけだ。それが徒然草《つれづれぐさ》という空前絶後の批評家の作品なのだと小林は言う。これはつまり小林流の奥義でもあり、批評とは見える眼だ、そして小林には人間が見えすぎており、どんな思想も意見も、見える目をくもらせず彼を動かすことはできない。彼は見えすぎる目で見て、鑑定したままを書くだけだ。

私は然し小林の鑑定書など全然信用してやしないのだ。西行や実朝の歌や徒然草が何物なのか。三流品だ。私はちっとも面白くない。私も一つ見本をだそう。これはただ素朴きわまる詩にすぎないが、私は然し西行や実朝の歌、徒然草よりもはるかに好きだ。宮沢賢治の「眼にて言ふ」という遺稿だ。

だめでせう
とまりませんな
がぶがぶ湧いてゐるですからな
ゆふべからねむらず
血も出つゞけなもんですから
そこらは青くしんしんとして

どうも間もなく死にさうです
けれどもなんといい風でせう
もう清明が近いので
もみぢの嫩芽《わかめ》と毛のやうな花に
秋草のやうな波を立て
あんなに青空から
もりあがつて湧くやうに
きれいな風がくるですな
あなたは医学会のお帰りか何かは判りませんが
黒いフロックコートを召して
こんなに本気にいろいろ手あてもしていたゞけば
これで死んでもまづは文句もありません
血がでてゐるにかゝはらず
こんなにのんきで苦しくないのは
魂魄《こんぱく》なかばからだをはなれたのですかな
たゞどうも血のために

それを言へないのがひどいです
あなたの方から見たら
ずゐぶんさんたんたるけしきでせうが
わたくしから見えるのは
やつぱりきれいな青ぞらと
すきとほつた風ばかりです

半分死にかけてこんな詩を書くなんて罰当りの話だけれども、徒然草の作者が見えすぎる不動の目で見て書いたという物の実相と、この罰当りが血をふきあげながら見た青空と風と、まるで品物が違うのだ。

思想や意見によって動かされるということのない見えすぎる目。そんな目は節穴みたいなもので物の死相しか見ていやしない。つまり小林の必然という化け物だけしか見えやしない。平家物語の作者が見たという月、ボンクラの目に見えやしないと小林がいうそんな月が一体そんなステキな月か。平家物語なんてものが第一級の文学だなんて、バカも休み休み言いたまえ。あんなものに心の動かぬ我々が罰が当っているのだとは阿呆《あほ》らしい。

本当に人の心を動かすものは、毒に当てられた奴、罰の当った奴でなければ、書けないものだ。思想や意見によって動かされるということのない見えすぎる目などには、宮沢賢治の見た青ぞらやすきとおった風などは見ることができないのである。

生きている奴は何をしでかすか分らない。何も分らず、何も見えない、手探りでうろつき廻り、悲願をこめギリギリのところを這《は》いまわっている罰当りには、物の必然などは一向に見えないけれども、自分だけのものが見える。自分だけのものが見えるから、それが又万人のものとなる。芸術とはそういうものだ。歴史の必然だの人間の必然などが教えてくれるものではなく、偶然なるものに自分を賭けて手探りにうろつき廻る罰当りだけが、その賭によって見ることのできた自分だけの世界だ。創造発見とはそういうもので、思想によって動揺しない見えすぎる目などに映る陳腐なものではないのである。

美しい「花」がある、「花」の美しさというものはない、などというモヤモヤしたものではない。死んだ人間が、そして歴史だけが退ッ引きならぬぎりぎりの人間の姿を示すなどとは大嘘の骨張《こっちょう》で、何をしでかすか分らない人間が、全心的に格闘し、踏み切る時に退ッ引きならぬぎりぎりの相を示す。それが作品活動として行われる時には芸術となるだけのことであり、よく物の見える目は鑑定家の目にすぎないものだ。

文学は生きることだよ。見ることではないのだ。生きるということは必ずしも行うということでなくともよいかも知れぬ。書斎の中に閉じこもっていてもよい。然し作家はともかく生きる人間の退ッ引きならぬギリギリの相を見つめ自分の仮面を一枚ずつはぎとって行く苦痛に身をひそめてそこから人間の詩を歌いだすのでなければダメだ。生きる人間を締めだした文学などがあるものではない。

小説は十九世紀で終ったという、ここに於いて教祖はまさしく邪教であり、お筆先きだ。時代は変る、無限に変る。日本の今日の如きはカイビャク以来の大変りだ。別に大変りをしなくとも、時代は常に変るもので、あらゆる時代に、その時代にだけしか生きられない人間というものがおり、そして人間というものは小林の如くに奥義に達して悟りをひらいてはおらぬもので、専一に生きることに浮身をやつしているものだ。そして生きる人間はおのずから小説を生み、又、読む筈で、言論の自由がある限り、万古末代終りはない。小説は十九世紀で終りになったゾヨ、これは璽光様の文学的ゴセンタクというものだ。

人生とは銘々が銘々の手でつくるものだ。人間はこういうものだと諦《あきら》めて、奥義にとじこもり悟りをひらくのは無難だが、そうはできない人間がある。「万事たのむべからず」こう見込んで出家遁世、よく見える目で徒然草を書くというのは落第生のやることで、人間は必ず死ぬ、どうせ死ぬものなら早く死んでしまえというようなことは成り立たない。恋は必ず破れる、女心男心は秋の空、必ず仇心《あだごころ》が湧《わ》き起り、去年の恋は今年は色がさめるものだと分っていても、だから恋をするなとは言えないものだ。それをしなければ生きている意味がないようなもので、生きるということは全くバカげたことだけれども、ともかく力いっぱい生きてみるより仕方がない。

人生はつくるものだ。必然の姿などというものはない。歴史というお手本などは生きるためにはオソマツなお手本にすぎないもので、自分の心にきいてみるのが何よりのお手本なのである。仮面をぬぐ、裸の自分を見さだめ、そしてそこから踏み切る、型も先例も約束もありはせぬ、自分だけの独自の道を歩くのだ。自分の一生をこしらえて行くのだ。

小林にはもう人生をこしらえる情熱などというものはない。万事たのむべからず、そこで彼はよく見える目で物を人間をながめ、もっぱら死相を見つめてそこから必然というものを探す。彼は骨董の鑑定人だ。

花鳥風月を友とし、骨董をなでまわして充《み》ち足りる人には、人間の業《ごう》と争う文学は無縁のものだ。小林は人間孤独の相と云い、地獄を見る、と言う。

あはれあはれこの世はよしやさもあらばあれ来む世もかくや苦しかるべき　（西行）

花みればそのいはれとはなけれども心のうちぞ苦しかりける　（西行）

風になびく富士の煙の空にきえて行方《ゆくへ》も知らぬ我が思ひかな　（西行）
ほのほのみ虚空《こくう》にみてる阿鼻地獄《あびぢごく》行方もなしといふもはかなし　（実朝）
吹く風の涼しくもあるかおのづから山の蟬《せみ》鳴きて秋は来にけり　（実朝）

秀歌である。たしかに人間孤独の相を見つめつづけて生きた人の作品に相違なく、又、純潔な魂の見た風景であったに相違ない。

然し孤独を観ずるなどということが、いったい人生にとって何物であるのか。

芸術は長し、人生は短しと言う。なるほど人間は死ぬ。然し作品は残る。この時間の長短は然し人生と芸術との価値をはかる物差《ものさし》とはならないものだ。作家にとって大切なのは言うまでもなく自分の一生であり人生であって、作品ではなかった。芸術などは作家の人生に於いてはたかが商品にすぎず、又は遊びにすぎないもので、そこに作者の多くの時間がかけられ、心労苦吟が賭けられ、時には作者の肉をけずり命を奪うものであっても、作者がそこに没入し得る力となっているものはそれが作者の人生のオモチャであり、他の何物よりも心を充たす遊びであったという外《ほか》に何物があるのか。そして又、それは「不正なる」取引によりただ金を得るための具でもあり、女に惚れたり浮気をしたりするためのモトデを稼ぐ商品であった。

余の作品は五十年後に理解せられるであろう。私はそんな言葉を全然信用していやしない。かりにアンリベイル先生はたしかにそう思いこんでいたにしたところで、芸術は長し人生は短し、そんなマジナイみたいな文句を鵜呑《うの》みにし真にうけているだけで、実生活では全然それを信じていないのが人の心というものである。死んでしまえば人生は終りなのだ。自分が死んでも自分の子供は生きているし、いつの時代にも常に人間は生きている。然しそんな人間と、自分という人間は別なものだ。自分という人間は、全くたった一人しかいない。そして死んでしまえばなくなってしまう。はっきり、それだけの人間なんだ。

だから芸術は長しだなんて、自分の人生よりも長いものだって、自分の人生から先の時間はこれはハッキリもう自分とは無縁だ。ほかの人間も無縁だ。

だから自分というものは、常にたった一つ別な人間で、銘々の人がそうであり、歴史の必然だの人間の必然だのそんな変テコな物差ではかったり料理のできる人間ではない。人間一般は永遠に存し、そこに永遠という観念はありうるけれども、自分という人間には永遠なんて観念はミジンといえども有り得ない。だから自分という人間は孤独きわまる悲しい生物であり、はかない生物であり、死んでしまえば、なくなる。自分という人間にとっては、生きること、人生が全部で、彼の作品、芸術の如きは、ただ手沢品《しゅたくひん》中の最も彼の愛した遺品という外《ほか》の何物でもない。

人間孤独の相などとは、きまりきったこと、当りまえすぎる事、そんなものは屁《へ》でもない。そんなものこそ特別意識する必要はない。そうにきまりきっているのだから。仮面をぬぎ裸になった近代が毒に当てられて罰が当っているのではなく、人間孤独の相などというものをほじくりだして深刻めかしている小林秀雄の方が毒にあてられ罰が当っているのだ。

自分という人間は他にかけがえのない人間であり、死ねばなくなる人間なのだから、自分の人生を精いっぱい、より良く、工夫をこらして生きなければならぬ。人間一般、永遠なる人間、そんなものの肖像によって間に合わせたり、まぎらしたりはできないもので、単純明快、より良く生きるほかに、何物もありやしない。

文学も思想も宗教も文化一般、根はそれだけのものであり、人生の主題眼目は常にただ自分が生きるということだけだ。

良く見える目、そして良く人間が見え、見えすぎたという兼好法師はどんな人間を見たというのだ。自分という人間が見えなければ、人間がどんなに見えすぎたって何も見ていやしないのだ。自分の人生への理想と悲願と努力というものが見えなければ。

人間は悲しいものだ。切ないものだ。苦しいものだ。不幸なものだ。なぜなら、死んでなくなってしまうのだから。自分一人だけがそうなんだから。銘々がそういう自分を背負っているのだから、これはもう、人間同志の関係に幸福などありやしない。それでも、とにかく、生きるほかに手はない。生きる以上は、悪くより、良く生きなければならぬ。

小説なんて、たかが商品であるし、オモチャでもあるし、そして、又、夢を書くことなんだ。第二の人生というようなものだ。有るものを書くのじゃなくて、無いもの、今ある限界を踏みこし、小説はいつも背のびをし、駈けだし、そして跳《と》びあがる。だから墜落もするし、尻《しり》もちもつくのだ。

美というものは物に即したもの、物そのものであり、生きぬく人間の生きゆく先々に支えとなるもので、よく見える目というものによって見えるものではない。美は悲しいものだ。孤独なものだ。無慙《むざん》なものだ。不幸なものだ。人間がそういうものなのだから。

小林はもう悲しい人間でも不幸な人間でもない。彼が見ているのは、たかが人間の孤独の相にすぎないので、生きる人間の苦悩というものは、もう無縁だ。そして満足している。骨董を愛しながら。鑑定しながら。そして奥義をひらいて達観し、よく見えすぎる目で人間どもを眺めている。思想にも意見にも動きやしない。だからもう生きている人間どものように、何かわけの分らぬことをしでかすようなことはないのだ。そのくせ彼は水道橋のプラットホームから落っこったが、彼の見えすぎる目、孤独な魂は何と見たか。なにつまらねえ、たとえ死んだって、オレ自身の心は自殺と見たっていいじゃないか。なんでもねえや。

自殺なんて、なんだろう。そんなものこそ、理窟《りくつ》も何もいりやしない。風みたいに無意味なものだ。

女のふくらはぎを見て雲の上から落っこったという久米《くめ》の仙人の墜落ぶりにくらべて、小林の墜落は何という相違だろう。これはただもう物体の落下にすぎん。

小林秀雄という落下する物体は、その孤独という詩魂によって、落下を自殺と見、虚無という詩を歌いだすことができるかも知れぬ。

然しまことの文学というものは久米の仙人の側からでなければ作ることのできないものだ。本当の美、本当に悲壮なる美は、久米の仙人が見たのである。いや、久米の仙人の墜落自体が美というものではないか。

落下する小林は地獄を見たかも知れぬ。然し落下する久米の仙人はただ花を見ただけだ。その花はそのまま地獄の火かも知れぬ。そして小林の見た地獄は紙に書かれた餅《もち》のような地獄であった。彼はもう何をしでかすか分らない人間という奴ではなくて教祖なのだから。人間だけが地獄を見る。然し地獄なんか見やしない。花を見るだけだ。

不良少年とキリスト

もう十日、歯がいたい。右頰《みぎほお》に氷をのせ、ズルフォン剤をのんで、ねている。ねていたくないのだが、氷をのせると、ねる以外に仕方がない。ねて本を読む。太宰《だざい》の本をあらかた読みかえした。

ズルフォン剤を三箱カラにしたが、痛みがとまらない。是非なく、医者へ行った。一向にハカバカしく行かない。

「ハア、たいへん、よろしい。私の申上げることも、ズルフォン剤をのんで、氷嚢《ひょうのう》をあてる、それだけです。それだけでは、よろしくないのである。

こっちは、それだけでは、よろしくないのである。

「今に、治るだろうと思います」

この若い医者は、完璧《かんぺき》な言葉を用いる。今に、治るだろうと思います、か。医学は主観的認識の問題であるか、薬物の客観的効果の問題であるか。ともかく、こっちは、歯が痛いのだよ。

原子バクダンで百万人一瞬にたたきつぶしたって、たった一人の歯の痛みがとまらなきゃ、なにが文明だい。バカヤロー。

女房がズルフォン剤のガラスビンを縦に立てようとして、ガチャリと倒す。音響が、とびあがるほど、ひびくのである。

「コラ、バカ者！」

「このガラスビンは立てることができるのよ」

先方は、曲芸をたのしんでいるのである。

「オマエサンは、バカだから、キライだよ」

女房の血相が変る。怒り、骨髄《こつずい》に徹したのである。こっちは痛み骨髄に徹している。グサリと短刀を頬へつきさす。エイとえぐる。気持、よきにあらずや。ノドにグリグリができている。そこが、うずく。耳が痛い。頭のシンも、電気のようにヒリヒリする。

クビをくくれ。悪魔を亡《ほろ》ぼせ。退治せよ。すすめ。まけるな。戦え。

かの三文文士《さんもんぶんし》は、歯痛によって、ついに、クビをくくって死せり。決死の血相、ものすごし。闘志充分なりき。偉大。

ほめて、くれねえだろうな。誰も。

歯が痛い、などということは、目下、歯が痛い人間以外は誰も同感してくれないのである。人間ボートク！　と怒ったって、歯痛に対する不同感が人間ボートクかね。然《しか》らば、歯痛ボートク。いいじゃないですか。歯痛ぐらい。やれやれ。歯は、そんなものでしたか。新発見。

たった一人、銀座出版の升金《ますかね》編輯局長という珍妙な人物が、同情をよせてくれた。

「ウム、安吾さんよ。まさしく、歯は痛いもんじゃよ。歯の病気と生殖器の病気は、同類項の陰鬱《いんうつ》じゃ」

うまいことを言う。まったく、陰にこもっている。してみれば、借金も同類項だろう。借金は陰鬱なる病気也《なり》。不治の病い也。これを退治せんとするも、人力の及ぶべからず。ああ、悲し、悲し。

歯痛をこらえて、ニッコリ、笑う。ちっとも、偉くねえや。このバカヤロー。

ああ、歯痛に泣く。蹴《け》とばすぞ。このバカ者。

歯は、何本あるか。これが、問題なんだ。人によって、歯の数が違うものだと思っていたら、そうじゃ、ないんだってね。変なところまで、似せやがるよ。そうまで、しなくったって、いいじゃないか。だからオレは、神様が、きらいなんだ。なんだって、歯の数まで、同じにしやがるんだろう。気違いめ。まったくさ。そういうキチョウメンなヤリカタは、気違いのものなんだ。もっと、素直に、なりやがれ。

歯痛をこらえて、ニッコリ、笑う。ニッコリ笑って、人を斬《き》る。黙って坐れば、ピタリと、治る。オタスケじいさんだ。なるほど、信者が集《あつま》る筈《はず》だ。

余《よ》は、歯痛によって、十日間、カンシャクを起せり。女房は親切なりき。枕頭《ちんとう》に侍《はべ》り、カナダライに氷をいれ、タオルをしぼり、五分間おきに余のホッペタにのせかえてくれたり。怒り骨髄に徹すれど、色にも見せず、貞淑、女大学なりき。

十日目。

「治った?」

「ウム。いくらか、治った」

女という動物が、何を考えているか、これは利巧な人間には、わからんよ。女房、とたんに血相変り、

「十日間、私を、いじめたな」

余はブンナグラレ、蹴とばされたり。

ああ、余の死するや、女房とたんに血相変り、一生涯、私を、いじめたな、と余のナキガラをナグリ、クビをしめるべし。とたんに、余、生きかえれば、面白し。

檀一雄《だんかずお》、来《きた》る。ふところより高価なるタバコをとりだし、貧乏するとゼイタクになる、タンマリお金があると、二十円の手巻きを買う、と呟《つぶや》きつつ、余に一個くれたり。

である。

「太宰が死にましたね。死んだから、葬式に行かなかった」

死なない葬式が、あるもんか。

檀は太宰と一緒に共産党の細胞とやらいう生物活動をしたことがあるのだ。そのとき太宰は、生物の親分格で、檀一雄の話によると一団中で最もマジメな党員だったそうで、そのときある。

「とびこんだ場所が自分のウチの近所だから、今度はほんとに死んだと思った」

檀仙人は神示をたれて、又、曰《いわ》く、

「またイタズラしましたね。なにかしらイタズラするです。死んだ日が十三日、グッドバイが十三回目、なんとか、なんとかが、十三……」

檀仙人は十三をズラリと並べた。てんで気がついていなかったから、私は呆気《あっけ》にとられた。仙人の眼力である。

太宰の死は、誰より早く、私が知った。まだ新聞へでないうちに、新潮の記者が知らせに来たのである。それをきくと、私はただちに置手紙を残して行方《ゆくえ》をくらました。新聞、雑誌が太宰のことで襲撃すると直覚に及んだからで、太宰のことは当分語りたくないから、と来訪の記者諸氏に宛て、書き残して、家をでたのである。これがマチガイの元であった。

新聞記者は私の置手紙の日附《ひづけ》が新聞記事よりも早いので、怪しんだのだ。太宰の自殺が狂言で、私が二人をかくまっていると思ったのである。

私も、はじめ、生きているのじゃないか、と思った。然《しか》し、川っぷちに、ズリ落ちた跡がハッキリしていたときいたので、それでは本当に死んだと思った。ズリ落ちた跡までイタズラはできない。新聞記者は拙者に弟子入りして探偵小説を勉強しろ。

新聞記者のカンチガイが本当であったら、大いに、よかった。一年間ぐらい太宰を隠しておいて、ヒョイと生きかえらせたら、新聞記者や世の良識ある人々はカンカンと怒るか知れないが、たまにはそんなことが有っても、いいではないか。本当の自殺よりも、狂言自殺をたくらむだけのイタズラができたら、太宰の文学はもっと傑《すぐ》れたものになったろうと私は思っている。

★

ブランデン氏は、日本の文学者どもと違って眼識ある人である。太宰の死にふれて(時事新報)文学者がメランコリイだけで死ぬのは例が少い、たいがい虚弱から追いつめられるもので、太宰の場合も肺病が一因ではないか、という説であった。

芥川《あくたがわ》も、そうだ。支那で感染した梅毒が、貴族趣味のこの人をふるえあがらせたことが思いやられる。

芥川や太宰の苦悩に、もはや梅毒や肺病からの圧迫が慢性となって、無自覚になっていたとしても、自殺へのコースをひらいた圧力の大きなものが、彼らの虚弱であったことは本当だと私は思う。

太宰は、M・C、マイ・コメジアン、を自称しながら、どうしても、コメジアンになりきることが、できなかった。

晩年のものでは、――どうも、いけない。彼は「晩年」という小説を書いてるもんで、こんぐらかって、いけないよ。その死に近きころの作品に於《おい》ては(舌がまわらんネ)「斜陽」が最もすぐれている。然し十年前の「魚服記」(これぞ晩年の中にあり)は、すばらしいじゃないか。これぞ、M・Cの作品です。「斜陽」も、ほぼ、M・Cだけれども、どうしてもM・Cになりきれなかったんだね。

「父」だの「桜桃」だの、苦しいよ。あれを人に見せちゃア、いけないんだ。あれはフツカヨイの中にだけあり、フツカヨイの中で処理してしまわなければいけない性質のものだ。

フツカヨイの、もしくは、フツカヨイ的の、自責や追悔の苦しさ、切なさを、文学の問題にしてもいけないし、人生の問題にしてもいけない。

死に近きころの太宰は、フツカヨイ的でありすぎた。毎日がいくらフツカヨイであるにしても、文学がフツカヨイじゃ、いけない。舞台にあがったM・Cにフツカヨイは許されないのだよ。覚醒剤《かくせいざい》をのみすぎ、心臓がバクハツしても、舞台の上のフツカヨイはくいとめなければいけない。

芥川は、ともかく、舞台の上で死んだ。死ぬ時も、ちょッと、役者だった。太宰は、十三の数をひねくったり、人間失格、グッドバイと時間をかけて筋をたて、筋書き通りにやりながら、結局、舞台の上ではなく、フツカヨイ的に死んでしまった。

フツカヨイをとり去れば、太宰は健全にして整然たる常識人、つまり、マットウの人間であった。小林秀雄が、そうである。太宰は小林の常識性を笑っていたが、それはマチガイである。真に正しく整然たる常識人でなければ、まことの文学は、書ける筈がない。

今年の一月何日だか、織田作之助《おださくのすけ》の一周忌に酒をのんだとき、織田夫人が二時間ほど、おくれて来た。その時までに一座は大いに酔っ払っていたが、誰かが織田の何人かの隠していた女の話をはじめたので、

「そういう話は今のうちにやってしまえ。織田夫人がきたら、やるんじゃないよ」

と私が言うと、

「そうだ、そうだ、ほんとうだ」

と、間髪《かんはつ》を入れず、大声でアイヅチを打ったのが太宰であった。先輩を訪問するに袴《はかま》をはき、太宰は、そういう男である。健全にして、整然たる、本当の人間であった。然し、M・Cになれず、どうしてもフツカヨイ的になりがちであった。

人間、生きながらえば恥多し。然し、文学のM・Cには、人間の恥はあるが、フツカヨイの恥はない。

「斜陽」には、変な敬語が多すぎる。お弁当をお座敷にひろげて御持参のウイスキーをお飲みになり、といったグアイに、そうかと思うと、和田叔父《おじ》が汽車にのると上キゲンに謡《うたい》をうなる、というように、いかにも貴族の月並な紋切型で、作者というものは、こんなところに文学のまことの問題はないのだから平気な筈なのに、実に、フツカヨイ的に最も赤面するのが、こういうところなのである。

まったく、こんな赤面は無意味で、文学にとって、とるにも足らぬことだ。

ところが、志賀直哉《しがなおや》という人物が、これを採りあげて、やッつける。つまり、志賀直哉なる人物が、いかに文学者でないか、単なる文章家にすぎん、ということが、これによって明かなのであるが、ところが、これが又、フツカヨイ的には最も急所をついたものので、太宰を赤面混乱させ、逆上させたに相違ない。

元々太宰は調子にのると、フツカヨイ的にすべってしまう男で、彼自身が、志賀直哉の「お殺し」という敬語が、体をなさんと云《い》って、やッつける。

いったいに、こういうところには、太宰の一番かくしたい秘密があった、と私は思う。彼の小説には、初期のものから始めて、自分が良家の出であることが、書かれすぎている。

そのくせ、彼は、亀井勝一郎が何かの中で自ら名門の子弟を名乗ったら、ゲッ、名門、笑わせるな、名門なんて、イヤな言葉、そう言ったが、なぜ、名門がおかしいのか、つまり太宰が、それにコダワッているのだ。名門のおかしさが、すぐ響くのだ。志賀直哉のお殺しも、それが彼にひびく意味があったのだろう。

フロイドに「誤謬《ごびゅう》の訂正」ということがある。我々が、つい言葉を言いまちがえたりすると、それを訂正する意味で、無意識のうちに類似のマチガイをやって、合理化しようとするものだ。

フツカヨイ的な衰弱的な心理には、特にこれがひどくなり、赤面逆上的混乱苦痛とともに、誤謬の訂正的発狂状態が起るものである。

太宰は、これを、文学の上でやった。

思うに太宰は、その若い時から、家出をして女の世話になった時などに、良家の子弟、時には、華族の子弟ぐらいのところを、気取っていたこともあったのだろう。その手で、飲み屋をだまして、借金を重ねたことも、あったかも知れぬ。

フツカヨイ的に衰弱した心には、遠い一生のそれらの恥の数々が赤面逆上的に彼を苦しめていたに相違ない。そして彼は、その小説で、誤謬の訂正をやらかした。フロイドの誤謬の訂正とは、誤謬を素直に訂正することではなくて、もう一度、類似の誤謬を犯すことによって、訂正のツジツマを合せようとする意味である。

けだし、率直な誤謬の訂正、つまり善なる建設への積極的な努力を、太宰はやらなかった。

彼は、やりたかったのだ。そのアコガレや、良識は、彼の言動にあふれていた。然し、やれなかった。そこには、たしかに、虚弱の影響もある。然し、虚弱に責を負わせるのは正理ではない。たしかに、彼が、安易であったせいである。

M・Cになるには、フツカヨイを殺してかかる努力がいるが、フツカヨイの嘆きに溺《おぼ》れてしまうには、努力が少くてすむのだ。然し、なぜ、安易であったか、やっぱり、虚弱に帰するべきであるかも知れぬ。

むかし、太宰がニヤリと笑って田中英光《たなかひでみつ》に教訓をたれた。ファン・レターには、うるさがらずに、返事をかけよ、オトクイサマだからな。文学者も商人だよ。田中英光はこの教訓にしたがって、せっせと返事を書くそうだが、太宰がせッせと返事を書いたか、あんまり書きもしなかろう。

しかし、ともかく、太宰が相当ファンにサービスしていることは事実で、去年私のところへ金沢だかどこかの本屋のオヤジが、画帖《がちょう》(だか、どうだか、中をあけてみなかったが、相当厚みのあるものであった)を送ってよこして、一筆かいてくれという。包みをあけずに、ほッたらかしておいたら、時々サイソクがきて、そのうち、あれは非常に高価な紙をムリして買ったもので、もう何々さん、何々さん、何々さん、太宰さんも書いてくれた、余は汝《なんじ》坂口先生の人格を信用している、というような変なことが書いてあった。虫の居どころの悪い時で、私も腹を立て、変なインネンをつけるな、バカ者め、と、包みをそっくり送り返したら、このキチガイめ、と怒った返事がきたことがあった。その時のハガキによると、太宰は絵をかいて、それに書を加えてやったようである。相当のサービスと申すべきであろう。これも、彼の虚弱から来ていることだろうと私は思っている。

いったいに、女優男優はとにかく、文学者とファン、ということは、日本にも、外国にも、あんまり話題にならない。だいたい、現世的な俳優という仕事と違って、文学は歴史性のある仕事であるから、文学者の関心は、現世的なものとは交《まじわ》りが浅くなるのが当然で、ヴァレリイはじめ崇拝者《すうはいしゃ》にとりまかれていたというマラルメにしても、木曜会の漱石《そうせき》にしても、ファンというより門弟で、一応才能の資格が前提されたツナガリであったろう。

太宰の場合は、そうではなく、映画ファンと同じようで、こういうところは、芥川にも似たところがある。私はこれを彼らの肉体の虚弱からきたものと見るのである。

彼らの文学は本来孤独の文学で、現世的、ファン的なものとツナガルところはない筈であるのに、つまり、彼らは、舞台の上のM・Cになりきる強靱《きょうじん》さが欠けていて、その弱さを現世的におぎなうようになったのだろうと私は思う。

結局は、それが、彼らを、死に追いやった。彼らが現世を突ッぱねていれば、彼らは、自殺はしなかった。自殺したかも、知れぬ。然し、ともかく、もっと強靱なM・Cとなり、さらに傑れた作品を書いたであろう。

芥川にしても、太宰にしても、彼らの小説は、心理通、人間通の作品で、思想性は殆《ほとん》どない。

虚無というものは、思想ではないのである。人間そのものに附属した生理的な精神内容で、思想というものは、もっとバカな、オッチョコチョイなものだ。キリストは、思想でなく、人間そのものである。

人間性(虚無は人間性の附属品だ)は永遠不変のものであり、人間一般のものであるが、個人というものは、五十年しか生きられない人間で、その点で、唯一の特別な人間であり、人間一般と違う。思想とは、この個人に属するもので、だから、生き、又、亡《ほろ》びるものである。だから、元来、オッチョコチョイなのである。

思想とは、個人が、ともかく、自分の一生を大切に、より良く生きようとして、工夫をこらし、必死にあみだした策であるが、それだから、又、人間、死んでしまえば、それまでさ、アクセクするな、と言ってしまえば、それまでだ。

太宰は悟りすまして、そう云いきることも出来なかった。そのくせ、よりよく生きる工夫をほどこし、青くさい思想を怖《おそ》れず、バカになることは、尚《なお》、できなかった。然し、そう悟りすまして、冷然、人生を白眼視しても、ちッとも救われもせず、偉くもない。それを太宰は、イヤというほど、知っていた筈だ。

太宰のこういう「救われざる悲しさ」は、太宰ファンなどというものには分らない。太宰ファンは、太宰が冷然、白眼視、青くさい思想や人間どもの悪アガキを冷笑して、フツカヨイ的な自虐作用を見せるたびに、カッサイしていたのである。

太宰はフツカヨイ的では、ありたくないと思い、もっともそれを呪《のろ》っていた筈だ。どんなに青くさくても構わない、幼稚でもいい、よりよく生きるために、世間的な善行でもなんでも、必死に工夫して、よい人間になりたかった筈だ。

それをさせなかったものは、もろもろの彼の虚弱だ。そして彼は現世のファンに迎合し、歴史の中のM・Cにならずに、ファンだけのためのM・Cになった。

「人間失格」「グッドバイ」「十三」なんて、いやらしい、ゲッ。他人がそれをやれば、太宰は必ず、そう言う筈ではないか。

太宰が死にそこなって、生きかえったら、いずれはフツカヨイ的に赤面逆上、大混乱、苦悶《くもん》のアゲク、「人間失格」「グッドバイ」自殺、イヤらしい、ゲッ、そういうものを書いたにきまっている。

★

太宰は、時々、ホンモノのM・Cになり、光りかがやくような作品をかいている。

「魚服記」、「斜陽」、その他、昔のものにも、いくつとなくあるが、近年のものでも、「男女同権」とか、「親友交驩《しんゆうこうかん》」のような軽いものでも、立派なものだ。堂々、見あげたM・Cであり、歴史の中のM・Cぶりである。

けれども、それが持続ができず、どうしてもフツカヨイのM・Cになってしまう。そこから持ち直して、ホンモノのM・Cに、もどる。又、フツカヨイのM・Cにもどる。

それを繰りかえしていたようだ。

然し、そのたびに、語り方が巧《うま》くなり、よい語り手になっている。文学の内容は変っていない。それは彼が人間通の文学で、人間性の原本的な問題のみ取り扱っているから、思想的な生成変化が見られないのである。

今度も、自殺をせず、立ち直って、歴史の中のM・Cになりかえったなら、彼は更に巧みな語り手となって、美しい物語をサービスした筈であった。

だいたいに、フツカヨイ的自虐作用は、わかり易いものだから、深刻ずきな青年のカッサイを博すのは当然であるが、太宰ほどの高い孤独な魂が、フツカヨイのM・Cにひきずられがちであったのは、虚弱の致すところ、又、ひとつ、酒の致すところであったと私は思う。

ブランデン氏は虚弱を見破ったが、私は、もう一つ、酒、この極めて通俗な魔物をつけ加える。

太宰の晩年はフツカヨイ的であったが、又、実際に、フツカヨイという通俗きわまるものが、彼の高い孤独な魂をむしばんでいたのだろうと思う。

酒は殆ど中毒を起さない。先日、さる精神病医の話によると、特に日本には真性アルル中というものは殆どない由《よし》である。

けれども、酒を麻薬に非《あら》ず、料理の一種と思ったら、大マチガイですよ。酒は、うまいもんじゃないです。僕はどんなウイスキーでもコニャックでも、イキを殺して、ようやく呑み下しているのだ。酔っ払うためにのんでいるです。酔うと、ねむれます。これも効用のひとつ。

然し、酒をのむと、否《いな》、酔っ払うと、忘れます。いや、別の人間に誕生します。もしも、自分というものが、忘れる必要がなかったら、何も、こんなものを、私はのみたくない。

自分を忘れたい、ウソつけ。忘れたきゃ、年中、酒をのんで、酔い通せ。これをデカダンと称す。屁理窟《へりくつ》を云ってはならぬ。

私は生きているのだぜ。さっきも言う通り、人生五十年、タカが知れてらア、そう言うのが、あんまり易しいから、そう言いたくないと言ってるじゃないか。幼稚でも、青くさくても、泥くさくても、なんとか生きているアカシを立てようと心がけているのだ。年中酔い通すぐらいなら、死んでらい。

一時的に自分を忘れられるということは、これは魅力あることですよ。たしかに、これは、現実的に偉大なる魔術です。むかしは、金五十銭、ギザギザ一枚にぎると、新橋の駅前で、コップ酒五杯のんで、魔術がつかえた。ちかごろは、魔法をつかうのは、容易なことじゃ、ないですよ。太宰は、魔法つかいに失格せずに、人間に失格したです。と、思いこみ遊ばしたです。

もとより、太宰は、人間に失格しては、いない。フツカヨイに赤面逆上するだけでも、赤面逆上しないヤツバラよりも、どれぐらい、マットウに、人間的であったか知れぬ。

小説が書けなくなったわけでもない。ちょッと、一時的に、M・Cになりきる力が衰えただけのことだ。

太宰は、たしかに、ある種の人々にとっては、つきあいにくい人間であったろう。たとえば、太宰は私に向って、文学界の同人についなっちゃったが、あれ、どうしたら、いいかね、と云うから、いいじゃないか、そんなこと、ほッたらかしておくがいいさ。アア、そうだ、そうだ、とよろこぶ。

そのあとで、人に向って、坂口安吾にこうわざとショゲて見せたら、案の定、大先輩ぶって、ポンと胸をたたかんばかりに、いいじゃないか、ほッたらかしとけ、だってさ、などと面白おかしく言いかねない男なのである。

多くの旧友は、太宰のこの式の手に、太宰をイヤがって離れたりしたが、むろんこの手で友人たちは傷つけられたに相違ないが、実際は、太宰自身が、わが手によって、内々さらに傷つき、赤面逆上した筈である。

もとより、これらは、彼自身がその作中にも言っている通り、現に眼前の人へのサービスに、ふと、言ってしまうだけのことだ。それぐらいのことは、同様に作家たる友人連、知らない筈はないが、そうと知っても不快と思う人々は彼から離れたわけだろう。然し、太宰の内々の赤面逆上、自卑、その苦痛は、ひどかった筈だ。その点、彼は信頼に足る誠実漢であり、健全な、人間であったのだ。

だから、太宰は、座談では、ふと、このサービスをやらかして、内々赤面逆上に及ぶわけだが、それを文章に書いてはおらぬ。ところが、太宰の弟子の田中英光となると、座談も文学も区別なしに、これをやらかしており、そのあとで、内々どころか、大ッピラに、赤面混乱逆上などと書きとばして、それで当人救われた気持だから、助からない。太宰は、そうではなかった。もっと、本当に、つつましく、敬虔《けいけん》で、誠実であったのである。それだけ、内々の赤面逆上は、ひどかった筈だ。

そういう自卑に人一倍苦しむ太宰に、酒の魔法は必需品であったのが当然だ。然し、酒の魔術には、フツカヨイという香《かんば》しからぬ附属品があるから、こまる。火に油だ。

料理用の酒には、フツカヨイはないのであるが、魔術用の酒には、これがある。精神の衰弱期に、魔術を用いると、淫《いん》しがちであり、ええ、ままよ、死んでもいいやと思いがちで、最も強烈な自覚症状としては、もう仕事もできなくなった、文学もイヤになった、これが、自分の本音のように思われる。実際は、フツカヨイの幻想で、そして、病的な幻想以外に、もう仕事ができない、という絶体絶命の場は、実在致してはおらぬ。太宰のような人間通、色々知りぬいた人間でも、こんな俗なことを思いあやまる。ムリはないよ。酒は、魔術なのだから。俗でも、浅薄でも、敵が魔術だから、知っていても、人智は及ばぬ。ローレライです。

太宰は、悲し。ローレライに、してやられました。

情死だなんて、大ウソだよ。魔術使いは、酒の中で、女にほれるばかり。酒の中にいるのは、当人でなくて、別の人間だ。別の人間が惚《ほ》れたって、当人は、知らないよ。

第一、ほんとに惚れて、死ぬなんて、ナンセンスさ。惚れたら、生きることです。

太宰の遺書は、体をなしていない。メチャメチャに酔っ払っていたようだ。十三日に死ぬことは、あるいは、内々考えていたかも知れぬ。ともかく、人間失格、グッドバイ、それで自殺、まア、それとなく筋は立てておいたのだろう。内々筋は立ててあっても、必ず死なねばならぬ筈でもない。必ず死なねばならぬ、そのような絶体絶命の思想とか、絶体絶命の場というものが、実在するものではないのである。

彼のフツカヨイ的衰弱が、内々の筋を、次第にノッピキならないものにしたのだろう。然し、スタコラ・サッちゃんが、イヤだと云えば、実現はする筈がない。太宰がメチヤメチャ酔って、言いだして、サッちゃんが、それを決定的にしたのであろう。

サッちゃんも、大酒飲みの由であるが、その遺書は、尊敬する先生のお伴をさせていただくのは身にあまる幸福です、というような整ったもので、一向に酔った跡はない。然し、太宰の遺書は、書体も文章も体をなしておらず、途方もない御酩酊《ごめいてい》に相違なく、これが自殺でなければ、アレ、ゆうべは、あんなことをやったか、と、フツカヨイの赤面逆上があるところだが、自殺とあっては、翌朝、目がさめないから、ダメである。

太宰の遺書は、体をなしていなすぎる。太宰の死にちかいころの文章が、フツカヨイ的であっても、ともかく、現世を相手のM・Cであったことは、たしかだ。もっとも、「如是我聞《にょぜがもん》」の最終回(四回目か)は、ひどい。ここにも、M・Cは、殆どいない。あるものは、グチである。こういうものを書くことによって、彼の内々の赤面逆上は益々《ますます》ひどくなり、彼の精神は消耗して、ひとり、生きぐるしく、切なかったであろうと思う。然し、彼がM・Cでなくなるほど、身近《みぢ》かの者からカッサイが起り、その愚かさを知りながら、ウンザリしつつ、カッサイの人々をめあてに、それに合わせて行ったらしい。その点では、彼は最後まで、M・Cではあった。彼をとりまく最もせまいサークルを相手に。

彼の遺書には、そのせまいサークル相手のM・Cすらもない。

子供が凡人でもカンベンしてやってくれ、という。奥さんには、あなたがキライで死ぬんじゃありません、とある。井伏《いぶせ》さんは悪人です、とある。

そこにあるものは、泥酔《でいすい》の騒々《そうぞう》しさばかりで、まったく、M・Cは、おらぬ。

だが、子供が凡人でも、カンベンしてやってくれ、とは、切ない。凡人でない子供が、彼はどんなに欲しかったろうか。凡人でも、わが子が、哀れなのだ。それで、いいではないか。太宰は、そういう、あたりまえの人間だ。彼の小説は、彼がまッとうな人間、小さな善良な健全な整った人間であることを承知して、読まねばならないものである。

然し、子供をただ憐《あわ》れんでくれ、とは言わずに、特に凡人だから、と言っているところに、太宰の一生をつらぬく切なさの鍵《かぎ》もあったろう。つまり、彼は、非凡に憑《つ》かれた類の少い見栄坊《みえぼう》でもあった。その見栄坊自体、通俗で常識的なものであるが、志賀直哉に対する「如是我聞」のグチの中でも、このことはバクロしている。

宮様が、身につまされて愛読した、それだけでいいではないか、と太宰は志賀直哉にくッてかかっているのであるが、日頃のM・Cのすぐれた技術を忘れると、彼は通俗そのものである。それでいいのだ。通俗で、常識的でなくて、どうして小説が書けようぞ。太宰が終生、ついに、この一事に気づかず、妙なカッサイに合わせてフツカヨイの自虐作用をやっていたのが、その大成をはばんだのである。

くりかえして言う。通俗、常識そのものでなければ、すぐれた文学は書ける筈がないのだ。太宰は通俗、常識のまッとうな典型的人間でありながら、ついに、その自覚をもつことができなかった。

★

人間をわりきろうなんて、ムリだ。特別、ひどいのは、子供というヤツだ。ヒョッコリ、生れてきやがる。

不思議に、私には、子供がない。ヒョッコリ生れかけたことが、二度あったが、死んで生れたり、生まれて、とたんに死んだりした。おかげで、私は、いまだに、助かっているのである。

全然無意識のうちに、変テコリンに腹がふくらんだりして、にわかに、その気になったり、親みたいな心になって、そんな風にして、人間が生れ、育つのだから、バカらしい。

人間は、決して、親の子ではない。キリストと同じように、みんな牛小屋か便所の中かなんかに生れているのである。

親がなくとも、子が育つ。ウソです。

親があっても、子が育つんだ。親なんて、バカな奴が、人間づらして、親づらして、腹がふくれて、にわかに慌てて、親らしくなりやがった出来損いが、動物とも人間ともつかない変テコリンな憐れみをかけて、陰にこもって子供を育てやがる。親がなきゃ、子供は、もっと、立派に育つよ。

太宰という男は、親兄弟、家庭というものに、いためつけられた妙チキリンな不良少年であった。

生れが、どうだ、と、つまらんことばかり、云ってやがる。強迫観念である。そのアゲク、奴は、本当に、華族の子供、天皇の子供かなんかであればいい、と内々思って、そういうクダラン夢想が、奴の内々の人生であった。

太宰は親とか兄とか、先輩、長者というと、もう頭が上らんのである。だから、それをヤッツケなければならぬ。口惜しいのである。然し、ふるいついて泣きたいぐらい、愛情をもっているのである。こういうところは、不良少年の典型的な心理であった。

彼は、四十になっても、まだ不良少年で、不良青年にも、不良老年にもなれない男であった。

不良少年は負けたくないのである。なんとかして、偉く見せたい。クビをくくって、死んでも、偉く見せたい。宮様か天皇の子供でありたいように、死んでも、偉く見せたい。四十になっても、太宰の内々の心理は、それだけの不良少年の心理で、そのアサハカなことを本当にやりやがったから、無茶苦茶な奴だ。

文学者の死、そんなもんじゃない。四十になっても、不良少年だった妙テコリンの出来損いが、千々《ちぢ》に乱れて、とうとう、やりやがったのである。

まったく、笑わせる奴だ。先輩を訪れる、先輩と称し、ハオリ袴で、やってきやがる。不良少年の仁義である。礼儀正しい。そして、天皇の子供みたいに、日本一、礼儀正しいツモリでいやがる。

芥川は太宰よりも、もっと大人のような、利巧のような顔をして、そして、秀才で、おとなしくて、ウブらしかったが、実際は、同じ不良少年であった。二重人格で、もう一つの人格は、ふところにドスをのんで縁日かなんかぶらつき、小娘を脅迫、口説《くど》いていたのである。

文学者、もっと、ひどいのは、哲学者、笑わせるな。哲学。なにが、哲学だい。なんでもありゃしないじゃないか。思索ときやがる。

ヘーゲル、西田幾多郎《にしだきたろう》、なんだい、バカバカしい。六十になっても、人間なんて、不良少年、それだけのことじゃないか。大人ぶるない。冥想《めいそう》ときやがる。

何を冥想していたか。不良少年の冥想と、哲学者の冥想と、どこに違いがあるのか。

持《も》って廻《まわ》っているだけ、大人の方が、バカなテマがかかっているだけじゃないか。

芥川も、太宰も、不良少年の自殺であった。

不良少年の中でも、特別、弱虫、泣き虫小僧であったのである。腕力じゃ、勝てない。理窟でも、勝てない。そこで、何か、ひきあいを出して、その権威によって、自己主張をする。芥川も、太宰も、キリストをひきあいに出した。弱虫の泣き虫小僧の不良少年の手である。

ドストエフスキーとなると、不良少年でも、ガキ大将の腕《うで》ッ節《ぷし》があった。奴ぐらいの腕ッ節になると、キリストだの何だのヒキアイに出さぬ。自分がキリストになる。キリストをこしらえやがる。まったく、とうとう、こしらえやがった。アリョーシャという、死の直前に、ようやく、まにあった。そこまでは、シリメツレツであった。不良少年は、シリメツレツだ。

死ぬ、とか、自殺、とか、くだらぬことだ。負けたから、死ぬのである。勝てば、死にはせぬ。死の勝利、そんなバカな論理を信じるのは、オタスケじいさんの虫きりを信じるよりも阿呆《あほ》らしい。

人間は生きることが、全部である。死ねば、なくなる。名声だの、芸術は長し、バカバカしい。私は、ユーレイはキライだよ。死んでも、生きてるなんて、そんなユーレイはキライだよ。

生きることだけが、大事である、ということ。たったこれだけのことが、わかっていない。本当は、分るとか、分らんという問題じゃない。生きるか、死ぬか、二つしか、ありやせぬ。おまけに、死ぬ方は、ただなくなるだけで、何もないだけのことじゃないか。生きてみせ、やりぬいてみせ、戦いぬいてみなければならぬ。いつでも、死ねる。そんな、つまらんことをやるな。いつでも出来ることなんか、やるもんじゃないよ。

死ぬ時は、ただ無に帰するのみであるという、このツツマシイ人間のまことの義務に忠実でなければならぬ。私は、これを、人間の義務とみるのである。生きているだけが、人間で、あとは、ただ白骨、否、無である。そして、ただ、生きることのみを知ることによって、正義、真実が、生れる。生と死を論ずる宗教だの哲学などに、正義も、真理もありはせぬ。あれは、オモチャだ。

然し、生きていると、疲れるね。かく言う私も、時に、無に帰そうと思う時が、あるですよ。戦いぬく、言うは易く、疲れるね。然し、度胸は、きめている。是が非でも、生きる時間を、生きぬくよ。そして、戦うよ。決して、負けぬ。負けぬとは、戦う、ということです。それ以外に、勝負など、ありやせぬ。戦っていれば、負けないのです。決して、勝てないのです。人間は、決して、勝ちません。ただ、負けないのだ。

勝とうなんて、思っちゃ、いけない。勝てる筈が、ないじゃないか。誰に、何者に、勝つつもりなんだ。

時間というものを、無限と見ては、いけないのである。そんな大ゲサな、子供の夢みたいなことを、本気に考えてはいけない。時間というものは、自分が生れてから、死ぬまでの間です。

大ゲサすぎたのだ。限度。学問とは、限度の発見にあるのだよ。大ゲサなのは、子供の夢想で、学問じゃないのです。

原子バクダンを発見するのは、学問じゃないのです。子供の遊びです。これをコントロールし、適度に利用し、戦争などせず、平和な秩序を考え、そういう限度を発見するのが、学問なんです。

自殺は、学問じゃないよ。子供の遊びです。はじめから、まず、限度を知っていることが、必要なのだ。

私はこの戦争のおかげで、原子バクダンは学問じゃない、子供の遊びは学問じゃない、戦争も学問じゃない、ということを教えられた。大ゲサなものを、買いかぶっていたのだ。

学問は、限度の発見だ。私は、そのために戦う。

百万人の文学

二十年ほど昔「アドルフ」を買ったら百六十何版とあったのを記憶する。百何年という年月とはいえ、こんな一般向きのしない小説が、チリもつもれば山となるらしい。

フランスで一版というのは、だいたい五万部が単位だということであるが、常にハッキリと、また、歴史的にも、そうであったかどうか知らないが、俗説通りに勘定すると、ほかの出版屋の分もあるだろうから、百何年間に一千万人以上の人が一本ずつ買ったと見ていい。

「アドルフ」は傍系の文学で、一時期に流行することがなく、細々といつもだれかしらに読まれている性質のパッとしないものだが、百何年間には千万よまれる。百何年間、同じ本を昔通りの体裁で出している出版屋も根気がいい。

日本の近代的な出版史は短いけれども、この片りんをとどめた例もないようだ。全集だ何だと鳴物入りで思いだしたようにやるが、物自体を本来の裸のままオッ放《ぽ》りだして、需要の限り何百千年でもつづけてやろうというような根気は見当らない。日本では裸一貫おッ放りだして売れるにまかせるような天然居士《てんねんこじ》の商法がなく、思い出しの鳴物入りだから、出版の実績から、作品の歴史的生命を推定する方法がないようだ。万人の見るところ歴史的評価が定まったと見えるのは、啄木《たくぼく》、漱石《そうせき》などで、「たけくらべ」なども、そうかも知れないが、すでに現代語でないから、読者の魂とふれあう数が次第に減少するかも知れない。また、金色夜叉《こんじきやしゃ》などのように、流行歌に、芝居に、お宮と貫一の物語として国民的な伝記として伝承しても、小説としては生命が終っているものもある。

歴史の中に生き残ると、アドルフのような片すみの文学も、百何年かに千万人に読まれるのだから、百万という数は、傑作の読者数の単位としては少なすぎるようだ。

しかし百万人の小説という意味を歴史的な傑作という意味に解すれば、百万人の小説とは、批評家やジャーナリズムから独立して、直接に大衆の血の中によび迎えられて行くものの意味でもあろう。

皮肉なもので、批評家やジャーナリストの高級な価値判定と、読者の血肉としての受けとり方は違うことが多い。批評家やジャーナリズムは龍之介《りゅうのすけ》や潤一郎《じゅんいちろう》が高しょうに愛読され文学的に正しく読まれていると認定しているかも知れないが「大菩薩峠《だいぼさつとうげ》」や「出家とその弟子」や「宮本武蔵《みやもとむさし》」が宗教的なふん囲気をもって熟読されている事実は是非もなく、これを硬派の読まれ方とすれば、前者は軟派的、女性的であり、一方が合掌的に、一方がため息的に、要するに読者の血肉の中へ読みとられている度合は同じことだろう。

　高級をもって任じる批評家ほど、作品と読者の魂の結合に無理解なものだ。「戦後派賞」などがその好例で、あの作者の未来のことはとにかく、目下《もっか》手習いの作品だ。高級を気負いすぎて独善的な批評精神は、コットウの曲線をがん味する一人よがりのワカラズ屋と同種のぜい弱さを骨子にしているものである。

　百万人の文学の性格を一言にいえば、読者が血肉をもってうけとるにこたえるだけの、作者の血肉がこもっていなければいけないということで、鬼の一念によって書かれていることが条件である。

　明治以降、百万人の文学と認めてもよいと思われるものは、見た目にスケールが大きそうな漱石や潤一郎にしても、四畳半できくサワリ程度に小型で、人間と格闘したような大きな荒々しいものはない。現代の作家では、弱々しいセン光の身もだえに似たものであるが太宰《だざい》がアドルフと同じように百何年後に千万人の魂と結合する程度に愛読されるだろう。

解　説

七北数人

本書には、坂口安吾(一九〇六—一九五五)の全期間にわたる代表的エッセイが精選収録されている。晩年の紀行文やルポ、史論の類は除かれているが、ともあれ、安吾エッセイの精粋はこの一冊で堪能《たんのう》できる。

収録作の発表年月および発表機関は以下のとおりである。

ピエロ伝道者　一九三一(昭和六)年五月　『青い馬』
FARCE に就て　一九三二年三月　『青い馬』
ドストエフスキーとバルザック　一九三三年十一月　『行動』
意慾的創作文章の形式と方法　一九三四年十月　厚生閣刊『日本現代文章講座　方法篇』に書き下ろし発表
枯淡の風格を排す　一九三五年五月　『作品』

文章の一形式	一九三五年九月	『作品』
茶番に寄せて	一九三九年四月	『文体』
文字と速力と文学	一九四〇年五月	『文芸情報』
文学のふるさと	一九四一年八月	『現代文学』
日本文化私観	一九四二年三月	『現代文学』
青　春　論	一九四二年十一～十二月	『文学界』
咢堂小論	一九四五(昭和二十)年十二月筆	銀座出版社刊『堕落論』(一九四七年六月)に書き下ろし発表
堕　落　論	一九四六年四月	『新潮』
堕落論〔続堕落論〕	一九四六年十二月	『文学季刊』
武者ぶるい論	一九五一年二月	『月刊読売』号外版
デカダン文学論	一九四六年十月	『新潮』
インチキ文学ボクメツ雑談	一九四六年七月筆	生前未発表
戯作者文学論	一九四七年一月	『近代文学』
余はベンメイす	一九四七年三月	『朝日評論』

恋愛論　一九四七年四月　『婦人公論』
悪妻論　一九四七年七月　『婦人文庫』
教祖の文学　一九四七年六月　『新潮』
不良少年とキリスト　一九四八年七月　『新潮』
百万人の文学　一九五〇年二月　『朝日新聞』

坂口安吾は小説よりもエッセイが面白い、と言う人は多い。実際、安吾の代表作や人気作をアンケートで問うてみると、最上位に「桜の森の満開の下」「白痴《はくち》」と並んで「堕落論」「日本文化私観」が挙がってくる(二〇〇二年安吾忌での約九十名分の回答集計より。ちなみに『別冊文藝春秋』一九五五年四月号での文学者らによる集計でも「堕落論」「日本文化私観」はベスト5にランクインしていた)。これほどにエッセイが評価される小説家は珍しい。

メッセージ性、というより、伝えたい思いが強いのだろう。言葉は時に刃《やいば》のように、時には喉《のど》をうるおす泉のように、ストレートに胸に響く。一言半句だに魂のこもらぬ言葉はない。別世界の構築が必要な小説では、こうは行かない。

しかし、どのエッセイも思想家や評論専門の人のそれとは違う。骨の髄《ずい》から小説家である人にしか書けないものだ。小説家ならではの視点で、人間心理の曖昧《あいまい》さ、複雑さに深くえぐり込んでいく。小説を書くのと同じ情熱がエッセイの中にもあり、同じ意欲がみなぎっている。**「意慾的創作文章の形式と方法」**の中で、精神の深い根底から発する作者の「意慾」が「小説の文章」には不可欠なのだと説いているが、その意味では安吾のエッセイはすべて、「小説の文章」に近いものであるといえるかもしれない。

全エッセイを眺めわたすと、思いのほか文学論が多いのも頷《うなず》ける。**「文章の一形式」**では人称を曖昧にできる日本語の特質に言及し、**「文字と速力と文学」**では文字の特性に着目する。カタカナを多用する奔放なイメージによるものか、語りの視点や構成法などには無頓着な作家と思われがちだが、実は繊細な感受性をもって「小説」の形式を考察し、文体の微妙な差異にこだわる生真面目《きまじめ》な文章家であった。

初期の安吾はファルス作家と呼ばれながら、文壇デビューから八年間、実はほんの数作しか純然たるファルス小説を書いていない。出世作「風博士」の異色ぶりが際立っていたせいだろうが、初エッセイ**「ピエロ伝道者」**や続く**「FARCE に就て」「茶番に寄せて」**などのシュールで斬新《ざんしん》なエッセイも、安吾をファルス作家として印象づけるのに寄与しただろう。三作とも安吾を語るには避けて通れないエッセイで、ここを基点に、安吾のいうファルスとは何か、という議論がよくなされる。もっとも、ファルスの定義に関しては辞書どおりに「笑劇」とか「滑稽文学」などと捉《とら》えておくべきで、安吾もその定義を変えようとはしていない。優れたファルス作品に共通してみられる特性、と安吾が考える、その特性の解釈が独特なのだ。

「ファルスとは、人間の全てを、全的に、一つ残さず肯定しようとするものである」として、肯定するものの例を挙げているが、「空想・夢」に混じって「死・怒り・矛盾・諦《あきら》め・溜息《ためいき》」などが列挙される。悲劇のもとになりそうな、人間存在の虚《むな》しさを思い知らされるようなキーワードをあえて掲げて、すべてを笑いに転化しようとする。ファルス作家には「凡有《あら》ゆる物への冷酷な無関心」があるから、それができるのだという。

ここから逆に、諦めに似たニヒリスティックな心情が浮かび上がる。すべてを投げ捨てる心。自暴自棄《じぼうじき》とはちがう、捨てて顧みない精神。つねに、前へ、前へと向かう。死をも笑い飛ばし、乗り越えていく。高みから偉そうに人間や世の中を諷刺《ふうし》したり嘲笑《あざわら》ったりする権威志向の人間はどこにもいない。

安吾はファルス論の体裁をかりて、実は文学本質論を説いているのだ。ファルス擁護それ自体には既存文壇への反逆の要素もあるが、安吾は反逆や破壊だけをめざすものを芸術とは認めなかった。常にめざしたのは、もっと根源へさかのぼるもの、essence（本質、精髄、絶対不可欠の要素)と呼ぶべきものである。少年時代に『文学の本質』(著者はおそらく松浦一《まつうらはじめ》)を熟読したことを、その著者名を忘れても死ぬまで憶《おぼ》えていたのは、題名そのものが自分にとって永遠の命題だったからだろう。

必ずやって来る死。決して逃れられない運命の数々——。ファルスの主人公たちはそれらを軽々と乗り越える。

ファルス論とは対極にあるようなエッセイ「**文学のふるさと**」も、死の観念から捉えれば根は同じであることに気づかされる。狼《おおかみ》に食べられるところでプツンと終わるペローー版「赤頭巾《あかずきん》」など、どれも不条理な死の翳《かげ》を背負った「突き放される」物語を、安吾は「文学のふるさと」と呼んだ。暗黒の底知れない恐怖と冷たさ。「生存それ自体が孕《はら》んでいる絶対の孤独」とは、死すべき生にまつわる様々な苦しみの謂《い》いであろう。この絶対的な孤独を乗り越えようとするところから文学は始まる、と安吾はいう。

「悲願に就て」という一九三五年の文芸時評でも、安吾はこの絶対の孤独を「悲願」と呼び、「その漠然とした形のまま死か生かの分岐点まで押しつめ突きつめて行くよりほかに仕方がない悲しさなのだ。その極まった分岐点で死を選ぶなら、それはそれで仕方がない。併《しか》しもし生きることを選ぶなら、まことに生き生きとした文学はそこから出発するのだと私は考えている。ドストエフスキーがそうだったのだ」と書いている。

「ドストエフスキーとバルザック」でも同様に、「小説の母胎は、我々の如何《いかん》ともなしがたい喜劇悲劇をもって永劫《えいごう》に貫かれた宿命の奥底にあるのだ」と説く。ここではさらに、小説とは「宿命人間へ向っての、広大無遍、極まるところもない肯定から生れ、同時に、宿命人間の矛盾も当然も混沌《こんとん》も全てを含んだ広大無遍の感動に由って終るものであろう」と、ファルス論と全く同じ言説を繰り返す。ドストエフスキーにファルスを見たわけでは勿論《もちろん》ない。優れた文学作品は、方向性は違っても同じ本質をもつ。安吾はそう信じていたから、すべての文学論は一本道につながっていくのだろう。

「教祖の文学」において、小林秀雄が褒めるどんな古典よりも宮沢賢治の遺稿を高く評価する気持ちにも、死すべき生を見つめる祈りのようなものが感じられる。

「半分死にかけてこんな詩を書くなんて罰《ばち》当りの話だけれども、徒然草の作者が見えすぎる不動の目で見て書いたという物の実相と、この罰当りが血をふきあげながら見た青空と風と、まるで品物が違うのだ」

「何も分らず、何も見えない、手探りでうろつき廻り、悲願をこめギリギリのところを這いまわっている罰当り」だけが本物の芸術を作ることができる。断定が嫌いな安吾だが、ここだけは譲れない。まさしくこれが、安吾の全部なのだから。

安吾のいう「悲願」とは、そのまま「求道《ぐどう》」の意味でもあろう。

「日本文化私観」の中で、「『帰る』ということは、不思議な魔物だ。『帰ら』なければ、悔いも悲しさもないのである。『帰る』以上、女房も子供も、母もなくとも、どうしても、悔いと悲しさから逃げることが出来ないのだ」と書く、その心には「いかに生くべきか」悩み抜く青年の強い倫理観がこもっている。「そうして、文学は、こういう所から生れてくる」と、ここでもう一つの「文学のふるさと」が語られる。死を見つめる心だけが感じる原罪と、激越な求道の念。その意味で安吾は死ぬまで「青年」であった。

「青春論」には、そのように「青春」を生きたい悲願がこめられている。「剣術は所詮『青春』のものだ」「一か八《ばち》かの絶体面で賭博している淪落の術」だと言い、勝夢酔《かつむすい》の「『いつでも死ねる』という確乎不抜《かっこふばつ》、大胆不敵な魂」を絶讃する。

すべてを突き放し、何もかも捨てる覚悟ができていれば、風のように自由でいられる。なんの後ろ盾もないし、守るべきものもない。自分が間違っていると思うことには火のように立ち向かっていける。安吾文学に特徴的な「風」と「火」は、同質の、捨てる覚悟から発する表裏一体のイメージである。

「枯淡の風格を排す」で攻撃されている徳田秋声《とくだしゅうせい》など、その開き直ったふしだらさは引用されている部分だけでも如実に知れる。文豪ぶった無頼漢に立ち向かうマジメ一徹な文学青年の姿がそこにある。権威と戦う姿勢が「無頼派」という呼称の由来なら、それも似合いだ。対するに「無頼漢」はいつの世も権威の側にいる。

「咢堂小論」は、尾崎士郎とともに創刊準備していた雑誌のため一九四五年十二月に執筆されたので、事実上「堕落論」に先駆けての戦後第一声といえるもの。冒頭、文学の神様とうたわれた志賀直哉《しがなおや》に痛烈な批判を浴びせている。特攻隊の生き残りを再教育せよ、という志賀の強者の論理を粉砕し、汚《けが》れない若者たちの魂のほうを賞揚する。

権威をふりかざす者や、権威を盲信する者たちは、決して本質を見ない。固定観念にとらわれて本質が見えなくなっている。真剣に、自分一人の心で、物事の本質を見極めること。激しい文章の中で安吾が伝えようとしているのは、道徳や社会規範などと真っ向対立する、本当の意味で「倫理」の極点を追求する姿勢だった。

「堕落論」の主旨もきわめてシンプルである。政治や戦略の上で美化された「人間でない」嘘《うそ》っぱちの聖人から、自然本来の「人間」に戻れ。欲しいものを欲しいと言い、厭なものを厭だと言う、それを権威が堕落と呼ぶなら、みんな堕落すべきだと。裸になって、人間になって、出発し直そうと、そう言っているだけだ。「正しく」堕ちることが必要だ、という言葉は矛盾でない。いつの世も権威の力は圧倒的で、刃向かい続けられる人間はめったにいない。誰もが適度なところで自分をまげて「道徳」に従う。「**堕落論〔続堕落論〕**」の堕落者が「ただ一人曠野《こうや》を歩いて行く」者で、その孤独な道だけが天国に通じていると述べている理由もそこにある。闇屋《やみや》になれ、と叫ぶ時の堕落よりも「正しく」深い堕落。それはキリストと同じく、世間から爪《つま》はじきにされる、血まみれの、イノチガケの道である。

戦後の安吾の文学論や社会批評はすべて、世の偏見と戦う姿勢に貫かれている。「**デカダン文学論**」が、島崎藤村ら文豪を真っ向から斬《き》り捨てながら、その半分が文学論から離れて「**堕落論**」と同趣旨の社会批評になっているのも、戦う必然性が戦前よりも強くなったせいだろう。「**余はベンメイす**」「**恋愛論**」「**悪妻論**」もそれぞれに、世間の常識とされてきた「良俗」の虚妄を撃《う》つ。

「**武者ぶるい論**」は近年発見されたエッセイで、朝鮮動乱期の有事論集として編まれた『月刊読売』臨時増刊号に発表された。戦争でも何でもとりこんで利用してしまう庶民の逞《たくま》しさを描いて噴飯ものの面白さがある。

「**インチキ文学ボクメツ雑談**」は、女性編集者の飛び込み依頼に応じて書かれたもので、日記体のエッセイ「**戯作者文学論**」の七月十六日の項に、この原稿執筆の経緯が記されている。文豪批判の思わぬ余波に苦笑いしているような原稿だが、彼女の判断でボツになったようだ。ここでは、文壇の権威たちを断り捨てているのは「ただ自分を斬っているだけ」と語っているが、これもまた安吾にとっては裏面の真実であったろう。**「教祖の文学」**で旧友の小林秀雄にひそむカリスマ性を斬ったが、その後、これも自戒の論であることを安吾は再三語っている。何ものをも恐れず、友情をも顧みず、まっすぐに斬りつけてゆく安吾なればこそ、人はその勇姿にカリスマを感じる。一歩まちがえば自分も教祖に変じてしまう。「自戒の一法」と弁じる所以《ゆえん》である。

安吾がめざす真の文学とは、「生命と引換えにしても、それを表現せずにはやみがたい」ものだと**「日本文化私観」**に書いている。そうして、生きて在《あ》る人間の「悲願」が感じられるものだけを愛した。

「ただ人間を愛す」——この一語が、安吾の文学と思想を形づくっている。

日本の文学では太宰治を最も評価していた。太宰の自殺を嘆き、怒りに満ちた文章を切れ切れの言葉で書きつらねる**「不良少年とキリスト」**の真意は、短文**「百万人の文学」**と併《あわ》せ読むことで悲しいほどに伝わってくる。

二〇〇八年七月

〔編集付記〕

本書の底本には、「武者ぶるい論」「インチキ文学ボクメツ雑談」の二篇を除き、筑摩書房版『坂口安吾全集』第一巻(一九九九年刊)、同第三巻(一九九九年刊)、同第四巻(一九九八年刊)、同第五巻(一九九八年刊)、同第六巻(一九九八年刊)、同第九巻(一九九八年刊)を用いた。「武者ぶるい論」は、『越境する安吾―坂口安吾論集1―』(ゆまに書房、二〇〇二年九月刊)に紹介された新発見資料で、初出誌をテキストに用いた。「インチキ文学ボクメツ雑談」は、『すばる』(集英社)二〇〇一年六月号に紹介された新資料で、著者直筆原稿をテキストとした。

原則として、漢字は新字体に、仮名づかいは現代仮名づかいに統一し、適宜読み仮名を付した。ただし、原文が文語文のとき、旧仮名づかいのままとしたところが若干ある。

なお、概数「二三」等については「二、三」に、「いゝ」「斯う〳〵」「人物々々」等については「いい」「斯う斯う」「人物人物」に改めた。

本書中に差別的な表現とされるような語が用いられているところがあるが、著者が故人であることも鑑みて、改めるようなことはしなかった。

(岩波文庫編集部)

堕落論《だらくろん》・日本文化私観《にほんぶんかしかん》 他二十二篇

2008年9月17日 第1刷発行
2025年1月24日 第20刷発行

著 者 坂口安吾《さかぐちあんご》

発行者 坂本政謙

発行所 株式会社 岩波書店
〒101-8002 東京都千代田区一ツ橋2-5-5

案内 03-5210-4000 営業部 03-5210-4111
文庫編集部 03-5210-4051
https://www.iwanami.co.jp/

印刷・三秀舎 カバー・精興社 製本・松岳社

ISBN 978-4-00-311821-4 Printed in Japan

読書子に寄す

――岩波文庫発刊に際して――

岩波茂雄

真理は万人によって求められることを自ら欲し、芸術は万人によって愛されることを自ら望む。かつては民を愚昧ならしめるために学芸が最も狭き堂宇に閉鎖されたことがあった。今や知識と美とを特権階級の独占より奪い返すことはつねに進取的なる民衆の切実なる要求である。岩波文庫はこの要求に応じそれに励まされて生まれた。それは生命ある不朽の書を少数者の書斎と研究室とより解放して街頭にくまなく立たしめ民衆に伍せしめるであろう。近時大量生産予約出版の流行を見る。その広告宣伝の狂態はしばらくおくも、後代にのこすと誇称する全集がその編集に万全の用意をなしたるか。千古の典籍の翻訳企図に敬虔の態度を欠かざりしか。さらに分売を許さず読者を繋縛して数十冊を強うるがごとき、はたしてその揚言する学芸解放のゆえんなりや。吾人は天下の名士の声に和してこれを推挙するに躊躇するものである。このときにあたって、岩波書店は自己の責務のいよいよ重大なるを思い、従来の方針の徹底を期するため、すでに十数年以前より志して来た計画を慎重審議この際断然実行することにした。吾人は範をかのレクラム文庫にとり、古今東西にわたって文芸・哲学・社会科学・自然科学等種類のいかんを問わず、いやしくも万人の必読すべき真に古典的価値ある書をきわめて簡易なる形式において逐次刊行し、あらゆる人間に須要なる生活向上の資料、生活批判の原理を提供せんと欲する。この文庫は予約出版の方法を排したるがゆえに、読者は自己の欲する時に自己の欲する書物を各個に自由に選択することができる。携帯に便にして価格の低きを最主とするがゆえに、外観を顧みざるも内容に至っては厳選最も力を尽くし、従来の岩波出版物の特色をますます発揮せしめようとする。この計画たるや世間の一時の投機的なるものと異なり、永遠の事業として吾人は微力を傾倒し、あらゆる犠牲を忍んで今後永久に継続発展せしめ、もって文庫の使命を遺憾なく果たさしめることを期する。芸術を愛し知識を求むる士の自ら進んでこの挙に参加し、希望と忠言とを寄せられることは吾人の熱望するところである。その性質上経済的には最も困難多きこの事業にあえて当たらんとする吾人の志を諒として、その達成のため世の読書子とのうるわしき共同を期待する。

昭和二年七月

《日本文学(現代)》〔緑〕

怪談 牡丹燈籠　三遊亭円朝
小説神髄　坪内逍遥
当世書生気質　坪内逍遥
アンデルセン 即興詩人 全二冊　森鷗外訳
ウィタ・セクスアリス　森鷗外
青年　森鷗外
雁　森鷗外
阿部一族 他二篇　森鷗外
山椒大夫・高瀬舟 他四篇　森鷗外
渋江抽斎　森鷗外
舞姫・うたかたの記 他三篇　森鷗外
鷗外随筆集　千葉俊二編
大塩平八郎 他三篇　森鷗外
浮雲　二葉亭四迷 十川信介校注
吾輩は猫である　夏目漱石
坊っちゃん　夏目漱石

草枕　夏目漱石
虞美人草　夏目漱石
三四郎　夏目漱石
それから　夏目漱石
門　夏目漱石
彼岸過迄　夏目漱石
漱石文芸論集　磯田光一編
行人　夏目漱石
こころ　夏目漱石
硝子戸の中　夏目漱石
道草　夏目漱石
明暗　夏目漱石
思い出す事など 他七篇　夏目漱石
文学評論 全二冊　夏目漱石
夢十夜 他二篇　夏目漱石
漱石文明論集　三好行雄編
倫敦塔・幻影の盾 他五篇　夏目漱石

漱石日記　平岡敏夫編
漱石書簡集　三好行雄編
漱石俳句集　坪内稔典編
漱石・子規往復書簡集　和田茂樹編
文学論 全二冊　夏目漱石
坑夫　夏目漱石
漱石紀行文集　藤井淑禎編
二百十日・野分　夏目漱石
五重塔　幸田露伴
努力論　幸田露伴
一国の首都 他一篇　幸田露伴
渋沢栄一伝　幸田露伴
飯待つ間 ―正岡子規随筆選―　正岡子規 阿部昭編
子規句集　高浜虚子選
病牀六尺　正岡子規
子規歌集　土屋文明編
墨汁一滴　正岡子規

仰臥漫録	正岡子規
歌よみに与ふる書	正岡子規
獺祭書屋俳話・芭蕉雑談	正岡子規
子規紀行文集	復本一郎編
正岡子規ベースボール文集	復本一郎編
金色夜叉 全二冊	尾崎紅葉
多情多恨	尾崎紅葉
不如帰	徳冨蘆花
武蔵野	国木田独歩
運命	国木田独歩
愛弟通信	国木田独歩
蒲団・一兵卒	田山花袋
田舎教師	田山花袋
一兵卒の銃殺	田山花袋
あらくれ・新世帯	徳田秋声
藤村詩抄	島崎藤村自選
破戒	島崎藤村

桜の実の熟する時	島崎藤村
夜明け前 全四冊	島崎藤村
藤村文明論集	十川信介編
生ひ立ちの記 他一篇	島崎藤村
島崎藤村短篇集	大木志門編
にごりえ・たけくらべ	樋口一葉
大つごもり・十三夜 他五篇	樋口一葉
修禅寺物語・正雪の二代目 他四篇	岡本綺堂
高野聖・眉かくしの霊	泉鏡花
歌行燈	泉鏡花
夜叉ケ池・天守物語	泉鏡花
草迷宮	泉鏡花
春昼・春昼後刻	泉鏡花
鏡花短篇集	川村二郎編
日本橋	泉鏡花
外科室・海城発電 他五篇	泉鏡花
海神別荘 他二篇	泉鏡花

鏡花随筆集	吉田昌志編
化鳥・三尺角 他六篇	泉鏡花
鏡花紀行文集	田中励儀編
俳句はかく解しかく味う	高浜虚子
俳句への道	高浜虚子
立子へ抄 —虚子より娘へのことば	高浜虚子
回想 子規・漱石	高浜虚子
有明詩抄	蒲原有明
宣言	有島武郎
カインの末裔・クララの出家	有島武郎
一房の葡萄 他四篇	有島武郎
寺田寅彦随筆集 全五冊	小宮豊隆編
柿の種	寺田寅彦
与謝野晶子歌集	与謝野晶子自選
与謝野晶子評論集	鹿野政直・香内信子編
私の生い立ち	与謝野晶子
つゆのあとさき	永井荷風

濹東綺譚	永井荷風
荷風随筆集 全二冊	野口冨士男編
摘録 断腸亭日乗 全二冊	永井荷風 磯田光一編
すみだ川・新橋夜話 他一篇	永井荷風
あめりか物語	永井荷風
下谷叢話	永井荷風
ふらんす物語	永井荷風
荷風俳句集	加藤郁乎編
花火・来訪者 他十一篇	永井荷風
問はずがたり・吾妻橋 他十六篇	永井荷風
斎藤茂吉歌集	山口茂吉 柴生田稔 佐藤佐太郎編
鈴木三重吉童話集	勝尾金弥編
小僧の神様 他十篇	志賀直哉
暗夜行路 全二冊	志賀直哉
志賀直哉随筆集	高橋英夫編
高村光太郎詩集	高村光太郎
北原白秋歌集	高野公彦編
北原白秋詩集 全二冊	安藤元雄編
フレップ・トリップ	北原白秋
友情	武者小路実篤
釈迦	武者小路実篤
銀の匙	中勘助
若山牧水歌集	伊藤一彦編
新編 みなかみ紀行	若山牧水 池内紀編
新編 百花譜百選	木下杢太郎画 前川誠郎編
新編 啄木歌集	久保田正文編
吉野葛・蘆刈	谷崎潤一郎
卍（まんじ）	谷崎潤一郎
谷崎潤一郎随筆集	篠田一士編
多情仏心 全二冊	里見弴
道元禅師の話	里見弴
今年竹 全二冊	里見弴
萩原朔太郎詩集	三好達治選
郷愁の詩人 与謝蕪村	萩原朔太郎
猫町 他十七篇	萩原朔太郎 清岡卓行編
恋愛名歌集	萩原朔太郎
恩讐の彼方に・忠直卿行状記 他八篇	菊池寛
父帰る・藤十郎の恋 菊池寛戯曲集	石割透編
河明り 老妓抄 他一篇	岡本かの子
春泥・花冷え	久保田万太郎
大寺学校 ゆく年	久保田万太郎
久保田万太郎俳句集	恩田侑布子編
室生犀星詩集	室生犀星自選
随筆 女ひと	室生犀星
室生犀星俳句集	岸本尚毅編
出家とその弟子	倉田百三
羅生門・鼻・芋粥・偸盗	芥川竜之介
地獄変・邪宗門・好色・藪の中 他七篇	芥川竜之介
河童 他二篇	芥川竜之介
歯車 他二篇	芥川竜之介
蜘蛛の糸・杜子春・トロッコ 他十七篇	芥川竜之介

侏儒の言葉・文芸的な、余りに文芸的な　芥川竜之介
芥川竜之介書簡集　石割透編
芥川竜之介随筆集　石割透編
蜜柑・尾生の信 他十八篇　芥川竜之介
年末の一日・浅草公園 他十七篇　芥川竜之介
芥川竜之介紀行文集　山田俊治編
田園の憂鬱　佐藤春夫
海に生くる人々　葉山嘉樹
葉山嘉樹短篇集　道簱泰三編
嘉村礒多集　岩田文昭編
日輪・春は馬車に乗って 他八篇　横光利一
宮沢賢治詩集　谷川徹三編
童話集 風の又三郎 他十八篇　宮沢賢治　谷川徹三編
童話集 銀河鉄道の夜 他十四篇　宮沢賢治　谷川徹三編
山椒魚・遙拝隊長 他七篇　井伏鱒二
川釣り　井伏鱒二
井伏鱒二全詩集　井伏鱒二

太陽のない街　徳永直
黒島伝治作品集　紅野謙介編
伊豆の踊子・温泉宿 他四篇　川端康成
雪国　川端康成
山の音　川端康成
川端康成随筆集　川西政明編
三好達治詩集　桑原武夫　大槻鉄男選
詩を読む人のために　三好達治
夏目漱石 全二冊　小宮豊隆
新編 思い出す人々　内田魯庵　紅野敏郎編
檸檬《レモン》・冬の日 他九篇　梶井基次郎
蟹工船 一九二八・三・一五　小林多喜二
富嶽百景・走れメロス 他八篇　太宰治
斜陽 他一篇　太宰治
人間失格・グッド・バイ 他一篇　太宰治
津軽　太宰治
お伽草紙・新釈諸国噺　太宰治

右大臣実朝 他一篇　太宰治
真空地帯　野間宏
日本唱歌集　堀内敬三　井上武士編
日本童謡集　与田準一編
至福千年　石川淳
小林秀雄初期文芸論集　小林秀雄
近代日本人の発想の諸形式 他四篇　伊藤整
小説の認識　伊藤整
中原中也詩集　大岡昇平編
ランボオ詩集　中原中也訳
晩年の父　小堀杏奴
夕鶴・彦市ばなし 他二篇 —木下順二戯曲選II　木下順二
元禄忠臣蔵 全二冊　真山青果
随筆滝沢馬琴　真山青果
みそっかす　幸田文
古句を観る　柴田宵曲
俳諧随筆 蕉門の人々　柴田宵曲

- 新編 俳諧博物誌　柴田宵曲／小出昌洋編
- 子規居士の周囲　柴田宵曲
- 小説集 夏の花　原民喜
- 原民喜全詩集
- いちご姫・蝴蝶 他二篇　山田美妙／十川信介校訂
- 銀座復興 他三篇　水上滝太郎
- 魔風恋風 全二冊　小杉天外
- 幕末維新パリ見聞記 成島柳北「航西日乗」栗本鋤雲「暁窓追録」　井田進也校注
- 野火／ハムレット日記　大岡昇平
- 中谷宇吉郎随筆集　樋口敬二編
- 雪　中谷宇吉郎
- 冥途・旅順入城式　内田百閒
- 東京日記 他六篇　内田百閒
- ゼーロン・淡雪 他十一篇　牧野信一
- 西脇順三郎詩集　那珂太郎編
- 評論集 滅亡について 他三十篇　武田泰淳／川西政明編
- 宮柊二歌集　宮英子／高野公彦編

- 新編 東京繁昌記　木村荘八／尾崎秀樹編
- 新編 山と渓谷　田部重治／近藤信行編
- 日本児童文学名作集 全二冊　桑原三郎／千葉俊二編
- 山月記・李陵 他九篇　中島敦
- 眼中の人　小島政二郎
- 新選 山のパンセ　串田孫一自選
- 小川未明童話集　桑原三郎編
- 新美南吉童話集　千葉俊二編
- 摘録 劉生日記　岸田劉生／酒井忠康編
- 量子力学と私　朝永振一郎／江沢洋編
- 書物　森銑三／柴田宵曲
- 自註鹿鳴集　会津八一
- 窪田空穂随筆集　大岡信編
- 暢気眼鏡・虫のいろいろ 他十三篇　尾崎一雄／高橋英夫編
- 奴隷 ―小説・女工哀史1　細井和喜蔵
- 工場 ―小説・女工哀史2　細井和喜蔵
- 鷗外の思い出　小金井喜美子

- 森鷗外の系族　小金井喜美子
- 木下利玄全歌集　五島茂編
- 林芙美子随筆集　武藤康史編
- 林芙美子紀行集 下駄で歩いた巴里　立松和平編
- 放浪記　林芙美子
- 山の旅 全二冊　近藤信行編
- 酒道楽　村井弦斎
- 文楽の研究 全二冊　三宅周太郎
- 五足の靴　五人づれ
- 尾崎放哉句集　池内紀編
- 江戸川乱歩短篇集　千葉俊二編
- 少年探偵団・超人ニコラ　江戸川乱歩
- 江戸川乱歩作品集 全三冊　浜田雄介編
- 堕落論・日本文化私観 他二十二篇　坂口安吾
- 桜の森の満開の下・白痴 他十二篇　坂口安吾
- 風と光と二十の私と・いずこへ 他十六篇　坂口安吾
- 久生十蘭短篇選　川崎賢子編

墓地展望亭・ハムレット 他六篇　久生十蘭
六白金星・可能性の文学 他十一篇　織田作之助
夫婦善哉 正続 他十二篇　織田作之助
わが町・青春の逆説　織田作之助
歌の話・歌の円寂する時 他一篇　折口信夫
死者の書・口ぶえ　折口信夫
汗血千里の駒 坂本龍馬君之伝　坂崎紫瀾　林原純生校注
山川登美子歌集　今野寿美編
日本近代短篇小説選 全六冊　紅野敏郎・紅野謙介・千葉俊二・宗像和重・山田俊治編
自選 谷川俊太郎詩集
訳詩集 白孔雀　西條八十訳
茨木のり子詩集　谷川俊太郎選
第七官界彷徨・琉璃玉の耳輪 他四篇　尾崎翠
大江健三郎自選短篇　大江健三郎
M/Tと森のフシギの物語　大江健三郎
キルプの軍団　大江健三郎
石垣りん詩集　伊藤比呂美編

漱石追想　十川信介編
荷風追想　多田蔵人編
鷗外追想　宗像和重編
自選 大岡信詩集
うたげと孤心　大岡信
日本の詩歌 その骨組みと素肌　大岡信
詩人・菅原道真 —うつしの美学　大岡信
日本近代随筆選 全三冊　千葉俊二・長谷川郁夫・宗像和重編
山之口貘詩集　高良勉編
原爆詩集　峠三吉
竹久夢二詩画集　石川桂子編
まど・みちお詩集　谷川俊太郎編
山頭火俳句集　夏石番矢編
二十四の瞳　壺井栄
幕末の江戸風俗　塚原渋柿園　菊池眞一編
けものたちは故郷をめざす　安部公房
詩の誕生　大岡信　谷川俊太郎

鹿児島戦争記 —実録 西南戦争　篠田仙果　松本常彦校注
東京百年物語 一八六八〜一九〇九 全三冊　ロバート・キャンベル　十重田裕一　宗像和重編
三島由紀夫紀行文集　佐藤秀明編
若人よ蘇れ・黒蜥蜴 他一篇　三島由紀夫
吉野弘詩集　小池昌代編
開高健短篇選　大岡玲編
破れた繭 耳の物語1　開高健
夜と陽炎 耳の物語2　開高健
色ざんげ　宇野千代
老女マノン・脂粉の顔 他四篇　宇野千代　尾形明子編
明智光秀　小泉三申
久米正雄作品集　石割透編
次郎物語 全五冊　下村湖人
まっくら 女坑夫からの聞き書き　森崎和江
北條民雄集　田中裕編
安岡章太郎短篇集　持田叙子編
俺の自叙伝　大泉黒石

岩波文庫の最新刊

カール・シュミット著／権左武志訳
政治的神学
—主権論四章—

例外状態や決断主義、世俗化など、シュミットの主要な政治思想が初めて提示された一九二二年の代表作。初版と第二版との異同を示し、詳細な解説を付す。
〔白三〇-三〕 定価七九二円

ジョン・スタインベック作／青山南訳
チャーリーとの旅
—アメリカを探して—

一九六〇年。激動の一〇年の始まりの年。老プードルを相棒に全国をめぐる旅に出た作家は、アメリカのどんな真相を見たのか？ 路上を行く旅の記録。
〔赤三二七-四〕 定価一三六四円

大曾根章介・小峯和明校注
日本往生極楽記・続本朝往生伝

平安時代の浄土信仰を伝える代表的な往生伝二篇。慶滋保胤の『日本往生極楽記』、大江匡房の『続本朝往生伝』。あらたに詳細な注解を付した。
〔黄四四-一〕 定価一〇〇一円

ヘッベル作／香田芳樹訳
戯曲 ニーベルンゲン

運命のいたずらか、王たちの嫁取り騒動は、英雄の暗殺、骨肉相食む復讐に至る。中世英雄叙事詩をリアリズムの悲劇へ昇華させた、ヘッベルの傑作。
〔赤四二〇-五〕 定価一一五五円

ヘリオドロス作／下田立行訳
エティオピア物語 (下)

神々に導かれるかのように苦難の旅を続ける二人。死者の蘇り、都市の水攻め、暴れ牛との格闘など、語りの妙技で読者を引きこむ、古代小説の最高峰。（全二冊）
〔赤一二七-二〕 定価一〇〇一円

……今月の重版再開……

リョンロット編／小泉保訳
フィンランド叙事詩 カレワラ (上)
定価一五〇七円
〔赤七四五-一〕

リョンロット編／小泉保訳
フィンランド叙事詩 カレワラ (下)
定価一五〇七円
〔赤七四五-二〕

岩波文庫の最新刊

大岡 信著

折々のうた 三六五日
―日本短詩型詞華集

現代人の心に響く詩歌の宝庫『折々のうた』。その中から三六五日それぞれにふさわしい詩歌を著者自らが選び抜き、鑑賞の手引きを付しました。〔カラー版〕

〔緑二〇二-五〕 **定価一三〇九円**

池澤夏樹訳

カヴァフィス詩集

二〇世紀初めのアレクサンドリアに生きた孤高のギリシャ詩人カヴァフィスの全一五四詩。歴史を題材にしたアイロニーの色調、そして同性愛者の官能と哀愁。

〔赤N七三五-一〕 **定価一三六四円**

太宰 治作/安藤 宏編

走れメロス・東京八景 他五篇

誰もが知る〈友情〉の物語「走れメロス」、自伝的小説「東京八景」ほか、「駈込み訴え」「清貧譚」など傑作七篇。〈太宰入門〉として最適の一冊。(注・解説＝安藤宏)

〔緑九〇-一〇〕 **定価七九二円**

ゲルツェン著/金子幸彦・長縄光男訳

過去と思索(五)

家族の悲劇に見舞われたゲルツェンはロンドンへ。「四八年」が遠のく中で、革命の夢をなおも追い求める亡命者たち。彼らを見る目は冷え冷えとしている。(全七冊)

〔青N六一〇-六〕 **定価一五七三円**

……今月の重版再開……

アナトール・フランス作/大塚幸男訳 **定価一三六四円**

神々は渇く
〔赤五四三-三〕

J・S・ミル著/大内兵衛、大内節子訳 **定価八五八円**

女性の解放
〔白一一六-七〕

定価は消費税 10% 込です

2024. 12